Eva ist traurig, aber dankbar: Ihre Mutter hat ihr das geliebte Ferienhaus vererbt, in dem sie die schönsten Sommer ihrer Jugend verbracht hat. Die Beerdigung hat ihre Spuren hinterlassen, und der Auszug ihres 20-jährigen Sohnes fällt Eva nicht minder schwer. Um den Sorgen zu entkommen und in Ruhe zu entspannen, flieht sie in das Haus an der Küste. Doch schon ein paar Tage später stehen ihre beiden Geschwister vor der Tür, samt Anhang. Sie wollen das Haus so schnell es geht verkaufen. Eva versteht die Welt nicht mehr. Wenn sie das verhindern will, muss sie wohl oder übel mit ihren Geschwistern reden. Doch geredet haben sie seit Jahren nicht mehr, und nach diesem Sommer ist nichts wie vorher ...

Anna Fredriksson arbeitete viele Jahre als Drehbuchautorin für Film- und TV-Produktionen in Schweden, u. a. für die Wallander-Filme. Außerdem war sie als Lektorin und Verlegerin tätig. Sie lebt in Stockholm mit ihrem Mann und drei Söhnen.

Anna Fredriksson

DAS FERIENHAUS

Roman

Aus dem Schwedischen von
Wibke Kuhn

Berlin Verlag Taschenbuch

MIX
Papier aus verantwortungsvollen Quellen
FSC® C083411
www.fsc.org

Juni 2013
Die Originalausgabe erschien 2011 unter dem Titel
Sommarhuset bei Forum, Stockholm

Umschlaggestaltung: ZERO Werbeagentur, München,
unter Verwendung eines Bildes von © masterfile
Typografie: Andrea Engel, Berlin
Gesetzt aus der Dolly von Greiner & Reichel, Köln
Druck und Bindung: CPI – Clausen & Bosse, Leck
Printed in Germany
ISBN 978-3-8333-0885-7

www.berlinverlag.de

Für Magnus, Felix, Sebastian und Tom

Sie öffnet die tapezierte Tür zum Kleiderschrank unter dem Dach. Ein Staubwölkchen schlägt ihr entgegen. Drinnen riecht es nach altem Holz und Stoff. Ein Hauch von dem starken Mittel gegen Hausbockkäfer ist auch immer noch wahrzunehmen, obwohl seit der letzten Anwendung sicher dreißig Jahre vergangen sind. Hier hängt ein Teil von Mamas Kleidern, die Kleider, die sie im Sommer immer getragen hat. Auch letzten Sommer noch.

Eva sammelt sich einen Moment. Dann beginnt sie, die Sachen herauszuziehen. Sie nimmt einen ganzen Schwung auf einmal, immer einen Armvoll, das verleiht dem Ganzen so einen Flair von normaler Hausarbeit. Etwas, was erledigt werden muss, um das Haus vor dem Sommer noch einmal ordentlich aufzuräumen.

Sie legt alles auf eines der Betten im Giebelzimmer. Nach dem letzten Packen ist noch ein Kleid übrig. Blau-grüner, gemusterter Baumwollstoff, ärmellos. Das hatte Mama immer zu Mittsommer an. Sie kann sich noch an den albernen Ringelreihen erinnern, bei dem irgendeine fremde Frau nach ihrer Hand griff. Und wie sie dann davonrannte, zu Mama, die danebenstand und zusah. Wahrscheinlich aber auch nur aus Pflichtgefühl, denn eigentlich war sie ständig mit irgendwelchen gesellschaftlichen Fragen beschäftigt.

Sie berührt das Kleid mit den Fingerspitzen. Lässt es dann allein im Schrank hängen und beginnt die restliche Kleidung durchzugehen. Jedes einzelne Stück hält sie hoch und betrachtet es kurz, um es dann zusammenzufalten und in einen schwarzen Plastiksack zu legen. Hosen, Röcke, Strickjacken, angeknitterte Blusen mit kleinem Kragen. Dann steht sie plötzlich vor dem breit gestreiften Marimekko-Kleid. *Das* Kleid. Sie streicht darüber und hält sich den Stoff an die Wange. Ihre Augen brennen.

Noch keine Entscheidung. Eva legt die Kleider beiseite

und macht sich stattdessen an die Schubladen der Kommode. Zieht eine praktische weiße Baumwollunterhose heraus. Wirft sie in den Müllsack, zusammen mit ein paar ganz ähnlichen, und dazu noch ein paar weiße BHs mit weichen Körbchen. Und ein Pyjama aus weichem Trikotstoff. Sie nimmt das Oberteil in die Hand und wird von dem Gedanken übermannt, dass dieser Stoff Mamas Körper eingehüllt hat.

In der Schublade darunter findet sie ein altes Schmuckkästchen. Sie macht es auf, sieht all die vertrauten kleinen Gegenstände, die sie als Kind zu Reihen und Grüppchen ordnete und dann in ihre verschiedenen Fächer im Schmuckkästchen sortierte. Sie nimmt ein Paar grüne Ohrclips heraus. Wann hatte Mama die denn an? Wahrscheinlich noch vor Evas Geburt, in den Sechzigern. Sie betrachtet sie und kann sich überhaupt nicht an sie erinnern.

Da entdeckt sie ein paar Ohrringe aus Holz und Zinn. Die machte Mama immer mit einer kleinen Schraube von hinten am Ohrläppchen fest. Sie wäre nie auf den Gedanken gekommen, sich Löcher stechen zu lassen. Eva lässt die Ohrringe von der Hand baumeln. Die hatte Mama oft an, wenn sie auf eine Party oder zu einem Dinner eingeladen war. Eva legt sie zurück auf das kleine Wattepölsterchen. Typisch Mama, gerade im Schmuckkästchen solche Ordnung zu halten – sonst war sie beileibe kein Hausmütterchen gewesen.

Mamas Ohren mit den weichen Ohrläppchen. Ihr Haar. Ihre Hände. Und Augen. Und ihr Mund, ihre Stirn und ihr Hals. All das, was irgendwo immer noch existiert, jetzt aber in kalter Dunkelheit.

Dann ist da noch das Bündel mit den kleinen gehefteten Büchlein. Ein rotes, ein blaues, ein gelbes und ein grünes. *Schwedischer Humor* von 1949. *Lustige Zeichnungen. Geschichten zum Lachen.* Preis 1 Krone. Hier hinterlassen vom Voreigentümer. Eva kann sich noch gut erinnern, wie sie sie eines regnerischen Tages in einem Schrank in der Ecke gefunden hatte, als eines der Schlafzimmer ausgeräumt wurde, weil frisch gestrichen werden sollte. Ihre Geschwister waren auch dabei. Am Abend setzten sich alle in die Küche, und während Mama an der Spüle stand und abwusch, blätterte Eva in den Heften und las laut vor. Einen uralten, abgedroschenen Witz nach dem anderen. Und alle mussten so schrecklich lachen, dass sie fast keine Luft mehr bekamen. Mama auch. Die Witze waren überhaupt nicht lustig, aber gerade das machte die Sache so umwerfend komisch.

Arzt zur Schwester: Fragen Sie den Verletzten, wie er heißt, damit wir seine Mutter benachrichtigen können.

Schwester (kommt zurück): Er sagt, seine Mutter weiß schon, wie er heißt.

Eva schlägt das Heft zu und legt es mit den anderen auf das Nachtkästchen. Sie will sie nicht mehr anfassen. Die werden in ein Regal in Mamas Arbeitszimmer geräumt.

Sie zieht die unterste Schublade auf.

Die Badeanzüge. Der blaue aus Frottee, ausgebleicht von Sonne, Sand und Wasser. Ein anderer aus ganz normalem Nylonstoff, ein eher türkiser Farbton. An den kann sie sich noch sehr gut erinnern. Und dann noch einer in hellerem Blau. Mama mochte überhaupt am liebsten Blau, sowohl bei ihrer Alltagskleidung als auch bei Badeanzügen. Sie trug nie Bikinis, sondern blieb immer beim Badeanzug.

Die morgendliche Schwimmrunde. Mamas vergnügtes Prusten, ihre kraftvollen Schwimmzüge im eiskalten Wasser, einmal geradeaus vom Steg weg und wieder zurück. Dann rubbelte sie sich Beine und Arme mit dem Handtuch ab, zog sich die Träger des Badeanzugs von den Schultern, zog den Bademantel über und schälte sich dann ganz aus dem nassen Badeanzug. Und am Ende verkündete sie regelmäßig »wie WUNDERBAR man sich hinterher fühlt«.

Eva zögerte manchmal ein wenig, aber am Ende sprang sie auch immer ins Wasser, egal, wie kalt es war. Die morgendliche Schwimmrunde gehörte nur ihnen beiden.

Wenn Eva und Mama ihre nassen Badeanzüge auf der Leine hinterm Haus aufgehängt und schöne trockene Sachen angezogen hatten – ganz leise, damit sie die anderen nicht weckten –, fuhren sie immer noch einmal zusammen weg. Sie drehten mit dem Rad eine Runde an der frischen Luft, machten Halt am Strand, um Steine zu sammeln. Und sie zeigten sich gegenseitig ihre Funde: Guck mal, hier, hast du das gesehen? So glatt und weich, ist ja toll. Nachdem sie die hübschesten Exemplare in einen Pullover gerollt und auf den Gepäckträger geklemmt hatten, fuhren sie weiter. Sie fuhren flott über die verlassenen Pfade, den Wind im immer noch feuchten Haar. Die Geschwister waren zu klein, um sie zu begleiten.

Ob sie morgen wohl kommen werden?

Sie weiß es nicht. Sie hat dem Bestattungsunternehmer bloß Bescheid gegeben, dass er ihnen Ort, Datum und Uhrzeit mitteilen soll.

Sie muss durchs grelle Sonnenlicht gehen, Meter für Meter. Sie sieht, wie ihre beiden Schuhe sich auf dem Kies voranbewegen, wie sie sie immer näher zu dem bringen, was sie jetzt erwartet. Sie ist erwachsen, 42 Jahre alt, sie wird das schon schaffen. Die Pfarrerin hat sich an den Eingang gestellt. Sie trägt ein weißes, bodenlanges Gewand und hat sich ein breites, besticktes Band um den Nacken gelegt, das auf der Vorderseite rechts und links herunterhängt. Sie empfängt die schwarz gekleideten Trauergäste.

Einer der Bäume vor der kleinen Kapelle blüht nicht. Er reckt nur hilflos seine nackten Zweige in die Luft und protestiert dagegen, dass es bald Ende Mai ist. Ein paar Krähen krächzen sich etwas zu. Eva hat bis jetzt noch nie darüber nachgedacht, wie grässlich dieses Gekrächze klingt.

»Eva?«

Die Pfarrerin steht vor ihr und beugt sich leicht vor, um Augenkontakt mit ihr zu bekommen. Eva blickt auf. Die verkleidete Frau hat eine Bibel mit schwarzem, abgegriffenem Einband in der Hand.

»Wie geht es Ihnen?«

»Ach. Ganz gut.«

»Sie sehen blass aus. Sie sagen Bescheid, wenn Sie …?«

»Aber ja. Es geht schon. Keine Sorge.«

Sie ringt sich ein kleines Lächeln ab. Die Pfarrerin sieht besorgt aus und tätschelt ihr die Schulter, und Eva weicht ihr aus und geht rasch weiter in die Kapelle.

Sie zwingt sich, Schritt für Schritt auf die Bankreihen zuzugehen. Ein paar Leute sitzen schon auf ihren Plätzen und richten ihre Blicke auf Eva, doch sie weicht ihren Augen aus. Sie kennt sie nicht mal. Die Pfarrerin hat etwas von Kollegen gesagt, mit denen Mama noch zusammengearbeitet hat, kurz bevor sie in Pension ging.

Eva geht an den Bankreihen vorbei und wird von den Anwesenden beobachtet, als würde sie auf eine Bühne treten. Sie umklammert ein kleines Sträußchen Maiglöckchen, das ihr die Pfarrerin aus irgendeinem Grund in die Hand gedrückt hat. Hatte sie der Frau gesagt, dass Mama Maiglöckchen mochte? Sie kann sich nicht entsinnen. Sie erinnert sich nur noch daran, wie im Frühjahr plötzlich immer die ganze Wiese voll damit war, der ganze Hügel hinauf bis zum Gästehäuschen.

Sie geht an der Seitenwand der Kapelle entlang, geradeaus und ohne sich umzusehen. Dann ist sie am Ziel: Die Stühle in der vordersten Reihe, direkt vorm Sarg. Sie lässt sich auf einen gepolsterten Stuhl sinken und versucht ganz ruhig zu atmen. Steif sitzt sie da. Schließlich wagt sie, den Blick geradeaus zu richten.

Da ist der weiße Sarg. Auf dem Boden liegen Kränze und Sträuße, umwunden mit Seidenbändern. Sie kann schwülstige Abschiedsgrüße in Goldlettern erkennen. Freunde und Kollegen. Die Namen ihrer Verwandten. Ihren eigenen und Elias'. Die Namen von Anders, Katrin und den Kindern. Majas und Tomas'. Wer auch immer dieser Tomas sein mag.

Auf dem Sarg liegt ein Blumengesteck. Protzig und vulgär, weit entfernt von Mamas schlichtem Stil. Aber die Pfarrerin und das Bestattungsinstitut haben ihre Arbeit gemacht. Alles sieht so aus, wie es auf einer Beerdigung aussehen soll. Sie liest das Wort *Bildungsministerium* auf einer Schleife. Auf einer anderen steht *Berufsinformationszentrum*. Was hat Mama eigentlich genau gemacht? Sie hat eine Studie geleitet, aber was genau bedeutete das eigentlich? Eva weiß es nicht so genau. Im Grunde hat sie es nie so genau gewusst. Sie weiß nur, dass *Bildungsministerium* eines der ersten Wörter war, die sie gelernt hat. Das hat ihr irgendjemand mal vor langer Zeit erzählt.

Bewegung im Mittelgang. Ihr kleiner Bruder Anders, seine Frau Katrin und ihre drei Kinder kommen nach vorne und setzen sich in die Reihe hinter sie. Sie dreht sich um – die Höflichkeit gebietet es –, nickt ihnen leicht zu und bekommt ein leichtes Nicken zurück.

Anders und Katrin haben sich vor langer Zeit kennengelernt, sie sind schon zehn, zwölf Jahre zusammen. Anders ist jetzt 35. Eva weiß eigentlich gar nichts über ihr Leben, sie hat keine Ahnung, ob die beiden glücklich sind oder nicht. Anders hat sich die Haare kürzer schneiden lassen, seit sie sich zum letzten Mal gesehen haben. Sie hat den Eindruck, dass sein Haar auch ein wenig dünner geworden ist, und vielleicht ist da sogar ein erster Bauchansatz. Schwarze Jeans, schwarzes Hemd und schwarze Jacke. Staubige Schuhe.

Katrin hat sich die Haare hochgesteckt und sieht gepflegter aus als sonst. Sie trägt ein langes schwarzes Gewand, eine Art Mittelding aus Tunika und Kleid. Die Kinder sind gewachsen, alle drei sind wesentlich größer, als Eva sie in Erinnerung hat. Wie lange ist es eigentlich her, dass sie sie das letzte Mal gesehen hat?

Anders und Katrin sind ausnahmsweise genauso ernst wie sie selbst. Sonst lachen und kichern sie ständig. Zu viel, zu laut, im falschen Moment. Wenn Eva mit ihnen zusammen ist, wirkt sie immer wie die ernste große Schwester oder Schwägerin. Sie kann sich geradezu selbst sehen: schweigsam, verschlossen, grau. Während Anders und Katrin schillernd und extrovertiert sind. Einnehmende Persönlichkeiten. Beide gleich oberflächlich und gleich leer.

Ihre drei Kinder wirken gelangweilt. Was werden sie von ihrer Großmutter im Gedächtnis behalten haben? Mama interessierte sich so gut wie gar nicht für ihre Enkel, worüber Anders sich gewaltig ärgerte, als er zum ersten Mal Vater wurde. Aber irgendwann gab er es auf, genau wie Eva ein paar Jahre vor ihm. Er sah wohl selbst ein, dass er nichts ausrichten konnte und sich auf die Dauer kein einigermaßen regelmäßiger Kontakt halten ließ.

»Wo ist Elias?«, flüstert Katrin.

Eva weiß nicht, was sie antworten soll. Sie hofft, dass er nicht zu spät kommt. Sie findet es wichtig, allen Anwesenden zu beweisen, dass ihr Sohn sich zu benehmen weiß. Aber da sieht sie Elias auch schon die Kapelle betreten. Er trägt einen schwarzen Anzug, ein weißes Hemd und blitzblank geputzte schwarze Schuhe. Das ist so seine Art, die Dinge ernst zu nehmen, sich Mühe zu geben. Er sucht sie mit den Augen und entdeckt sie, geht nach vorn und setzt sich auf den Stuhl neben sie. Jetzt ist er bei ihr, zumindest eine Weile. Sie bilden ihre eigene kleine Familie.

Maja kommt in Gesellschaft eines fremden Mannes, der ihr neuer Freund sein muss. Und der offenbar Tomas heißt. Maja sieht aus wie immer, mit der dicken Mähne, die ihr auf den Rücken fällt. Sie trägt ein hübsches schwarzes Kleid. Diskret, aber nicht langweilig. Maja hat Stil. Sie ist 33.

Tomas ist ein unauffälliger Typ. Mittelgroß, schwarze Jacke, ausdrucksloses Gesicht. Unbegreiflich, dass Maja seinen Namen mit auf die Kranzschleife hat setzen lassen. Er hatte Mama nie kennengelernt.

Die beiden setzen sich neben Anders.

Eva wirft einen Seitenblick auf Maja. Wenn man sie so im Profil sieht, mit diesem Teint, sieht sie Mama so ähnlich. Auch die Haarfarbe, genau dasselbe Dunkelbraun, das Mama hatte. Und die braunen Augen, die genauso geschnitten sind wie Mamas. Und der Mund? Ja, der auch. Maja hat denselben Schwung in der Oberlippe, eine hübsche Rundung. Es fällt Eva zum ersten Mal auf.

Die Beerdigungszeremonie beginnt. Musik wird abgespielt, Reden werden gehalten. Die Pfarrerin hält sich an das, worauf sie sich mit Eva geeinigt hat: so wenig wie möglich über Gott und den Herrn, absolut minimal. Eva selbst sagt nichts. Das Angebot der Pfarrerin, ein paar Worte zu sagen, hat sie abgelehnt. Anscheinend haben Maja und Anders sich auch nicht berufen gefühlt. Die Pfarrerin da vorne redet und redet und singt am Ende sogar ein bisschen.

Dann ist der Moment gekommen, an den Sarg zu treten und die Blumen abzulegen. Eva macht es genau so, wie es sich gehört. Sie legt den Strauß aufs Kopfende des Sarges, nickt kurz und bleibt ein paar Sekunden so stehen.

Unter den Blumen, unter dem weißen Holz: Mamas Gesicht. Nur wenige Dezimeter entfernt. Das Gesicht, in dem sie jede Linie, jede Pore kennt, jeden Zahn, der beim Lächeln entblößt wird. Die Augen, die sie auf dieser Welt als erste angesehen haben. Als allererste.

Anders und Maja müssen auch gefragt worden sein, ob sie Mama noch einmal sehen wollen. Eva hat Nein gesagt, auch wenn sie immer noch nicht weiß, ob das die richtige Entscheidung war. Vielleicht hätte sie Auf Wiedersehen sagen wollen, das Gesicht noch ein letztes Mal sehen. Das Gesicht, das sie ihr Leben lang kennt. Aber wie sollte so ein Auf Wiedersehen aussehen? Vielleicht war es doch das Beste, sich so zu trennen. Mitten im Nichts.

Jetzt ist nur noch ihr eigenes Leben übrig. Sie wird versuchen weiterzumachen, ganz vorsichtig. Damit es nicht wieder kaputtgeht.

Sie verlässt die Kapelle als Letzte, Arm in Arm mit Elias. Ein paar Schritte weiter sieht sie Anders und Katrin mit Maja und ihrem Freund zusammenstehen und reden. Sie haben sicher stundenlang diskutiert, wie sie in dieser heiklen Situation mit ihr umgehen sollen. Sie wissen, dass sie »unflexibel« sein kann, wie Anders vor ein paar Jahren einmal gesagt hat, als er vorschlug, dass sie alle zusammen

Weihnachten feiern sollten. Daraus wurde nie etwas. Wie immer feierten Eva und Elias weiterhin den Heiligabend mit Mama, während die Geschwister am ersten und zweiten Weihnachtsfeiertag dran waren. Sie hatten schließlich alle einen Partner, also war das nur mehr als gerecht. Doch Maja beschwerte sich natürlich.

Und dann schlief auch diese Tradition langsam ein.

Sie lässt Elias allein stehen und geht zu ihren Geschwistern, wobei sie versucht, ruhig und gesammelt zu erscheinen. Die anderen Gäste sollen keinen Grund zum Klatschen haben. Es muss keiner sehen, dass das Gespräch der drei Erben so trocken und abgeklärt verläuft wie eine Aufsichtsratssitzung. Jetzt müssen sie wirken wie Geschwister, und ihre Lebensgefährten stehen neben ihnen und geben ihnen die nötige Unterstützung. Man unterhält sich leise, tauscht Gefühle und Gedanken aus. Warme Worte, wie man jetzt in die Zukunft blicken und zusammenhalten wird.

»Ein weißer Sarg«, sagt Maja.

Eva nickt und sucht nach einer Antwort. Irgendetwas Nettes, Verbindliches, Ungefährliches.

»Ich hätte eher an was Dunkles gedacht«, lächelt Maja. »Wie bist du auf Weiß gekommen? Helles Holz wäre ja noch gegangen, aber Weiß ...«

Sie sieht Anders an. Ihr Bruder wirkt verlegen.

»Gegen einen hellen Sarg ist doch eigentlich nichts zu sagen«, meint er. »Beziehungsweise einen weißen.«

»Ich hab mich ja bloß gewundert«, fährt Maja fort. »Ein dunkler hätte vielleicht ein bisschen natürlicher ausgesehen. Finde ich jedenfalls.«

Wieder sieht sie Anders an.

»Was meinst du?«

»Ja. Ja. Oder vielleicht irgendwas dazwischen«, erwidert er. »Vielleicht. Aber im Grunde ist es doch egal.«

Eva steht kerzengerade daneben. Der Sarg, die Blumen, die Schleifen – bald wird alles verbrennen. Dunkel oder hell oder weiß, ist doch alles scheißegal.

»Ich finde Weiß schön«, sagt sie nur.

Hinterher gibt es Kaffee und Kuchen im Gemeinschaftsraum direkt neben der Kapelle. Elias hat ihre Erlaubnis bekommen, sich diskret zu entfernen. Er will sich mit seiner Freundin treffen und vor seinem Umzug noch mal zu IKEA fahren.

Die schwarz gekleideten Gäste haben sich zu kleinen Gruppen zusammengefunden und unterhalten sich gedämpft. Ab und zu wirft einer einen heimlichen Blick auf Eva, die in einer Ecke steht. Sie zittert, denn sie friert, obwohl es eigentlich gar nicht kalt ist. Lange bleibt sie so stehen, ganz dicht vor der Wand. Mit einer Hand umklammert sie die Untertasse, mit der anderen hebt sie in regelmäßigen Abständen die Tasse zum Mund, um einen winzigkleinen Schluck zu nehmen. Diese Tasse muss für die ganze Zeit reichen, damit sie nicht noch einmal zum Tisch gehen muss, um sich nachzuschenken. Dort würde sie bloß Gefahr laufen, sich mit einem der Gäste unterhalten zu müssen.

Anders kommt auf sie zu, mit Katrin und den Kindern im Schlepptau. Sie steuern direkt auf sie zu, Eva hat gar keine Chance, ihnen auszuweichen. Maja folgt ihnen, und Tomas kommt hinter ihr hergetrottet. Er sagt nicht viel, die meiste Zeit scheint er in Gedanken versunken oder ganz abwesend. Eva hat von Mama gehört, dass Maja eine Kompaktausbildung zu einer Art Unternehmensberaterin gemacht hat, mit Psychologie und Gruppendynamik und allem Pipapo. Das passt sicher großartig zu ihr, denn da kann sie reden, so viel sie will. Aber heute ist Maja gedämpfter als sonst. Sie seufzt und sieht sich um.

»Ja, der Leichenschmaus. Den hätte man eigentlich auch gut im Restaurant abhalten können.«

Sie mustert die Wände und Möbel, die Deckenlampen und das Geschirr.

»Dieses Lokal ist ja eher eine triste Angelegenheit.«

Maja schenkt Eva ein schiefes Lächeln. Bekommt aber keine Reaktion.

»Und einfach bloß Kaffee wirkt auch ein bisschen asketisch. Ein Abendessen wäre schon passender gewesen. Im Restaurant.«

»Da sind wir wohl unterschiedlicher Auffassung«, gibt Eva zurück.

Schweigen. Katrin sieht Anders an. Der wendet sich wieder zu Eva.

»Wir sollten uns mal treffen.«

»Ach ja?«

Sie bleibt kurz angebunden. Nach den gereizten Blicken von Maja scheint ihr das die bessere Lösung. Sie will ihnen nicht noch mehr Stoff liefern, damit sie hinterher wieder ihren Charakter und ihr Auftreten sezieren können.

»Na ja, wir müssen uns sowieso mit dem Nachlassverwalter treffen und die Erbschaft zusammen durchgehen«, sagt Anders. »Damit wir einen Überblick bekommen, was alles da ist und so.«

Er tauscht einen Blick mit Maja.

»Wäre doch schön, die Sache gleich aus der Welt zu schaffen«, wirft Katrin ein.

Als hätte sie auch nur das Geringste hiermit zu tun.

»Vielleicht wäre es das Beste, wenn wir gleich einen Termin mit dem Anwalt machen?«, schlägt Anders vor. »Also, um den Nachlass zu sichten, meine ich.«

Daraufhin zücken sie alle ihre supermodernen Handys mit Kalenderfunktion, und dann wird über Termine diskutiert. Ihre Geschwister sind beide schwer beschäftigt. Eva hat nichts mit außer einem Paket Taschentücher, die sie sich in die Jackentasche gesteckt hat, bevor sie losging. Und in der Handtasche hat sie bloß die Streifenkarte für die U-Bahn und ihre Brieftasche. Sie braucht keinen Kalender. Wenn sie nicht arbeitet, hat sie massenweise Freizeit.

Ihre Begegnung verläuft kurz und effektiv. Nachdem sie sich Datum und Uhrzeit notiert und vereinbart haben, dass Anders versuchen soll, den Anwalt zu dem Termin dazuzuholen, geht jeder wieder seines Weges. Der eine auf die Toilette, die andere ihre Kaffeetasse nachfüllen. Die Vorwände sind unterschiedlich und völlig überflüssig. Eva bleibt allein zurück mit ihrem erkaltenden Tee. Sie tritt an den Tisch und nimmt sich noch ein Zuckerstück, rührt langsam und konzentriert um, einfach, um etwas zu tun zu haben. Damit die Minuten vergehen.

Nicht jetzt nicht jetzt nicht jetzt. Doch sie kann die Gedankenflut nicht stoppen, die über sie hereinbricht und sie überwältigt. Druck im Brustkorb. Eine Halskrause aus Schmerz.

Die Pfarrerin geht vorbei. Sie hat sich umgezogen und trägt statt ihres feierlichen Gewandes einen Rock, eine Bluse und eine kurze Jacke, alles in Schwarz.

»Na, Eva, wie geht's?«

Forschend sieht sie Eva an, und die versucht zu lächeln, aber es misslingt. Sie hofft, dass ihre Grimasse trotzdem noch als das schwache Lächeln einer trauernden Tochter durchgeht.

»66«, sagt die Pfarrerin. »Das war viel zu früh.«

Ihre Augen blicken durch ihre bemerkenswert hässliche Brille. Sie gibt sich wirklich Mühe, mit ihrem Blick Verständnis zu zeigen. Die Pfarrerin fühlt tatsächlich mit ihr mit. Nicht nur, weil es zu ihrem Beruf als Pfarrerin gehört. Sie braucht eigentlich nicht mehr zu tun, als den Angehörigen in ihrer Trauer eine Stütze zu sein. Fragen bräuchte sie nicht zu stellen, aber trotzdem tut sie es.

»Vielleicht wollen Sie ja mal bei mir vorbeikommen, damit wir uns ein bisschen unterhalten können«, schlägt sie vor. »Wegen der Umstände, unter denen Ihre Mutter gestorben ist.«

In Evas Bauch steigt ein kühles Gefühl auf, wie kalter Stahl fühlt es sich an.

»Es sind ja viele Gefühle im Spiel, wenn es auf diese Weise geschieht«, fährt die Pfarrerin fort.

Ihre Augen werden von den Brillengläsern stark vergrößert. Die Frau sieht aus wie ein Fisch.

»Schuldgefühle und Wut. Unter anderem.«

Eva wendet sich schon halb zum Ausgang.

»Entschuldigen Sie, aber ich glaube, ich muss jetzt wirklich gehen.«

»Aber Sie haben ja noch Ihren Bruder und Ihre Schwester. Sie können sich gegenseitig eine Stütze sein.«

Die Pfarrerin lächelt sie aufmunternd an.

»Geschwister sind wie Freunde, die man niemals loswird«, fügt sie hinzu. »Das ist schon toll. Egal, was man macht, die bleiben einem immer.«

Eva bleibt stumm. Sie braucht ja nicht zu erzählen, dass sie Anders und Maja zum letzten Mal kurz bei Mama in der Küche getroffen hat, als sie ihren 65. Geburtstag feierte.

Sie hält der Pfarrerin die Hand hin.

»Danke für Ihre Hilfe mit der Beerdigung. Schicken Sie mir die Rechnung. Oder bitten Sie das Bestattungsinstitut, mir die Rechnung zu schicken. Oder wie auch immer das läuft.«

Die Pfarrerin ergreift Evas Hand und drückt sie fest.

»Ich bin für Sie da. Sie haben meine Nummer. Sie müssen bloß anrufen.«

Sie legt den Kopf schräg und mustert Eva mitleidig. Das Ganze ist völlig unerträglich, und Eva flüchtet zur Garderobe, reißt ihre Jacke vom Haken und eilt hinaus. Frische Luft strömt in ihre Lungen, sie kann endlich wieder richtig atmen und legt den ganzen Weg bis zur U-Bahn im Laufschritt zurück.

Die Erleichterung darüber, dass der gestrige Tag überstanden ist, stimmt sie ruhig, beinahe fröhlich. Die erste Etappe ist geschafft. Sie hat sich gerade gemütlich auf dem Sofa ausgestreckt, als sie die Haustür ins Schloss fallen hört. Bei diesem Geräusch lässt sie das Buch auf die Brust sinken und horcht. Sie muss über sich selbst lächeln.

»Mama?«

Er ist immer noch ihr Kind. Noch heute ruft er sofort nach ihr, sobald er nach Hause kommt. Bevor er sich auch nur die Schuhe ausgezogen hat. Sie reißt sich zusammen und setzt eine ernste Miene auf. Schließt die Augen, atmet tief und gleichmäßig. Sie hört, wie er ins Zimmer tritt.

»Hallo? Mama?«

Elias stockt. Jetzt hat er sie auf dem Sofa entdeckt. Leise geht er weiter in die Küche, um sie nicht zu wecken.

Eva steht auf und folgt ihm lautlos. Im Flur holt sie ihn ein, packt ihn von hinten bei den Schultern, drückt ihm ein Bein in die Kniekehle und zieht ihn mit einem schnellen, routinierten Griff nach hinten. Er kommt ins Schwanken, beinahe schafft sie es, ihn zu Boden zu kriegen, aber er steigt auf ihr Spiel ein, windet sich aus ihrem Griff, dreht sich um und leistet Widerstand. Er ist stärker als sie und ein ganzes Stück größer, und ihr Versuch, ihn niederzuwerfen, mündet in ein zähes Kräftemessen, das sie nur verlieren kann. Er lacht, und sie sagt: »Ach, verdammt!« und beschließt, dass sie ihn jetzt zu Boden zwingen wird, trotz seiner stahlharten Muskeln, und sie wendet alle Kräfte auf, aber er lacht nur noch mehr und hält ihre dünnen Unterarme fest.

Elias hat sie schon fast umgeworfen, als es ihr gelingt, sich aus seinem Griff zu winden und ihn zu übermannen, indem sie ihm die Arme um die Taille legt, ein Bein hinter seine Wade hakt, ihn aus dem Gleichgewicht bringt und auf den Boden wirft. Er ist überhaupt nicht darauf vorbereitet und fällt mit einem dumpfen Rums zu Boden. Er bleibt auf dem Rücken liegen, und eine schreckliche Sekunde lang macht sie sich fast Sorgen, dass er sich wehgetan haben könnte. Aber er bleibt liegen und lacht nur noch mehr. Sie setzt ihm den bestrumpften Fuß auf den Brustkorb. Spürt seine Körperwärme. Sie hat gewonnen.

»Was liegst du da rum?«, fragt sie und schafft es, tatsächlich richtig sauer und genervt zu klingen. »Immer liegst du nur rum und faulenzt!«

Er ist schon viel zu groß für solchen kindischen Blödsinn, schon lange. Das weiß sie auch, aber es ist ihr egal. Was sie hier spielen, ist ein Upgrade der Variante, die sie jahrelang spielten, als er klein war: Sie kitzelte ihn, bis er vor lauter Lachen quietschte, während sie mit immer gereizterer Stimme schimpfte: »Jetzt HÖR aber auf. Lachen ist hier streng verboten!« oder »Hast du nicht gehört? Hier WIRD nicht gelacht!« oder »Jetzt reiß dich mal zusammen, sonst werd ich sauer. Ich mein es ERNST!« Und jedes Mal musste er immer noch mehr lachen, bis sie sich selbst nicht mehr halten konnte und ihn stattdessen in den Arm nahm und an sich drückte, so dass sie seinen kleinen Körper spürte, und dann flüsterte sie ihm ins Ohr, dass er nie, niemals vergessen dürfe, wie lieb sie ihn habe. Und er antwortete wie immer: »Was? Ich hab dich nicht verstanden«, oder mit einem fingierten Hustenanfall oder indem er die Musik so aufdrehte, so dass Eva übertönt wurde, oder mit einer anderen abwehrenden Geste.

Mittlerweile ist Elias fast 1,90 Meter groß. Er braucht nur eine Sekunde, um sie abzuschütteln und aufzustehen, woraufhin er sie mühelos und geschmeidig auf den Boden wirft, sie aber federleicht landen lässt. Sie gehen gleich rücksichtsvoll und gleich grob miteinander um, und sie wissen genau, wann was angesagt ist. Und jetzt ist sie damit dran, auf dem Boden zu liegen und zu ihm aufzublicken. Allem Anschein nach endgültig besiegt. Aber sie hat noch einen Trumpf im Ärmel.

»Okay«, sagt sie. »Selbst schuld. Ich habe versucht, dich zu warnen, aber anscheinend hast du mir nicht zugehört. Deswegen greife ich jetzt zum allerallerletzten Mittel. Dem gefährlichsten.«

»Nein, nein ...«

Er sieht auf sie herab und kann sein Amüsement nicht verbergen.

»Das nicht. Bloß das nicht.«

»Das hättest du dir eher überlegen müssen. Jetzt ist es zu spät.«

Sie streckt beide Zeigefinger in seine Richtung und lässt sie immer schneller und schneller in der Luft kreisen, als wollte sie ihn damit hypnotisieren.

»Oh nein!«

Er fasst sich an die Augen, offensichtlich völlig verwirrt. Der Zauber hat wieder einmal gewirkt, und er stolpert davon. Sie ist frei und rappelt sich hoch.

»Versuch's doch gar nicht erst, du weißt doch, dass es zwecklos ist«, sagt sie.

Er lächelt und geht weiter in die Küche. Das Spiel ist vorbei.

»Haben wir was zu essen da?«

Wir. Immer noch wir. Er macht den Kühlschrank auf und schaut hinein.

»Ich hab Lasagne gemacht«, antwortet sie und schaltet den Ofen ein. »Müssen wir bloß aufwärmen.«

»Kannst du mir nicht ein bisschen was vorspielen?«

Sie sieht ihn verwundert an.

»Jetzt?«

»Ja.«

»Das willst du doch sonst nie.«

»Stimmt. Aber jetzt schon.«

Sie zögert, aber nur ganz kurz. Dann geht sie ins Arbeitszimmer, wo das Klavier steht, und setzt sich auf den Hocker. Atmet ruhig und sammelt sich.

Elias stellt sich an die Tür.

Sie spielt die alten Lieder, die sie treu durch all die Jahre begleitet haben. *Die Mondscheinsonate. Alla turca.* Kleine Abschnitte aus ihren Lieblingsstücken von Fauré, Chopin, Schubert und Satie. Sogar das alte, heillos abgedroschene *Für Elise* findet seinen Platz am Schluss, in erster Linie aus nostalgischen Gründen. Das war das erste Stück, das sie sich im Alter von sieben Jahren selbst beigebracht hat.

Nachdem der letzte Ton verklungen ist, steht sie auf, um die schicksalsschwere Stimmung zu durchbrechen. Außerdem ist der Ofen schon seit einer guten Weile heiß.

Es ist der 25. Mai, Elias' 21. Geburtstag. Völlig unwirklich. Aber sie hat sich vorgenommen, ihn nicht mit Anekdoten darüber zu langweilen, wie er damals zur Welt kam. Keine nervigen Sentimentalitäten.

Sie hat Kerzen angesteckt und den Tisch mit Servietten und Leinensets gedeckt. Die Zubereitung der Lasagne am Nachmittag hat ganz schön lange gedauert, aber sie ist wirklich gelungen, absolut perfekt. Statt geriebenem Käse hat Eva Mozzarella genommen, den mag Elias so gern. Er hat sein Geschenk ausgepackt und sich über den Pulli gefreut, eine dieser Marken, die er mag und die ein bisschen zu teuer ist, als dass er sich selbst etwas davon kaufen könnte.

Jetzt sitzt er ihr gegenüber und isst. Wie irgendein erwachsener Gast. Seit dem letzten Jahr ist er plötzlich so aufgeschlossen, seine ganze teenagerhafte Verschlossenheit ist einer neuen Männlichkeit gewichen. Seine Ausdrucksweise wird immer gewählter und präziser. Er überrascht sie immer wieder mit neuen Kenntnissen und intelligenten Gedanken und tiefen Einsichten, die sie selbst nie so hätte formulieren können.

Seit dem Winter jobbt Elias als Kellner in einem Restaurant, und wenn es ihm in den Sinn kommt, erzählt er ihr gerne ein paar Anekdoten von seinem Arbeitsplatz. Sie hört ihm zu und lacht und schaut ihn an. Er erzählt, wie ein Gast, dem er Sushi serviert hat, den ganzen Klecks Wasabi nahm, ihn in den Mund steckte und kaute, um sich dann mit einer krampfartigen Grimasse zu Elias zu wenden und festzustellen, dass »die Guacamole doch ein bisschen intensiv geraten« sei. Sie bricht in Gelächter aus, denn er sieht so komisch aus, wie er diesen Gast imitiert, doch in ihren Stolz mischt sich auch eine beinahe lähmende Wehmut, und sie schluckt energisch, um keine feuchten Augen zu bekommen.

»Wie war das Kaffeetrinken nach der Beerdigung?«, erkundigt er sich dann.

Sie zuckt mit den Schultern.

»Na ja. Ich hab's überlebt.«

Er sagt nichts und sieht auf einmal nachdenklich aus.

»Meinst du nicht, dass du mal irgendjemand kennenlernen solltest?«, fragt er.

Jetzt ist sie einen Augenblick sprachlos.

»Kennenlernen? Einen Mann meinst du?«

»Ja. Das wäre doch ganz normal. Dann wärst du nicht so allein.«

»Es geht mir prima.«

»Ja, weiß ich doch. Aber trotzdem.«

Sie antwortet nicht. Es ist ja nett, dass er fragt, dass er sich Gedanken um sie macht. Er möchte eben, dass sie auch ein schönes Leben hat.

»Wie geht's dir so, kannst du nachts schlafen?«

»Ja ja.«

Die Nächte sind schon okay, schlafen kann sie immer

problemlos. Man hat sie mehrfach gefragt, ob sie nicht Tabletten braucht, sowohl der Chefarzt in der Klinik als auch die Pfarrerin. Die verstehen das nicht. Denn gerade in den Nächten ist sie doch erst frei. Da kann sie sich auf das kühle Kissen legen und das Böse Tier fortschicken. In der Leere ruhen und sich einfach selbst ausschalten. In ihrem ganzen Leben hat sie noch nicht so fest geschlafen wie momentan. Träumen tut sie nicht, dafür hat sie keine Zeit. Sie muss sich voll und ganz auf ihren Schlaf konzentrieren.

Dieser Tage ist es so, dass die Albträume erst einsetzen, wenn sie aufwacht. Wenn der Morgen kommt und sie wieder ins schmerzlich helle Tageslicht hinausmuss.

»Meinst du, ich soll das Boot behalten?«, fragt sie, um das Thema zu wechseln.

Er starrt sie verblüfft an.

»Natürlich. Warum fragst du?«

»Ich weiß nicht. Ich dachte bloß so. Es muss ja manchmal doch gewartet werden. Und ab und zu gefahren. Und jetzt, wo Oma nicht mehr ...«

Sie verstummt. Er legt seine Hand auf ihre. Soweit sie sich erinnern kann, hat er das noch nie gemacht.

»Es gehört dir doch genauso«, meint er. »Du kämst doch nie zurecht ohne das Boot.«

»Nein, da hast du wohl recht. Ich werd's behalten.«

Elias hat aufgegessen und den Teller leer gekratzt. Jetzt ist er satt, was ihr wie immer ein Gefühl besonderer Befriedigung verschafft. Sie will gerade verraten, was es zum Nachtisch gibt, Baiser mit Erdbeeren, sein Lieblingsdessert, da klingelt sein Handy und er schießt vom Tisch hoch und verschwindet aus der Küche. Sie hört undeutliches Gemurmel aus dem Wohnzimmer, er redet und redet, aber sie kann nicht heraushören, worum es geht. Sie hört nur, dass er fröhlich klingt und mehrmals lacht.

Sie steht auf und beginnt abzuräumen. Die Lasagne kann sie in Portionen aufschneiden und einfrieren. Vielleicht mag Elias sich ja ein paar Stücke in sein eigenes Gefrierfach legen in seiner neuen Wohnung. Das Geschenkpapier knüllt sie mit dem Geschenkband zusammen. Den Pulli kann er ja später mitnehmen.

Es klingelt stürmisch mehrmals hintereinander. Und da kommen sie.

Sie hört, wie Elias in den Flur geht, um aufzumachen. Seine Freunde stürmen herein. Auch seine Freundin, die kleine Blonde. Alle sind gekommen, um ihm beim Umzug zu helfen. Heute wird es passieren. Der Tag ist da, und es fühlt sich an, als würde man ihr einen Arm abreißen.

Die Frühsommersonne über den hellgrünen Kronen der Bäume. Die Leute in leichter Sommerkleidung, mit bloßen Armen und Beinen. Überall sitzen lachende und schwatzende Menschen, mit lauter Plänen für den Sommer.

Durchs Fenster der Lehrerkantine sieht Eva einen Kastanienbaum, dessen Zweige unter dem Gewicht der Blütenkerzen leicht schwanken. Im Herbst verwandelten sie sich immer in hellgrüne Kugeln mit spitzen Stacheln, die wehtaten, wenn man damit beworfen wurde. Sie weiß noch, wie sie als Kinder immer draufgetreten sind, kräftig, aber gleichzeitig auch vorsichtig, so dass die Hülle aufplatzte, der Inhalt aber heil blieb. Wenn es gelang, konnte man die Kastanien herausholen, dunkelbraun und glatt, wie aus einem edlen Holz geschnitzt. Aber man konnte sie nie lange aufbewahren, sie waren vergänglich. Auch sie.

Hätte sie sich krankschreiben lassen sollen, als sie die Nachricht erhielt? Vielleicht. Aber so kurz vor Schuljahresende will sie weder den Schülern noch der Schulleitung Probleme bereiten.

Sie muss wieder an den Polizeibericht denken. Die Worte klingen immer noch unfassbar in ihren Ohren. Manchmal holt sie das Blatt hervor und liest es noch einmal durch, wenn sie sich mit der Katastrophe konfrontieren, dem Allerschlimmsten ins Auge blicken will. Es aushalten. Manchmal ist das besser als der dumpfe Schmerz, den man spürt, wenn man den Blick von der Realität abzuwenden versucht.

Ansonsten vermeidet sie es tunlichst, zu viel nachzudenken. Sie hat sich eine Technik zugelegt, mit der sie quasi durch ihren Alltag gleitet. Die Tage strömen ihr entgegen, fließen an ihr vorbei, gehen in die nächsten Tage über und immer so weiter. Als würde man im Meer stehen und versuchen, Welle um Welle elegant auszuweichen. Inzwischen kann sie das ganz gut.

Während des Mittagessens sitzt sie die meiste Zeit alleine in ihrer Ecke. Sie isst ihre Frikadellen mit Petersilie, Kartoffelpüree und Preiselbeeren. So muss sie keinen Smalltalk treiben und kann ganz ungestört für sich bleiben. Aber als sie fast fertig ist, sieht sie zu ihrem großen Unwillen, wie ihre etwas ältere Kollegin Ylva, die Mathematiklehrerin, mit ihrem Tablett durch die Tischreihen geht und nach einem freien Platz Ausschau hält. Einen freien Platz gibt es nur noch an Evas Tisch. Ylva steuert auf sie zu und strahlt übers ganze Gesicht.

»Darf ich?«

Bevor Eva antworten kann, hat sich Ylva gegenüber von ihr hingesetzt, mit ihrer ganzen fülligen Erscheinung. Heute hat sie eine geblümte Bluse an, die an den Knöpfen ein wenig spannt. Ylva beginnt sofort zu essen. Sie hat den Fisch mit Salzkartoffeln und Sahnesauce genommen. Ein Teil davon landet in ihren Mundwinkeln, während sie sich über die neuen Informationsblätter der Schulleitung und ihre Folgen auslässt.

Und jetzt sieht Eva, wie auch noch Stina mit ihrem Tablett durch den Saal steuert. Stina ist Englischlehrerin und genauso alt wie Eva, eine der wenigen Kolleginnen, die sie wirklich respektiert. Und die nach mehreren Jahren als Kollegin auch eine ihrer engsten Freundinnen geworden ist. Obwohl Eva nicht so sicher ist, ob Stina sie auch als eine ihrer engsten Freundinnen betrachtet.

Sie hat so einen natürlichen Ton, wenn sie mit den Schülern spricht. Ein wenig Humor und Gelächter, freundliches Gekabbel – als würde sie sie alle so richtig gern haben. Eva versucht es ihr nachzutun, und vielleicht gelingt es ihr auch manchmal, jedenfalls rein äußerlich. Innerlich allerdings nie.

Stina fängt Evas Blick auf, bevor sie sich hinsetzt.

»Wie war's?«

»Na ja. Ganz okay.«

Kein Wort über die Beerdigung, solange Ylva dabei ist. Und Stina versteht das natürlich. Sie versteht alles.

»Na, jetzt ist's ja nicht mehr lang bis zum Schuljahresende«, stellt Ylva fest und seufzt angesichts der zahllosen Dinge, die bis dahin noch erledigt sein wollen.

Und schon sind Ylva und Stina mitten in einem Gespräch über Zeugnisnoten und Stress und die viele Arbeit, die man abends mit nach Hause nimmt, und dass es bald vorbei ist, das ganze Ackern, und wie wunderschön die Sommerferien werden.

Eva macht mit, so gut sie kann, aber glücklicherweise braucht sie gar nicht so viel zu sagen, die anderen beiden geraten sehr bald in eine intensive Diskussion. Bis es plötzlich still wird am Tisch. Eva hat eine Weile nicht zugehört, und jetzt merkt sie, dass ihre beiden Kolleginnen offenbar eine Antwort von ihr erwarten.

»Oder bist du etwa die ganze Zeit mit deiner Familie zusammen?«, erkundigt sich Ylva.

Eva nimmt einen Bissen, um sich Bedenkzeit zu verschaffen. Ylva und Stina haben bestimmt gerade über ihre Urlaubspläne gesprochen. Ylva hat einen Vortrag gehalten, wie lustig es wird, nach Gotland zu fahren, wo ihre ganze Verwandtschaft den Sommer über bleibt und ihre Eltern sich um alle Kinder und Enkel kümmern. Und wie traurig es doch ist, dass man sich nicht mehr öfter sehen kann, seit die Eltern ganz nach Gotland übergesiedelt sind. Aber die Geschwister treffen sich natürlich trotzdem, und das ist immer sooo toll.

Was soll sie da sagen?

Stina schaltet sich ein und rettet sie, indem sie das Gespräch stattdessen auf die Kinder lenkt. Über Kinder kann man immer reden. Vorausgesetzt, man weiß, dass alle am Tisch Nachwuchs haben.

Ylva steigt sofort darauf ein. Sie hat zwei Kinder über zwanzig, die schon zu Hause ausgezogen ist, weswegen sie jetzt alles Mögliche unternimmt. Eva spitzt die Ohren. Zum Beispiel? Ylva lacht. Man muss schließlich aktiv bleiben. Sie hat sich einen Hund angeschafft und ein Boot gekauft, und einen kleinen Flirt hat sie auch. Das Leben ist herrlich.

»Wunderbar«, strahlt sie und es sieht wirklich so aus, als würde sie geradezu bersten vor lauter Energie. »Und wie ist es bei dir? Zieht dein Sohn nicht auch gerade aus?«

»Doch.«

Eva lächelt Ylva an, um anzudeuten, dass sie auch alles Mögliche unternimmt. Dieses und jenes.

»Dann hast du ja wieder mehr Zeit für deine Eltern«, sagt Ylva. »Siehst du sie oft?«

»Nein ...«

Sie zögert. Sie ist nicht sicher, wie viel sie sagen kann, ohne dass es zu intim wird. Aber irgendeine Antwort muss sie ja geben.

»Meine Mutter lebt nicht mehr.«

Ylva schaut genau so traurig und teilnahmsvoll drein, wie Eva befürchtet hat. Stina nickt nur schweigend und isst weiter. Doch Ylva legt das Besteck beiseite und hört einen Moment auf zu essen, um sich richtig auf das Gespräch konzentrieren zu können.

»Ach, das ist ja traurig. Krebs oder ...?«

Eva verstummt und spürt, wie sich alles in ihr zusammenschnürt. Es fängt immer in der Brust an.

Mama und der Tod. Zwei unvereinbare Gegenpole. Zwei gleichpolige Magnetenden, die einander abstoßen. Sie kann diese beiden Begriffe immer noch nicht zusammenbringen, nur mit Gewalt. Und danach stoßen sie einander gleich wieder ab.

Doch sie kommt gerade noch so davon. Denn jetzt fängt Ylva an, von ihrer Schwiegermutter zu erzählen, die vor sieben Jahren an Krebs gestorben ist, und dann von ihren Verwandten und ihrer Familie und ihren zwei kleinen Brüdern und ihrer geliebten großen Schwester. Die alle gesund und munter sind. Woraufhin Stina wieder irgendetwas über ihre Familie beisteuert, auch etwas einigermaßen Erfreuliches.

Eva guckt wieder aus dem Fenster. Zum Kastanienbaum, dessen Blüten nach dem Sommer zu stacheligen Kugeln werden. Dann steht sie auf, verabschiedet sich von der kleinen Mittagsrunde und geht ihr Tablett wegräumen.

Das Treffen mit ihren Geschwistern beim Anwalt. Morgen ist es so weit. Nachlassinventarisierung, Erbe. Bei jedem Schritt, mit dem sie sich vom Lehrerspeisesaal entfernt, trommeln diese Worte wie ein aggressiver Rhythmus in ihrem Kopf. Nachlassinventarisierung, Erbe. Scharfe Worte, die sandigen Boden und modriges Sediment aufwirbeln. Wäre sie doch nur das einzige Kind. Würden die anderen beiden doch einfach nicht existieren.

Die Anwältin ist jung. Sie sieht aus, als hätte sie eben gerade erst ihr Studium abgeschlossen. Eva hatte sich einen Herrn um die Fünfzig vorgestellt, mit Anzug und Krawatte, hinter einem breiten Mahagonischreibtisch. Ganz bestimmt nicht diese kleine, zierlich gebaute Kindfrau mit den strubbeligen Haaren und dem kleinen runden Gesicht.

Sie begrüßen sich. Die Hand der Rechtsanwältin fühlt sich knochig und kalt an.

»Ingela Bratt. Willkommen.«

Der Stress von der Arbeit steckt Eva immer noch in den Knochen, und sie ist leicht verschwitzt, nachdem sie eine Weile in den Nebenstraßen von Östermalm herumgelaufen ist und nach der Adresse gesucht hat. Sie war schon sicher, dass sie zu spät kommen würde, und je später es wurde, umso größer wurde ihre Angst. Und nun, wo sie die Kanzlei endlich gefunden hat, ist sie doch die Erste.

Eva hängt ihren Mantel auf und zieht sich die Bluse zurecht, die ihr hinten aus dem Hosenbund gerutscht ist. Sie versucht ruhig zu bleiben und sich einzureden, dass diese Besprechung weder kompliziert noch langwierig werden wird, sondern nur eine Bestätigung, dass sich die drei Erben einig sind. Und dann noch ein paar Worte zu den Details der Nachlassinventarisierung.

Im verglasten Besprechungsraum steht schon eine Thermoskanne mit Kaffee und vier Tassen. Ingela Bratt trägt einen hellblauen Pullover mit Fransen, und jetzt setzt sie sich hin und friemelt derartig an einem dieser Fransen herum, dass Eva ganz anders wird. Sie hätte sich wirklich eine etwas stabilere und ruhigere Person als Nachlassverwalter gewünscht. Jemand, dem man vertrauensvoll seine Angelegenheiten in die erfahrenen Hände legen kann …

Ingela Bratt ergreift das Wort, übertrieben ruhig und mit einem pädagogischen Unterton. Ihre Stimme hat sie wahrscheinlich so lange eingeübt, bis sie so klang, wie sie sie haben wollte.

»Um das kurz zu klären – Sie sind alle drei Vollgeschwister, oder?«

»Ja.«

Ingela Bratts Finger zwirbeln die Franse noch ein bisschen fester, bevor sie zur nächsten Franse am Pulloversaum weitergehen.

»Und Ihre Eltern waren geschieden?«

»Ja. Seit Jahren.«

Draußen hört man die Tür gehen. Endlich lässt Ingela Bratt ihre Pullifransen los, steht auf und geht zum Eingang.

»Willkommen.«

Man hört, wie Anders und Maja sie begrüßen und sich vorstellen.

Sie sind also zusammen gekommen. Eva greift zur Thermoskanne, um sich Kaffee einzuschenken. Sie möchte es so aussehen lassen, als müsste sie schon ewig hier warten, nur damit die beiden sich vorher treffen und absprechen konnten. Aber sie findet auf die Schnelle nicht heraus, wie der Verschluss funktioniert, und es kommt kein Kaffee.

Dann betritt Anders mit schlenkernden Bewegungen den Raum. Er wirft einen Blick auf seine überdimensionierte Armbanduhr, anscheinend hat er es eilig. Immer auf dem Sprung, auf dem Weg zur nächsten Besprechung, zum nächsten Projekt, dem nächsten Sprung in die Zukunft. Er setzt sich an den Tisch. Sein Kleidungsstil ist ganz wie gehabt: zerrissene Jeans, Turnschuhe, ein bedrucktes T-Shirt, das nach Teenager aussieht, eine Jacke, die lässig um ihn herumschlottert, aber hundertprozentig sauteuer war. Abgesehen von seinem nach so vielen Partynächten etwas verbrauchten Gesicht könnte er tatsächlich als Teenie durchgehen.

Hinter ihm kommt Maja herein, in einer gut geschnittenen Jacke mit einem kleinen Top darunter. Sie setzt sich auf die vorderste Kante eines Stuhls und fühlt sich sichtlich unwohl. Eva ahnt warum. Die Situation ist weder angenehm noch unterhaltsam, und Maja hat schon immer die leichten Seiten des Lebens bevorzugt. Kompliziertem, Negativem ist sie immer ausgewichen.

Ingela Bratt sortiert einen Stapel Papiere, Mappen und Ordner. Schöne, gerade Stapel.

»Bei der Verteilung der Habe Ihrer Mutter gibt es kaum Probleme«, erklärt sie. »Die Wohnung war ja nur gemietet und ist bereits wieder an den Vermieter übergeben. Wenn ich das richtig verstanden habe, gab es bei der Aufteilung der beweglichen Habe auch keine Probleme, oder?«

Schweigen. Eva schüttelt den Kopf. Sie denkt daran, dass weder Anders noch Maja Zeit hatten, ihr zu helfen, so dass sie ganz allein die kleine Zwei-Zimmer-Wohnung ausräumen musste. Die beiden meinten, sie wollten nichts haben, mit den Möbeln und Sachen könne sie also machen, was sie wolle. Das meiste schenkte sie der Bürgerhilfe, der Rest wurde zum Wertstoffhof gebracht. Nur ein paar Sachen behielt sie. Ein paar Bilder, die sie noch von ihrer Kindheit in Erinnerung hatte, einige Bücher und Porzellan.

Sie blickt von der Seite auf Anders und Maja, die beide die Anwältin ansehen und den Kopf schütteln. Keiner sagt einen Ton.

»Ihre Mutter hat außerdem noch eine Immobilie auf einer Insel im Stockholmer Schärengarten hinterlassen«, fährt Ingela Bratt vor. »Haben Sie bereits besprochen, wie Sie damit verfahren wollen?«

Anders und Maja tauschen einen Blick. Dann sehen sie zu Eva. Sogar die Rechtsanwältin wendet sich zu ihr. Alle warten.

Es gibt eigentlich keinen Grund, die ungemütliche Situation noch mehr in die Länge zu ziehen.

»Ich hab eigentlich damit gerechnet, das Sommerhäuschen zu übernehmen«, sagt Eva. »Ich habe dort ja am meisten gewohnt. Oder … im Prinzip eigentlich bloß ich.«

Majas Miene verfinstert sich. Anders sieht sie kurz an, dann schaut er wieder zu Ingela Bratt, die auch nicht richtig zu wissen scheint, wie sie jetzt reagieren soll.

»Gibt es denn ein Testament, in dem Ihre Mutter festgelegt hat, dass Sie das Haus bekommen sollen?«, fragt Ingela Bratt. »Ich habe diesbezüglich nämlich keine Papiere finden können.«

Schweigen.

»Nein. Irgendwie ist sie nie dazu gekommen.«

Sie merkt selbst, wie sich das anhört.

»Tja, in diesem Fall ist die Sache klar. Sie erben alle drei.«

Eva fängt wieder an zu schwitzen, unter den Achseln und an den Handflächen.

Da prescht Anders vor.

»Maja und ich finden, dass das Haus verkauft werden sollte. Und das Boot auch.«

Es fühlt sich an, als wären ihr lauter winzigkleine Schweißperlen auf die Oberlippe getreten. Rasch fährt sie mit der Hand darüber. Die beiden können doch nicht im Ernst meinen, dass Mamas Sommerhäuschen verkauft werden soll, an irgendeinen wildfremden Menschen? Dass sie es vollkommen aus der Hand geben sollen?

Sie begreift es einfach nicht.

»Verkauft?«, wiederholt sie.

Die beiden schweigen und sehen sie an.

Maja ergreift das Wort, und ihre lange, höchst komplizierte Erklärung läuft darauf hinaus, dass Anders und sie natürlich die höchstmögliche Summe für das Haus erzielen wollen. Aber dass Eva natürlich jederzeit ein Gebot abgeben kann, wie alle anderen Spekulanten.

»Aber ich hab doch gar kein Geld«, sagt Eva. »Da kann es sich um Millionen handeln.«

Sie nicken und tauschen noch einmal einen Blick.

»Das könnt ihr doch nicht tun«, protestiert sie und merkt, dass ihr Atem schneller geht. »Mama wollte, dass mir das Haus gehört.«

Ihr pocht das Blut in den Schläfen. Sie ist immer auf die Insel gefahren und hat Mama geholfen, das Haus und das Grundstück in Schuss zu halten, während ihre Geschwister mit ihrem chaotischem Privatleben und ihren intensiven Arbeitsphasen beschäftigt waren. Sie, Eva, hat sich gekümmert, sonst keiner.

»Aha«, sagt Ingela Bratt. »Ich verstehe.«

Ihre Antwort bleibt in der Luft hängen.

Anders und Maja sind seit Jahren nicht mehr dort draußen gewesen. Die wissen wahrscheinlich nicht mal mehr, wie es dort aussieht. Sie wissen nichts. Nicht, wo die ausgetretene Treppe eine Kerbe hat oder wo sich die Tapete neben dem Türpfosten gelöst hat. Sie haben keine Ahnung, an welchem Fenster ein heruntergelaufener Tropfen Farbe eine Nase gebildet hat, so dass es sich schwerer öffnen lässt als die anderen. Sie haben keine Ahnung von der immer schieferen Verblendung am Giebel zur Seeseite, den man austauschen und streichen müsste. Sie haben keine Ahnung, wie man der Verandatür einen Extraschubs geben muss, damit sie wirklich zugeht, oder welche Holzdiele in der Küche etwas wacklig ist. Es ist die direkt vorm Regal. Aber davon haben die beiden keinen Schimmer.

»Damit können wir doch sicher noch ein bisschen warten«, wendet sie ein.

»Worauf denn warten bitte?«, sagt Maja. »In der Sache gibt es nichts mehr zu klären.«

Ingela Bratt versucht, den Eindruck zu erwecken, als würde sie das Gespräch mit Anteilnahme verfolgen, aber Eva sieht genau, dass diese Auseinandersetzung hier zu den Aufgaben gehört, die sie absolut schablonenmäßig abarbeitet. Wahrscheinlich hat diese Diskussion schon viel zu viel teure Zeit verschluckt.

»Ich glaube, wir sollten jetzt keine übereilten Entscheidungen treffen«, beharrt Eva. »Nicht so kurz danach.«

Maja weicht keinen Zentimeter.

»Für uns ist das nicht übereilt. Es ist selbstverständlich. Das Haus wird verkauft.«

Eva faltet die Hände unter dem Tisch auf dem Knie. Sie sind eiskalt und können etwas Wärme gebrauchen.

»Das muss man doch nicht alles sofort machen«, sagt sie. »Jetzt sind sowieso Ferien, da wäre es doch ganz passend, größere Entscheidungen bis zum Herbst aufzuschieben. Finde ich zumindest.«

Klang das gekünstelt? Sie wirft einen Blick zu Ingela Bratt, damit sie diese kluge, vernünftige Einstellung unterstützt. Doch die Rechtsanwältin hat ihre Augen auf irgendwelche Papiere geheftet und befeuchtet sich gerade einen Finger zum Umblättern.

Anders schaut einfach auf die Wand hinter Eva. Sie nimmt einen erneuten Anlauf.

»Das Haus ist doch nicht bloß irgendein beliebiges Haus. Wenn es verkauft wird und sich diese Entscheidung hinterher als die falsche herausstellt ... Vielleicht könnte man dann ein ganz ähnliches kaufen, das ist gut möglich. Aber keines wie dieses. Absolut keines. Dieses Haus ist etwas Besonderes, es ist einfach keine gute Idee, es zu verkaufen. Die Leute geben so ein Haus nicht mehr her, wenn sie erst mal eines in der Hand haben.«

Sie meint, gute Argumente zu haben, aber sie hört auch, wie ihre Worte auf den Tisch rieseln wie graue Ascheflocken. So uninteressant und wertlos, dass man sie nur zusammenkehren möchte.

Schließlich holt Ingela Bratt tief Luft und sieht Eva in die Augen.

»Es sieht ganz so aus, als würden wir hier nicht weiterkommen.«

Eva fragt sich, wie andere Leute sich wohl benehmen, wenn man ihnen so etwas eröffnet. Wenn sie merken, dass sie im tiefsten Sumpf stehen. Was erwartet man jetzt von ihr? Soll sie in Tränen ausbrechen? Die Hände vor die Augen schlagen? Sie starrt auf die Hände der Rechtsanwältin, die immer noch pausenlos an den Pullifransen herumzupft.

»Wenn man mit Gruppen arbeitet, die vor großen Veränderungen stehen«, erklärt Maja mit einem Lächeln, das höchstwahrscheinlich Empathie ausstrahlen soll, »dann muss man ihnen Zeit geben. Zeit, sich an die neue Situation zu gewöhnen, Zeit sich umzustellen. So auch hier. Verstehst du das?«

Ihnen. In diesem Falle Eva.

»Ja, das meine ich ja auch«, antwortet sie. »Dass wir nicht so überstürzt handeln sollten.«

»Jetzt hast du mich missverstanden. Mit Absicht, nehme ich an.«

Maja wirft Anders einen Seitenblick zu. Eva versucht noch etwas zu sagen, aber es geht nicht. Ihr fehlen die Worte.

Ingela Bratt beugt sich zu ihr vor.

»Möchten Sie vielleicht ein Glas Wasser?«

»Ja, bitte.«

Sie braucht eine Pause von den forschenden Augen der Rechtsanwältin. Die sich wundert, warum sie nicht einfach nachgibt. Die Geschwister haben ja tatsächlich recht. Sie sind zu dritt und sollen das Erbe zu gleichen Teilen aufteilen. Diese Besprechung hätte man auch in zwanzig Minuten abwickeln können.

Auf klackernden Absätzen geht Ingela Bratt in die kleine Büroküche und kommt mit einem Wasserglas zurück. Eva trinkt ein Schlückchen und stellt das Glas dann ab. Sie hat eigentlich keinen Durst.

»Tja, dann wollen wir hier mal Schluss machen«, schlägt Ingela Bratt vor. »Sie schlafen über die ganze Sache. Und morgen rufe ich Sie an und erkundige mich, zu welcher Entscheidung Sie gekommen sind.«

Anders und Maja nicken. Eva antwortet nicht. Ingela Bratts Augen suchen ihren Blick.

»Ich brauche nicht über die ganze Sache zu schlafen«, sagt Eva. »Für mich ist es unvorstellbar, das Haus zu verkaufen.«

Ihre Geschwister sehen sich an. Majas Gesichtsausdruck hat jetzt die Härte angenommen, die sie schon als Kind haben konnte. Sie nickt Anders resolut zu.

»Wenn das so ist«, sagt sie, »ziehen wir die Sache einfach durch. Darauf kannst du Gift nehmen.«

Ingela Bratt richtet sich kerzengerade auf und wird ganz formell.

»Nun, wenn es so ist, dass nur zwei von drei Geschwistern die beschlossene Teilung der Erbmasse unterschreiben, dann können Sie beim Gericht einen Antrag auf Bestimmung eines Erbteilungsbeauftragten stellen. Sie können selbst eine Person vorschlagen, dann prüft das Gericht, ob diese Person geeignet ist.«

Ihre vorher so ruhige Stimme ist inzwischen etwas angespannter und hat etwas Mechanisches angenommen.

»Der Erbteilungsbeauftragte setzt Zeit und Ort für die Teilung fest und ruft sämtliche Erben zur Vollstreckung zusammen. Dann führt er die Zwangsteilung durch. Diese wird sämtlichen Erbberechtigten im Original oder als beglaubigte Kopie zugestellt.«

Sie hält inne, um kurz zu husten. Keiner sagt einen Ton. Dann fährt sie fort.

»Sollte die Zwangsteilung von einem der Beteiligten nicht akzeptiert werden, muss die betreffende Person innerhalb von vier Wochen nach Erhalt der Mitteilung Widerspruch gegen die Teilung der Erbmasse einlegen, und zwar bei dem Gericht, das den Erbteilungsbeauftragten bestimmt hat. Das Honorar des Erbteilungsbeauftragten wird aus der Erbmasse bestritten.«

Eva hat ihre Augen fest auf die Thermoskanne geheftet. Sie versteht kein Wort von dem, was Ingela Bratt da redet. Sie hat schon vor einer ganzen Weile aufgehört zuzuhören.

Auch wenn sie vorläufig den Kampf verloren hat, auch wenn sie in diesem Moment kein bisschen Hoffnung mehr sieht – eines weiß sie ganz bestimmt: Das Haus und das Boot gehören ihr. Egal, was Ingela Bratt behauptet.

Dann ist es vorbei. Eva und ihre Geschwister gehen schweigend zusammen zum Ausgang. Als sie auf dem Gehweg stehen, wendet sich Maja zu Eva.

»Was ist bloß los mit dir?«, fragt sie.

Sie bekommt keine Antwort. Anders trippelt unruhig auf der Stelle und schaut auf die Uhr. Die beiden müssen wieder in die Innenstadt. Eva eigentlich auch, aber sie geht in die entgegengesetzte Richtung.

Sie beobachtet, wie all die gut gekleideten Menschen diskret auf den Stühlen hin und her rutschen, das rechte Bein über das linke schlagen und dann wieder das linke über das rechte. Allen tut schon der Rücken weh vom langen Sitzen. Sie wollen zurück in ihr gemütliches Zuhause und fernsehen. Entspannen.

Der Elternabend neigt sich seinem Ende. Es ist der letzte vor den Sommerferien, und wie üblich ging es vor allem um die Zeugnisse. Aber sie hat auch die Fragen der Eltern beantworten müssen – warum die Schüler eigentlich Hausaufgaben machen und morgens so früh anfangen müssen, warum sie so viele Freistunden dazwischen haben und warum sie keine Klassenfahrt angeregt hat.

»Und zu guter Letzt müssen wir noch den Elternbeirat wählen für den Elternabend im Herbst«, sagt sie. »Das können wir doch genauso gut jetzt schon erledigen.«

Schweigen. Natürlich. Kein normaler Mensch will Zeit opfern, um zu noch mehr Terminen zu gehen, bei denen es um Schulspeisung und Aussuchen von Dekoration für die Schulfenster geht.

»Ich habe einen Zettel von Judit Wallström, der Sprecherin des Elternbeirats, bekommen«, fährt Eva fort und hält das pistaziengrüne Blatt hoch. »Sie fände es toll, wenn Sie als Eltern sich im Herbst in der Schularbeit engagieren würden. Es wird nicht mehr als zwei Versammlungen pro Halbjahr geben, und bei der Gelegenheit bekommen Sie zum einen Informationen über die Schule und können zum anderen Ihre Ansichten über den Unterricht äußern.«

Wieder Schweigen. Alle versuchen, ihre Blicke möglichst auf irgendeinen Fleck im Klassenzimmer zu richten. Nicht auf irgendwelche anderen Eltern, schließlich wäre es unpassend, in dieser ernsten Situation jemand anzugrinsen, und man möchte die anderen Eltern ja auch nicht auf dumme Ideen bringen. Eva kann man absolut nicht angucken, das könnte einem ja als Interesse ausgelegt werden, und dann fragt sie einen am Ende direkt. Einige starren geistesabwesend schräg vor sich auf den Boden, andere auf die Wände, an denen Schautafeln und Gruppenarbeiten hängen, die auf einmal unglaublich interessant sind.

»Okay«, sagt Eva und legt den hellgrünen Zettel wieder aus der Hand. »Dann schieben wir diese Frage bis August auf. Ich werde es Judit ausrichten.«

Die Eltern entspannen sich und sind spürbar erleichtert, dass dieser Kelch vorerst an ihnen vorübergegangen ist. Sie machen Anstalten aufzustehen.

»Na dann«, ruft Eva. »Wenn keiner mehr Fragen hat, ist unser Treffen hiermit beendet.«

Die Leute nehmen ihre Jacken und nicken ihr im Gehen noch einmal gemessen zu. Ein großer Mann im Mantel geht auf dem Weg aus dem Klassenzimmer an ihr vorbei. Ihr fällt plötzlich etwas ein.

»Entschuldigen Sie«, sagt sie. »Sie sind doch Gustavs Vater, oder?«

»Ja.«

Er sieht sie fragend an.

»Könnten Sie wohl noch ein bisschen bleiben? Nur ganz kurz?«

Er tritt einen Schritt beiseite und lässt die anderen Eltern vorbeigehen. Traurige Augen hat er, wie sie feststellen kann. Und einen ziemlich langen Pony. Er hat ein bisschen was von einem Künstlertyp. Er ist in ihrem Alter, vielleicht ein bisschen jünger. Auf jeden Fall ein verhältnismäßig junger Vater für einen Teenager.

Als die anderen alle draußen sind, sieht sie ihm fest in die Augen. Er hält ihrem Blick stand.

»Ich habe leider ganz schön Probleme mit Gustav«, beginnt sie.

Er schweigt und zeigt keine Reaktion.

»Ach ja?«

Das ist alles. Er fragt nicht nach, nichts.

»Ich finde, die Situation ist ziemlich ernst«, sagt sie. »Er ist unglaublich aggressiv. Und das stört den Unterricht.«

Sie sieht, dass seine Miene etwas Gereiztes annimmt.

»Ich verstehe nicht, warum ausgerechnet Gustav ein Problemfall sein soll.«

Er weicht ihr aus.

»Mir ist nichts zu Ohren gekommen, dass er sich in der Schule schlecht benommen hätte«, erklärt er. »Und seine Prüfungsergebnisse sind doch gut, oder?«

»Er ist relativ gut. Aber was seinen Umgangston angeht, haben wir häufig mal Schwierigkeiten gehabt. Er ist oft arrogant und unfreundlich zu uns Lehrern. Übrigens ganz besonders zu mir.«

Er geht zur Tür.

»Gustav kann sicher ab und zu ein bisschen großspurig sein«, sagt er. »Aber das gehört doch zu diesem Alter. Das geht vorbei.«

»Sie finden das also ganz in Ordnung?«

Ihre Hände zittern leicht, und sie muss sich auf eine Bank stützen.

»Das habe ich nicht gesagt.«

Er ist an der Tür stehen geblieben.

»Aber ich glaube, dass es kein Fehler ist, in puncto Unterricht auch mal kritisch zu sein«, sagt er. »Sie stopfen den Kindern in erster Linie die Köpfe voll. Diese Schule ist wie eine Welt, die mit der Wirklichkeit überhaupt nichts zu tun hat. Wenn Sie die Formulierung entschuldigen wollen.«

Sie darf nicht anfangen zu weinen. Nicht jetzt.

»Es wundert mich wirklich, dass Sie die Sache so gar nicht ernst nehmen«, erwidert sie.

Er scheint jetzt in Fahrt gekommen zu sein, scheint überhaupt nicht zu hören, was sie sagt.

»Außerdem«, fährt er fort, »finde ich, dass diese ganze Schule hier eher wirkt wie eine Strafanstalt. Sie Lehrer sind so beschränkt, Sie tun alles, um die Kreativität der Schüler zu ersticken. In Kunsterziehung sollen sie genau das zeichnen und malen, was Sie vorschreiben. In Schwedisch sollen sie genau die Aufsätze schreiben, die Sie haben wollen.«

»Das stimmt so nicht ganz«, entgegnet sie.

»Falls Sie denn überhaupt aufzutauchen geruhen. Wenn ich das richtig verstanden habe, haben die Schüler oft Freistunden ohne Aufsicht, oder?«

Er sieht sie mit ungewöhnlich intensivem Blick an.

»Oft nicht, aber momentan sind es zwei Stunden die Woche, das ist richtig. Wir haben es leider nicht anders einrichten können. Ich bin in der Anti-Mobbing-Gruppe der Schule und muss einmal wöchentlich zur Versammlung gehen.«

Ihre Wangen werden heiß.

»Die Schüler müssen also leiden, damit Sie zu Ihren Versammlungen rennen können?«

»Ich habe den Stundenplan nicht gemacht. Manchmal kollidieren gewisse Dinge eben.«

Er schweigt. Aber man merkt ihm an, dass er mit der Antwort nicht zufrieden ist.

»Wann waren Sie zum letzten Mal außerhalb des Schulgebäudes?«, fragt er. »Die Schüler und Sie? Gehen Sie zum Beispiel mal ins Theater?«

»Über solche Dinge müssen Sie mit der Schulleitung reden. Wie Sie sicher wissen, haben wir immer weniger Mittel zur Verfügung. Und die Schule kann sich Theaterbesuche leider nicht mehr leisten. So sieht es aus, und ich bin bestimmt die erste, die das bedauert.«

Sie setzt eine resolute Miene auf und hofft, überzeugend zu wirken.

»Ich muss leider weitere Schritte unternehmen«, fügt sie hinzu. »Tut mir leid, aber es geht nicht anders.«

Er bleibt stumm und scheint nachzudenken.

»Wie viele Schüler haben Sie in Ihrer Klasse?«

Jetzt sieht er sie wieder so direkt an.

»29«, antwortet sie. »Warum?«

»Ich werde dafür sorgen, dass Sie ins Theater gehen können. Wir treten am Dienstag, Mittwoch und Donnerstagabend auf.«

Sie versteht gar nichts. Er lächelt sie an und sieht auf einmal ganz anders aus. Das leicht faltige Gesicht hellt sich auf, und die traurigen Augen beleben sich.

»Ich bin Schauspieler«, erklärt er. »Und ich versuche es so einzurichten, dass Sie gratis das Stück besuchen können, das wir gerade spielen. Diese Woche Donnerstag, passt das? Die ganze Klasse. Sie natürlich auch.«

Sie lässt die Hand mit den Zetteln sinken.

»Das ... das ist wirklich sehr nett von Ihnen.«

Mehr bringt sie nicht heraus.

Auf dem Heimweg schaltet sie das Handy wieder an. Eigentlich unwichtig, denn es ruft sie so gut wie nie jemand an, abgesehen von Eltern, die mit ihr über die Noten ihrer Kinder reden wollen. Aber wenn Elias wider Erwarten anrufen sollte, will sie natürlich mit ihm sprechen. Vielleicht hat er ja doch ein wenig Sehnsucht nach ihr.

Jemand hat eine Nachricht auf ihrer Mailbox hinterlassen, und sie beginnt sofort zu hoffen. Die Nummer erkennt sie nicht, aber manchmal leiht sich Elias das Handy eines Kumpels, wenn bei seinem der Akku leer ist.

Als sie die Nachricht abhört, ertönt Anders' Stimme. Er klingt gestresst, aber beherrscht.

»Es gibt da was, worüber ich mit dir reden muss«, sagt er. »Es ist wichtig. Ruf mich an.«

Am Ende liest er ihr zweimal langsam und deutlich seine Nummer vor. Sie drückt mittendrin weg und löscht die Mitteilung. Als sie das Handy in die Manteltasche schiebt, ist es, als hätte es diese Nachricht nie gegeben.

Es ist mindestens zwanzig Jahre her, dass sie einen Fuß in ein solches Gebäude gesetzt hat. Eine Seitengasse auf Södermalm, eine schmale Tür, von der eine steile Steintreppe in ein kleines Foyer hinunterführt, das nicht viel größer ist als Evas Küche. An den Wänden hängen Plakate von früheren Aufführungen, Inszenierungen mit seltsamen Namen. Ein paar ziemlich schockierende Bilder der schlüpfrigen Art.

War es wirklich in Ordnung, dass sie die ganze Klasse hierhergebracht hat? Was machen sie eigentlich hier? Sie hätte dankend ablehnen sollen, ihm sagen sollen, dass sie Ende des Schuljahres keine Zeit für so etwas hat. Aber jetzt gibt es kein Zurück.

Es wird eine Weile recht geräuschvoll und turbulent, bis alle Schüler ihre Jacken ausgezogen haben und vor dem Einlass warten. Dann geht die Tür auf, und eine Frau Mitte dreißig mit schwarzen Zöpfen und knallrotem Lippenstift zeigt ihnen lächelnd, wo sie entlanggehen sollen. Ihr Kleid mit dem grellen großen Muster ist einfach ganz kastig zusammengesteppt und hat vorne eine Tasche, aus der eine lila Zahnbürste, eine Plastikgiraffe und eine Mundharmonika herausragen.

Die Schüler drängen in den Saal, gehen durch einen schmalen Gang, durch einen Vorhang aus bunten, klirrenden Plastikperlen, die unpraktischerweise jedes Mal, wenn einer hindurchwill, wieder entwirrt werden müssen. Die verputzten Kellerwände sind schwarz gestrichen und erinnern sie an den Jugendclub ihrer Teenagerzeit, wo jeder beim Streichen helfen durfte.

Das Publikum setzt sich auf die wenigen harten Bänke, die in fünf, sechs Reihen hintereinanderstehen und auf denen blaue Samtkissen ausgelegt sind. Eva landet ganz vorn. Sie muss sich mehrmals umdrehen und Linus, Fabbe und Vanessa zum Schweigen bringen, die in der letzten

Reihe sitzen und rumkichern. Doch Gustav, der in der dritten Reihe sitzt, ist diesmal ganz still.

Eva sitzt ganz aufrecht auf der Holzbank. Das Kissen ist ziemlich dünn, und sie fühlt jetzt schon einen ersten Anflug von Taubheit im Steißbein. Sie versucht auf die Uhr zu sehen, aber es ist zu dunkel im Raum, sie kann die Zeiger nicht erkennen. Sie hat nicht unbedingt ein Faible für Theater, aber das hat sie niemals laut ausgesprochen. Immerhin hat sie ja einen Magister in Geisteswissenschaften.

Dann fängt es an. Vier Schauspieler wirken mit, das Stück ist eine Art Märchen für Erwachsene und handelt von einem bösen König und seiner Jagd auf Reichtümer. Glaubt sie jedenfalls. Sowohl die Handlung als auch die wesentliche Aussage sind schwer zu verstehen. Irgendeine Aussage muss es ja geben, auch wenn sie nicht sicher ist, worauf das Ganze hinauslaufen soll. Die Frau mit den schwarzen Zöpfen und dem roten Mund ist auch dabei, und dann noch zwei Personen, an die sie sich hinterher nicht mehr erinnern kann.

Sie konzentriert sich nur auf einen Schauspieler.

Er trägt eine Art weiße, schlabberige Baumwollhose und sonst nichts. Barfuß und mit nacktem Oberkörper klettert er im Bühnenbild herum, das nur aus schwarzen Eisenrohren besteht. Dann macht er Saltos, geht auf den Händen und räkelt sich auf den Bühnenbrettern. Das faltige Gesicht ist geschminkt, die traurigen Augen pechschwarz. Seine Stimme ist kräftig und durchdringend und bringt jeden von Evas Knochen zum Vibrieren.

Bald glänzt sein Körper vor Schweiß, und wenn er seine Repliken hervorstößt, spritzt der Speichel. Das dunkle Haar ist nass und verstrubbelt, den langen Pony streicht er sich ständig aus dem Gesicht. Rücken, Brustkorb, Arme, Füße, Hüften, Schultern – überall hat er sehnige Muskeln, und es sieht aus, als würde er jede Faser dieser Muskeln nutzen. Sein Körper ist ein straffes Ganzes, er ist geschmeidig und ungehemmt wie ein Kind, aber mit den Bewegungsmustern und der Beherrschung eines Erwachsenen.

Zum Glück ist der Saal so dunkel. Ihre Wangen sind ganz rot geworden, ihr ist schwindlig und schlecht. Sie will nur noch weg hier, aber es will und will kein Ende nehmen.

Er spielt. Schauspielern ist sein Beruf.

Dann ist er plötzlich oben zwischen den Bankreihen, bewegt sich im Publikum, während er spielt, hangelt sich an den Balken unter dem niedrigen Dach entlang und schreit seine Zeilen heraus. Alles auf diese übertriebene Art, die Eva noch nie ausstehen konnte.

Sie macht sich ganz steif, als seine nackten Füße in ihre Nähe kommen. Sie sind sommerlich gebräunt auf der Oberseite. Für ein paar Sekunden spürt sie seine dampfende Wärme, bevor er wieder auf die Bühne hinunterhopst. Ein schwacher Duft von Seife und reinem Schweiß bleibt zurück. Eva spürt, wie Herz und Adern in ihr pulsieren, es hämmert überall. Ihr fällt auf, dass sie rasch atmet, als wäre sie gerade gerannt. Sie ist wie betäubt, aber zugleich angespannt und überwach.

Sie hat nur noch eine verschwommene Erinnerung daran, wie er am Ende mit den anderen drei Schauspielern auf der Bühne stand und sich vor dem Publikum verbeugte, wie die Klasse applaudierte und – als die Schüler sich wieder durch den engen Durchgang quetschten, sich kabbelten und anrempelten, mit ihren Jacken und Schals im Arm – er zu ihr kam und sie fragte, wie ihr die Vorstellung gefallen hat. Sie kann sich noch schwach erinnern, dass sie gelächelt und sich bedankt, und ihm gesagt hat, dass das Stück sehenswert war und er der Klasse einen großen Gefallen getan hat. So was in der Richtung muss sie gesagt haben. Aber sie weiß es nicht mehr so recht.

Hinterher. In der Nacht muss sie aufstehen und in die Küche gehen, sich ein Glas Wasser holen, sich ans Fenster stellen und hinaussehen, während sie langsam das kalte Wasser trinkt und den Hof betrachtet.

Das abgenutzte Klettergerüst, die Spielsachen der Kindergartenkinder im Sandkasten, die Mülltonnen in der Ecke.

Sie weiß, wenn sie jetzt wieder ins Bett geht, in dem sie so lange wach gelegen hat, dann kommen die Träume zurück. Sobald sie einschläft, kommen die Bilder, in denen sie vor ihm steht. Ganz nah vor ihm steht und er sie direkt ansieht mit seinen traurigen Augen.

Nach dem Mittagessen sitzen Eva, Stina und Ylva im Lehrerzimmer und trinken Kaffee. Die Zeit ist knapp bemessen, gleich müssen alle zurück in den Unterricht. Seltsamerweise ist Ylva auch dabei, wie so oft in letzter Zeit. Eigentlich jeden Tag. Eva begreift nicht, was Stina an dieser Frau findet.

Wie so oft sprechen sie über die Zeugnisse.

»Da werden schon so einige durchfallen«, meint Eva. »Das ist unvermeidlich.«

Sie geht davon aus, dass die anderen ihr zustimmen werden, zumindest Stina. Aber die beiden schauen sie nur an, als hätte sie etwas völlig Absurdes gesagt.

»Unvermeidlich?«, wiederholt Stina. »Wie meinst du das?«

»Na ja, da gibt es zum Beispiel einige, denen ...« Sie rührt in ihrer Kaffeetasse. Plötzlich liegt eine seltsame Stimmung in der Luft. »Denen die Schule wirklich total egal ist. Die es einfach nicht verdient haben, versetzt zu werden.«

Sie denkt an Vanessa, aber natürlich auch an Gustav, der nicht nur beklagenswert wenig Ehrgeiz zeigt, sondern auch ein selten unverschämter Faulpelz ist. Und manchmal ein fast schon drohendes Gebaren an den Tag legt. Aber das sagt sie nicht.

»Na ja, aber genau für sie ist es doch furchtbar wichtig«, wendet Stina ein. »Die Abschlusszeugnisse folgen ihnen doch sozusagen ein Leben lang.«

Stina wirft Ylva einen Blick zu, der mit einem energischen Nicken erwidert wird.

»Ich muss zugeben, ich ändere die staatlichen Vorgaben ab und zu auch mal ab«, sagt Ylva. »Es wäre doch schade um die Schüler, sie haben bessere Ergebnisse verdient. Ich sehe doch, wie sie sich anstrengen.«

»Das finde ich auch, absolut«, pflichtet Stina ihr bei und

setzt eine Miene auf, als wäre das alles ganz selbstverständlich.

Eva ist überrumpelt. Sie hat nie gewagt zu denken, dass ihre Kollegen so weit gehen könnten, bewusst zu gute Noten zu geben.

»Ich meine, was spielt das schon für eine Rolle«, fährt Ylva fort. »Alle haben etwas davon. Die Schüler sind froh und glücklich, und die Eltern sind auch zufrieden.«

»Und es ist tatsächlich angenehmer, wenn man sie später mal auf der Straße trifft«, sagt Stina. »Das kommt ja ab und zu mal vor.«

Eva schaut grundsätzlich weg, wenn ihr Eltern begegnen, oder sie holt das Handy aus der Tasche und tut so, als würde sie gerade darauf herumtippen. Oder sie wechselt die Straßenseite.

Langsam geht ihr auf, warum Ylva und Stina bei Schülern und Eltern so beliebt sind. Sogar die Schulleitung ist total begeistert von ihnen, und der Rektor hat mehrmals betont, was für souveräne Pädagoginnen sie doch sind. Sie weiß, dass die beiden in den letzten Jahren auch solide Gehaltserhöhungen bekommen haben. Sie selbst ist mehr oder weniger immer noch bei ihrem Anfangsgehalt.

Ylva zieht eine Tüte selbstgebackene Zimtschnecken aus der Tasche.

»Schaut mal«, sagt sie und kichert. »Ich wollte meine Klasse mal mit meinen guten Zimtschnecken überraschen. Immerhin ist heute ja Freitag.«

Eva steht auf. In ihr rumort es.

»Okay. Sieht ganz so aus, als würden wir sehr unterschiedlich arbeiten«, sagt sie. »Ich selbst habe wirklich alles getan, was in meiner Macht stand, damit meine Durchfallkandidaten doch noch durchkommen. Ich habe gekämpft. Aber das einzige, was ich dafür kassiert habe, waren noch mehr Unverschämtheiten.«

»Ja? Na ja, vielleicht hast du ja irgendwas falsch gemacht?«

Ylva ist sichtlich amüsiert. Eva sollte vielleicht einfach einlenken oder irgendwie das Thema wechseln. Aber jetzt ist sie in Fahrt, jetzt muss raus, was sie zu sagen hat.

»Nichts hat geholfen«, sagt sie. »Ich habe sie gewarnt. Ich habe mit ihnen über die Möglichkeiten gesprochen, wie sie noch vermeiden können, sitzenzubleiben. Ich habe sie ermuntert und motiviert. Verdammt, ich hab wirklich alles getan.«

Ylva und Stina werfen Seitenblicke zu den Kollegen auf dem Sofa nebenan. Aber Eva ist noch nicht fertig. Das Rumoren in ihr ist noch lauter geworden.

»Aber ich kapituliere nicht komplett, wie ihr das offenbar macht. Ich weigere mich, Schüler durchkommen zu lassen, die keine Leistung gezeigt haben. Auch, wenn die Schulleitung und die Schüler und die Eltern dann unzufrieden sind. Alle miteinander.«

Sie merkt, dass sie heftig atmet, ihr Herz klopft und die Schlagader am Hals pocht. Mehrere Kollegen starren sie an. Sogar in der hintersten Ecke des Lehrerzimmers dreht man die Köpfe.

»Ja, ich weiß schon, was alle denken! Warum habe ich meinen Job nicht gemacht? Warum habe ich nicht dafür gesorgt, dass all meine Schüler durchkommen? Warum mache ich ständig Probleme?«

Stina weiß nicht recht, wo sie hinsehen soll, bis ihr Blick an Ylva hängen bleibt.

»Verteilt ihr ruhig eure Zimtschnecken. Viel Spaß noch.«

Eva schnappt sich ihre Handtasche und verlässt das Lehrerzimmer. Sie fühlt sich, als hätte sie gerade einen Marathon hinter sich.

Sie hat einen sperrigen Stapel Schulbücher auf dem Arm, und ihre bleischwere Schultertasche ist ausgebeult von Klausurbögen, die bis Montag korrigiert werden müssen. Sie wird bis spätnachts daran sitzen, und zwar das ganze Wochenende. Ihre Schulter tut weh. Wenn dieser Schmerz sich bloß nicht wieder festsetzt, sonst muss sie wieder zur Krankengymnastik. Die ist teuer, und mit dem Geld fängt sie lieber was Lustigeres an.

Wenn ihr denn etwas Lustiges einfällt.

Die Schlüssel zum Klassenzimmer sind ganz nach unten unter die Papiere gerutscht, und sie muss eine ganze Weile in der Tasche wühlen, bis sie sie zu fassen bekommt. Als sie ihn sieht, ist sie überhaupt nicht darauf vorbereitet. Er steht im Flur, mit dem langen Pony, der ihm bis auf die Wange hängt, hat Jeans und ein helles Hemd an und offene Segeltuchschuhe, in denen sie die sonnengebräunten Füße erkennen kann.

»Das war wirklich schön gestern, danke noch mal«, sagt sie.

»Gern geschehen, freut mich, dass es Ihnen gefallen hat«, antwortet er. »Ich hoffe, die Schüler fanden es auch gut.«

»Ja, die fanden es auch gut. Absolut.«

Sie will noch etwas hinzufügen, wie interessant es wäre, das Stück in der Klasse zu lesen – bis zu den Sommerferien ist ja noch ein bisschen Zeit – und es vielleicht gemeinsam zu analysieren. Aber sie kommt gar nicht zu Wort, denn bevor sie den Mund aufmachen kann, sagt er, weswegen er gekommen ist. Gustav wird aus der Klasse austreten und im Herbst an einem anderen Gymnasium anfangen. Einem mit künstlerischer Ausrichtung.

Sie hört ihm zu, nickt und lächelt. Das ist ja wunderbar.

Er hat ihr mitgeteilt, was er zu sagen hatte. Gerade will er sich zum Gehen wenden, da dreht er sich noch einmal um.

»Ich werde im Sommer übrigens in einer Komödie im Parktheater mitspielen«, eröffnet er.

Er schiebt die Hand in die Brusttasche seines Hemdes und holt einen kleinen zerknitterten Zettel hervor, der aussieht wie ein Flyer. Der Titel des Theaterstücks ist in farbenfrohen Buchstaben aufgedruckt, und auf dem Bild sieht sie ihn in einem Kostüm, zusammen mit ein paar anderen Kostümierten.

»Falls Sie mal am Park vorbeikommen sollten«, sagt er.

»Danke.«

»Geben Sie es gerne auch weiter.«

Sie nickt und sagt nichts mehr. Sie hat nicht mal gesehen, was draufsteht.

Dann hält er ihr die Hand hin. Jetzt müssen sie sich verabschieden. Sie wird ihn berühren, ein erstes und letztes Mal. Seine Hand ist lauwarm und schließt sich passgenau um ihre.

»Viel Glück«, sagt sie. »Ich hoffe, Gustav wird es gut gehen auf seiner neuen Schule.«

»Danke. Da bin ich sicher«, sagt er.

Sie lassen ihre Hände los. Er lächelt ein wenig und geht zum Ausgang. Dann ist er weg.

Der Aufzug ist kaputt. Sie muss alle vier Stockwerke zu Fuß hochgehen. Als sie die letzte Stufe erklimmt, ist sie völlig durchgeschwitzt. Ihre Schulter tut mehr weh denn je.

Sie schließt ihre Wohnungstür auf, greift sich den Stapel Post von der Türmatte. Jede Menge Reklame. Sie hätte sich schon längst so ein Schild hinkleben sollen »KEINE WERBUNG BITTE«, das denkt sie sich ständig, aber irgendwie wird nie was draus. In ihrem tiefsten Innersten hat sie vielleicht Angst, sie könnte was verpassen, was auch immer.

Sie hört, wie ein Stockwerk über ihr ein Nachbar aus der Wohnung kommt. Die Frührentnerin. Rasch zieht Eva die Tür hinter sich zu.

Sie blättert den Poststapel durch und reißt den obersten Brief auf. Eine Anfrage, ob sie ihr *Femina*-Probeabo verlängern will. *Hallo, Eva Sandgren!*, beginnt das Anschreiben. Ihr fällt wieder ein, dass sie das Angebot vor ein paar Monaten angenommen hat. Sie versucht, eine Entscheidung zu treffen, aber ohne Erfolg. Dann geht sie zu einem anderen Kuvert über, auf dem in ordentlicher Handschrift ihr Name und ihre Adresse steht. Sie holt eine dicht beschriebene DIN-A4-Seite heraus. Noch ein Elternpaar, das sie davon überzeugen will, ihrer Tochter bessere Noten in Schwedisch und Sozialkunde zu geben. Die Müdigkeit zieht Eva förmlich in den Stuhl, auf den sie sich sinken lässt.

»*... bekam sie die Note 3, mit der Begründung, dass ihr Aufsatz nicht der Arbeitsaufgabe entsprach, die Handlung zu dünn sei und es zur Aufgabenstellung gehöre, einen dramatischen Schluss zu schreiben. Wir wissen nicht, ob Sie mit »dramatischem Schluss« meinten, dass sie 1) die Erzählung im Stile eines Theaterstücks zu Ende führen sollte, oder ob Sie 2) darauf hinauswollten, dass das Ende besonders effektvoll ausfallen soll. Wir tendieren zur Ansicht, dass Sie nicht Möglichkeit 1 gemeint* *haben, dass die Erzählung erst narrativ sein soll, um dann in die Form eines Dramas überzugehen, denn das wäre ja ein überaus seltsamer Bruch, in dem wir keinen Vorteil erkennen können. Also tippen wir darauf, dass Sie Möglichkeit 2 meinen, dass der Schluss effektvoller hätte ausfallen sollen. Da gerade der Schluss etwas ist, worüber wir mit Vanessa viel diskutiert haben, während sie den Aufsatz schrieb, sind wir hier ein bisschen verblüfft. Die Geschichte endet mit einem totalen Umsturz der Machtverhältnisse, wie sie zu Anfang etabliert wurden, wenn auch auf eine sehr einfache Weise – eine Einfachheit, die als positiv und erstrebenswert betrachtet werden kann, die Sie aber offenbar als Schwäche sehen – und gleichzeitig wird die Botschaft vermittelt, dass Macht etwas Relatives ist, was man nicht beliebig handhaben kann. Wir finden, dass Vanessa hier sogar einen bemerkenswerten Schluss geschrieben hat, der im Rahmen des Realistischen bleibt, glaubwürdig und organisch für die Geschichte in ihrer Gesamtheit. Wir können uns kaum vorstellen, wie es noch größer und energischer hätte ausfallen sollen, ohne dass die Glaubwürdigkeit darunter leidet, oder sich am Ende der Novelle plötzlich Ton und Atmosphäre ändert, was zweifellos dem Ganzen Abbruch getan hätte. Was normalerweise mit »twist« am Ende einer Erzählung gemeint ist, ist ja keine Bombendetonation oder Ähnliches, es kann auch ein ganz ruhiger, stiller Wendepunkt sein – solange er nur die Situation drastisch verändert und in ein neues Licht stellt. Wir möchten daher Ihre Note massiv in Frage stellen und bitten Sie, Ihren Standpunkt bedeutend genauer darzulegen als bisher geschehen …«*

Sie legt den Brief aus der Hand und zieht sich die Jacke aus.

An der Wand, wo sein Bett gestanden hat, liegen die Staubmäuse. Im Eifer des Aufbruchs hat Elias vergessen, sauber zu machen. Sie hätte schon längst staubsaugen müssen, ist aber nie dazu gekommen.

Mit leerem Blick starrt sie auf seinen zerkratzten Fußboden. Sie erinnert sich daran, wie es morgens immer war, wenn sie in das stickige Zimmer trat, die wenigen Schritte zum Fenster ging, das Rollo hochzog und das Fenster weit aufmachte, um Kühle und Alltag hereinzulassen. Sein strubbliges Haar auf dem Kissen, die hochgezogene Decke. Ihr Genörgel, dass er aufstehen muss, dass er sich endlich einen eigenen Wecker besorgen und selbst Verantwortung übernehmen soll und dass er irgendwas frühstücken muss. Sie erinnert sich daran, wie sie sich manchmal an die Bettkante setzte und ihm über den Kopf strich, so dass sie seine schläfrige Wärme spürte. Er grunzte und versuchte, böse zu klingen, aber sie wusste, dass er sie im Grunde gerne bei sich hatte.

Jetzt gehört er nicht mehr ihr.

Plötzlich schießen ihr die Tränen in die Augen, worauf sie überhaupt nicht gefasst ist, und beinahe gibt sie dem Impuls nach. Doch dann schluckt sie und reißt sich zusammen.

Sie geht ins Arbeitszimmer, setzt sich ans Klavier und spielt. Ihre Finger bewegen sich fast von selbst über die Tasten. Sie weiß kaum, was für ein Stück sie da spielt, sie spürt nur, wie die Spannung nachlässt. Sie macht die Augen zu und füllt die Lungen mit Sauerstoff.

Nach dem weichen, tröstlichen Schluss herrscht Stille. Ihre Hände sinken auf ihren Schoß.

Der Absender der Mail ist Anders Sandgren. Eine Weile blickt sie auf die E-Mailadresse ihres Bruders, den großspurig-coolen Namen seiner Firma. Er hat eine eigene Homepage, auf der er mit schlecht formulierten Phrasen seine Erfolge herauskehrt. Das Ganze will überhaupt nicht zu ihrem gemeinsamen Familienhintergrund passen: dem Akademischen, Diskreten, Bescheidenen.

Sie klickt auf die Mitteilung und beginnt zu lesen. Es ist ein Versöhnungsversuch, geschrieben mit unterdrückter Wut. So kommt es ihr jedenfalls vor, wenn sie die paar Zeilen überfliegt.

Die Worte sind zwar freundlich, fast schon schmeichlerisch, aber ihr Inhalt hat denselben Effekt wie eine Ohrfeige. Anders und Maja sind ohne Evas Wissen und Zustimmung mit einem Makler auf die Schäreninsel hinausgefahren und haben Mamas Sommerhäuschen schätzen lassen. Im Dateianhang der Mail findet sie den Entwurf der Annonce, wie sie der Makler formulieren will:

Rohdiamant mit großem Potenzial! Einzigartiges Einfamilienhaus aus der Jahrhundertwende, mit Wintergarten, 50 Meter zum Strand, auf Insel im Stockholmer Schärengarten, 6 Zimmer auf 3 Stockwerken, große Landküche. Seeblick. Renovierungsbedürftig. Großes, kinderfreundliches Grundstück. Einkaufsmöglichkeiten: Bauernhof in der Nähe.

Offenbar glauben sie, dass sie ihre Meinung ändert, wenn sie diesen Text liest. Sie liest ihn immer wieder durch. Anders und Maja brauchen kein Geld, sie weiß, dass die beiden finanziell gut dastehen. Beide erfolgreiche Unternehmer. Aber vielleicht will Anders mit seiner Familie noch teurere Fernreisen unternehmen, und Maja will in großem Stil in die Zukunft investieren, die sie möglicherweise mit ihrem neuen Freund plant.

Es muss irgendeinen Ausgleich geben. Irgendeine Art von Kompensation. Es geht ihr nicht ums Geld, sondern ums Prinzip. Recht muss Recht bleiben. Mama hätte gewollt, dass sie das Haus bekommt.

Schließlich war sie diejenige, die im Laufe der Jahre immer dort war. In letzter Zeit musste sie sich sogar mehrmals Hals über Kopf von der Arbeit freinehmen, um zu Mama zu fahren. Sie musste ihren Schülern einfach freigeben, unter dem Vorwand, dass sie sich nicht gut fühlte.

Früher hatte sie bei solchen Gelegenheiten immer noch versucht, Anders und Maja anzurufen. Sie hatte sich um ihre Hilfe bemüht, aber irgendwann ließ sie es bleiben, da die beiden ihr jedes Mal erklärten, sie könnten es nicht einrichten.

Es ist spät geworden. Sie sollte zu Bett gehen, denn morgen muss sie schließlich sehr früh aufstehen. Vor dem letzten Schultag nächste Woche wird es ziemlich hektisch, und auch danach bleibt es noch eine Weile so. Das Kollegium ist vollauf damit beschäftigt, die Sommerkurse zu planen und noch ein paar Wochen interne Fortbildungsmaßnahmen zu besuchen.

Aber sie kann einfach nicht. Es ist unmöglich.

Sie greift zum Telefon und meldet sich krank. Als Nächstes klickt sie auf »Nachricht verfassen« und pfeift darauf, sich eine Betreffzeile auszudenken. Sie adressiert sie an Anders und Maja. Dann schreibt sie eine kurze schmerzlose Mail mit der Mitteilung, dass sie den ganzen Sommer in dem Haus auf der Schäreninsel verbringen wird, dort, wo sie sich zu Hause fühlt. Das hat sie jedes Jahr so gehalten und das gedenkt sie auch weiter so zu tun. Ende der Diskussion.

Der Koffer liegt aufgeklappt auf dem Bett. Sie packt Unterwäsche ein, Jeans, einen Rock, ein Kleid, einen warmen Pullover, ein paar Tops, T-Shirts und ihren Kulturbeutel. Regenjacke und Gummistiefel gibt es im Haus, und noch ein paar andere Sachen, fast alles, was man so braucht. Außerdem packt sie noch ein paar Bücher dazu.

Dann klappt sie den Koffer zu und verschließt ihn. Verstellt sogar das Zahlenschloss, so dass niemand ihn aufmachen könnte, obwohl sie weiß, dass sie ihn sowieso während der gesamten Überfahrt nicht aus den Augen lassen wird. Sie zieht den Koffer vom Bett. Er ist schwerer als gedacht, aber sie ist stark. Stärker denn je.

Schließlich hängt sie sich die Handtasche über die Schulter, greift sich die Kühltasche mit den Lebensmitteln und den Rollkoffer mit der sauberen Bettwäsche. Dann zieht sie die Jacke an, nimmt ihren Koffer und schließt alle drei Schlösser an ihrer Tür ab. Dabei weigert sie sich, weiter nachzudenken, sie lässt ihre Gedanken einfach vorüberziehen.

Wenn Mütter tot sind, können sie nicht mehr sehen, was ihre Kinder machen.

Die Wasseroberfläche des Nybroviken glitzert in der prallen Sonne. Möwen mit fetten weißen Bäuchen kreisen schreiend über dem Kai. Der Geruch von Teer und Diesel mischt sich mit dem von frisch gebrühtem Kaffee, der aus dem Inneren der Waxholm-Fähre steigt. Auf den Wellen spiegelt sich das Licht, und die Reflexe sind so stark, dass sie den Kopf abwenden muss. Sie sehnt sich nach dem Dunkel.

Mit dem Rollkoffer und der Kühltasche in der einen Hand und dem Koffer in der anderen geht sie an Bord der alten *Västan*. Da die Urlaubssaison noch nicht richtig begonnen hat, sind es nicht allzu viele Passagiere, so dass es auch noch genügend Platz für ihr ausuferndes Gepäck gibt. Sie findet einen perfekten Platz am Fenster, mit einem Tisch, auf den sie ihr Taschenbuch legen kann und den Stapel dicker Einrichtungs- und Modezeitschriften, die sie sich gegönnt hat.

Das Boot legt ab, sie kauft ihre Fahrkarte und dann einen Kaffee. Sie setzt sich hin und schaut aufs Wasser. Und sie genießt es, als langsam aus ihrem tiefsten Inneren die Ruhe aufsteigt. Sie ist auf dem Weg in ihre Sommerfrische. So wie heute ist es immer gewesen. Und so wird es auch bleiben.

Sie pustet auf den dampfenden Kaffee und greift sich eine der Zeitschriften. Gründlich liest sie die Artikel über Trends und Make-up und Düfte und Schuhe.

Nach einer Weile hebt sie den Blick und betrachtet ihre Mitreisenden, die so unbedarft glücklich sind und keine Ahnung haben, die dem Schicksal entgangen sind, über Nacht plötzlich hundert Jahre alt zu werden. Auf der anderen Seite des Ganges sitzt eine Familie mit zwei Kindern. Die Mutter hebt ihren kleinen Sohn auf den Schoß und schnuppert an seinem Nacken. Mit klarer Stimme bittet er sie, an ein Tier zu denken, denn er will ein Spiel mit ihr spielen. Und seine Mutter macht mit und antwortet »Zebra«, und der kleine Junge kennt sich perfekt aus mit seinen selbst erfundenen Spielregeln, die allerdings ständig geändert werden, weil ihm immer neue einfallen.

Das kleine Mädchen fängt an zu quengeln, dass sie ein Eis möchte, und der Junge stimmt mit seiner grellen Stimme sofort ein. Die Eltern sagen hundertmal Nein, es ist noch zu früh, und zuerst muss zu Mittag gegessen werden. Bis der Vater irgendwann aufseufzt und zum Kiosk geht, wo er zwei Eis kauft, die so groß sind, dass sie erst mal eine gute Weile reichen.

Eva erinnert sich noch ganz genau, wie das Leben mit so einem Kleinkind war. Aber das gehört jetzt der Vergangenheit an.

Sie kann sich auch noch daran erinnern, wie sie als kleines Mädchen mit ihrer Mutter »Interview« spielte. Eva saß in der Wanne und Mama neben ihr auf einem Schemel. Eva stellte Fragen wie: Was ist deine Lieblingsfarbe? Dein Lieblingsgericht? Das Essen, das du am schrecklichsten findest?

Sie lehnt sich zurück und nimmt zwei kleine Schlucke von ihrem Kaffee. Sie sieht größere und kleinere Inseln vor dem Fenster vorbeigleiten, sieht Landungsstege und Bootshäuser, neu gebaute oder alte und wacklige. Boote in allen Größen fahren vorbei. Tuckernde kleine Boote mit Außenbordmotor, Motorboote, die mit ihren riesigen Motoren nur so über die Wellen schießen, schlanke, elegante Segelboote. Alles eingerahmt von glitzernden Wellen und Sonne.

Plötzlich fällt ihr wieder ein, dass ihre Mutter Heringsfrikadellen mit süß-saurer Korinthensauce als schrecklichstes Essen bezeichnet hatte. Das hatte es in der Kantine der Regierungskanzlei manchmal als Tagesmenü gegeben.

Sie greift zu einem Einrichtungsmagazin. Blättert und betrachtet die Fotos. Die Texte sind aus abgenutzten Floskeln zusammengesetzt, die alle aus demselben Legokasten stammen. Eine eigene Welt mit ihrer eigenen Sprache, angenehm leicht wiederzuerkennen und völlig überraschungsfrei. *Die Grenzen zwischen Außen und Innen verwischen. Mit der Natur vor der Tür leben. Licht, Luft, Raum und Harmonie. Schonisches Sommeridyll. Spannende Mischung aus Alt und Neu. Charmantes Kalksteinhaus auf Gotland. Bezaubernde Traumhütte in Dalarna. Liebevoll renoviert.*

Und plötzlich steht es einfach dort, in der Rubrik *Sommerliche Jahrhundertwende im Schärengarten.* Ein großes rotes Holzhaus, das dem von Mama auffallend ähnelt, mit dem Unterschied, dass das abgebildete Haus komplett renoviert ist. Im Wintergarten sitzt eine Frau Mitte fünfzig und genießt ein Glas Wein, während sie auf eine Bucht hinausblickt. Das blonde Haar hat sie zu einem Pferdeschwanz zusammengebunden. Zu ihrer hochgekrempelten Jeans trägt sie eine weiße Bluse, die einen Hauch von Lässigkeit ausstrahlt. Sie ist schlank und braungebrannt. Ihre Kinder sind schon aus dem Haus, und das Leben ist absolut großartig. Sie ist so glücklich, weil sie jetzt Ihr Eigenes Projekt hat, jetzt kann sie sich Haus und Garten so richtig widmen und ein kleines Paradies daraus machen. Auf dem Beet wachsen alle möglichen Gemüsesorten und Kräuter, man kann die Beerensträucher und Obstbäume im Garten erkennen. Hier ist so viel Platz, dass ihre vier Kinder jederzeit zu Besuch kommen können, und irgendwann natürlich auch die Enkel. Freunde sind hier immer willkommen, das Gästehaus unten am Strand ist immer hergerichtet für Übernachtungsgäste. Die Sauna ist im Handumdrehen eingeheizt, im Kühlschrank steht kühles Bier und im Keller sind ein paar gute Weine eingelagert. Der Esstisch bietet Platz für zwanzig Personen, und ständig ist was los in diesem Hause. Das weitere Leben dieser Frau ist definitiv kein vierzig Jahre langer öder Weg Richtung Tod.

Eva schlägt die Zeitschrift zu. Sie legt sie beiseite und blickt aufs Meer. Sie kann Mamas Sommerhaus vor ihrem inneren Auge sehen. Das Erdgeschoss und das Obergeschoss. Und den Dachboden. Dort oben, unter dem Blechdach, stehen die ganzen Kisten, die nicht mehr in den Keller der Stadtwohnung passten. Die Pappkartons, in denen Mama ihre beruflichen Unterlagen und Ordner und Briefe und andere Dokumente verwahrte. Bestimmt befinden sich darunter auch persönliche Aufzeichnungen, Tagebuchseiten, Gedanken, Beschreibungen ihrer Gefühlslage. Mama war so, sie hatte das Bedürfnis, alles immer aufzuschreiben: Sie kritzelte, unterstrich, kringelte ein.

In all diesen Kisten liegt Mamas Handschrift. Irgendwann wird Eva sie vielleicht wieder sehen wollen, sich Mama einen Moment vergegenwärtigen, indem sie die vertrauten Linien und Schlingen und Kringel betrachtet.

Aber jetzt noch nicht.

Jetzt muss sie sich erst mal um alles kümmern und dafür sorgen, dass die Sachen unangetastet bleiben, dass die Kisten nicht von irgendeinem Außenstehenden geöffnet werden. Am allerwenigsten von ihren Geschwistern.

Sie steht schon an Deck bereit, als das Boot zwischen zwei kleineren Schäreninseln hindurchfährt und direkten Kurs auf die Insel nimmt. Die Fähre legt an, die Fallbrücke wird ausgeklappt, nur für sie, denn sie ist die Einzige, die hier aussteigt. Sie geht an Land und setzt die Füße auf den alten Betonkai. Der sich aus irgendeinem Grund jetzt ganz besonders anfühlt, obwohl es erst zwei Wochen her ist, dass sie zuletzt hier war.

Ein paar Inselbewohner gehen an Bord, sie nicken und lächeln Eva im Vorbeigehen zu, und sie nickt zurück. Sie wissen natürlich, dass ihre Mutter tot und beerdigt ist, solche Informationen verbreiten sich blitzschnell auf der Insel. Aber im Grunde passt ihr das ganz gut, denn auf die Art kommt sie drumherum, es den Leuten zu erzählen. Sie versucht, das ungute Gefühl abzuschütteln, dass sie eine ansteckende Krankheit einschleppt, dass sie den faulen, schmutzigen Tod mitten in dieses Idyll bringt. Aber es gelingt ihr nicht besonders gut.

Bevor sie den Kai verlässt, zieht sie an der Kette und lässt damit das weiß lackierte, rostfleckige Blechschild wieder herunter, das der Fähre signalisiert, dass sie anlegen und jemand mitnehmen soll, und das jemand in senkrechter Position vergessen hatte. Das Schild wieder in seine alte Position zurückzustellen, ist eine fest verankerte Gewohnheit, ein Reflex. Hier auf den Inseln tut man, was man tun muss, und hilft den anderen aus. Es gibt gewisse unausgesprochene Regeln.

Sie wirft einen Blick in das Fach, wo die Gratiszeitung ausliegt, nimmt sich ein zerknittertes Exemplar heraus und hält dann ein paar Sekunden inne, um den alten Wartesaal aus gelb gestrichenem Holz zu betrachten. Sie saugt es richtiggehend in sich auf: die Fahrpläne, die Feuchtigkeitsflecken an den Sperrholzplatten des Daches, die vor langer Zeit in die Holzwände eingeschnitzten Namen, die

Zeugnis davon ablegen, welcher Teenager einmal in welche Urlaubsbekanntschaft verknallt war. Auf einmal hat Eva einen ganz neuen Blick, der all die gewohnten Dinge mit besonderer Feierlichkeit betrachtet.

Der Weg vom Fähranleger bis zum Haus ist angenehmer als sonst. Es gibt nur ein paar motorisierte Fahrzeuge auf der Insel, ansonsten fährt man mit dem Rad oder geht zu Fuß. Die Stille ist eine Befreiung. Sie passiert die große Wiese, auf der die Pferde grasen, kleine, flinke Dinger, zimtbraun mit langen, beigefarbenen Schweifen. Dann kommt sie an der großen hohlen Eiche vorbei. Dann an der Wiese für das Mittsommerfest, auf der das nackte Skelett des Mittsommerbaums fertig auf Böcken liegt und wartet. In nur wenigen Wochen wird es mit Grün und Blumen geschmückt. Schön gekleidete Menschen werden hierherströmen, und das Akkordeon wird weithin zu hören sein. Sie selbst wird sich hier mit einem Picknickkorb auf eine Decke setzen und den Tanzenden zusehen.

Oder vielleicht auch nicht. Jetzt ist ja alles anders. Sie wirft verstohlene Blicke auf die Häuser, an denen sie vorbeigeht, meint hier und da die Bewegung einer Gardine oder ein Gesicht an einem Fenster zu ahnen. Starrt man sie an? Ist sie eine Attraktion geworden, als die Person, die gerade die Katastrophe Ihres Lebens erlebt? Nein. Sie braucht jetzt auch nicht gleich paranoid zu werden.

Als sie auf die Straße zum Haus einbiegt, sieht sie, dass der Nachbar von gegenüber seit dem letzten Mal das Boot zu Wasser gelassen hat, es liegt nicht mehr unter seiner Persenning neben dem Haus.

Sie kommt zur letzten Biegung und ist fast da. Mamas majestätisches rotes Haus mit den weißen Fensterrahmen, mit seinen zwei stolzen Veranden, die untere überdacht, die im Obergeschoss verglast. Und dann die beiden hohen Fenster, sowohl oben als auch unten, die aussehen wie zwei freundliche Augen, so dass Eva sich immer gleich willkommen fühlt.

Das Eisentor quietscht, als sie es aufmacht, das muss dieses Jahr auf jeden Fall geölt und auch mal neu gestrichen werden. Sie winkt dem Nachbarn im Nebenhaus zu, Pelle Hormström, einem der wenigen Bewohner, die das ganze Jahr über auf der Insel leben. Er ist ein Handwerkertyp Mitte fünfzig, und ihr ist bis heute nicht so richtig klar, was er eigentlich beruflich macht. Er bezeichnet sich als eine Art Tausendsassa. Als sie zum letzten Mal hier war, am Tag vor der Beerdigung, hat sie es vermieden, ihn zu begrüßen. Sie nahm einfach das frühste Boot, weil sie wusste, dass er zu so einer Zeit immer noch schlief.

Jetzt blickt Pelle von seiner Arbeit auf, einem Bootsmotor, der auf einem selbstgezimmerten Holzbock befestigt ist. Er hat natürlich auch von der Sache gehört, lässt es sich aber nicht anmerken.

»Kannst du Mutterboden brauchen?«, ruft er ihr zu. »Wenn ja, könnte ich diese Woche gern mal mit ein paar Säcken bei dir vorbeikommen. Wenn du dann da bist ...?«

»Danke, gerne«, ruft sie zurück.

Eigentlich hat sie auch jetzt noch keine Lust, sozialen Umgang zu pflegen, aber Pelle braucht immer jemand zum Reden, und jetzt sieht sie, wie er sein Werkzeug aus der Hand legt. Was bedeutet, dass sie stehen bleiben und warten muss, bis er zur Grundstücksgrenze gekommen ist. Sie halten einen kleinen Plausch, wie er typisch ist für zwei Nachbarn, die sich eine Weile nicht gesehen haben. Pelle spricht weder von ihrer Mutter noch von der Beerdigung, und auch vom weiteren Schicksal des Hauses nicht.

Stattdessen beginnt er aufzuzählen, was er am Clubhaus machen muss, dieser reizlosen Hütte mitten im Wald, die er und ein paar andere Inselbewohner zu einem Treffpunkt umbauen wollen, wo man zusammenkommen und ein

Bierchen trinken kann. Als könnte dieser Schuppen mit der Pizzeria auf dem Festland konkurrieren.

Irgendwas muss da mit den Fenstern gemacht werden.

»Außerdem müssen ein paar Leisten ausgetauscht werden«, sagt Pelle. »Und von den Fensterrahmen sind auch schon welche am Schimmeln.«

»Ach wirklich?«, sagt sie, um überhaupt etwas zu sagen.

»Aber der Schimmel ist kein Problem«, fährt Pelle fort und gönnt sich eine Riesenportion Schnupftabak. »Man muss einfach nur die Leisten austauschen und sie neu kitten. Du weißt schon, wenn Leinöl-Kitt altert, dann verschwindet das Leinöl. Da ist dann irgendwann bloß noch Kalk übrig.«

Sie nickt und versucht, eine sachkundige Miene aufzusetzen.

»Der Kitt wird hart und spröde, und irgendwann ist er so trocken, dass er Sprünge kriegt und nicht mehr an der Fensterscheibe anliegt«, erklärt er. »Und dann dringt Wasser in die Ritzen ein und geht bis ins Holz.«

Schweigend sinnen sie einen Moment über diese Fakten nach.

»Na, jetzt muss ich aber wirklich rein, ich hab hier Sachen, die müssen in den Kühlschrank«, sagt sie und wendet sich zur Treppe.

Er hebt die Hand, lächelt und geht zurück zu seinem Motor.

Die einfachen Umgangsformen zwischen alten Nachbarn. Betont unkompliziert, aber trotzdem fühlt man sich zu Hause und geborgen.

Eva geht zum Haus und bemerkt, dass die Beete neben dem Kiesweg schon in voller Blüte stehen. Der Rasen muss gemäht werden. Und überhaupt muss man hier im Garten mal ein bisschen aufräumen und jäten, wie sie sieht.

Das Unkraut sprießt zwischen den Steinen hervor, die zur Eingangstreppe und der grünen Doppeltür führen. Wenn das Wetter morgen schön ist, wird sie ein bisschen Gartenarbeit erledigen und dabei Radio hören. Aber jetzt muss sie erst mal das Essen in den Kühlschrank räumen und sich eine Tasse Kaffee machen. Mit dem Becher in der Hand wird sie dann ihre gewohnte Runde über das Grundstück drehen, einen Blick auf den Brennholzstapel werfen und aufs Plumpsklo und den Komposthaufen und das leicht abschüssige Wiesenstück mit den Schlüsselblumen und das Gästehäuschen und den Werkzeugschuppen. Dann weiter zum Badesteg, und auf dem Weg dorthin vorbei an den Himbeer- und Johannisbeersträuchern, den Stachelbeeren und dem Rhabarber. Und natürlich den Pfingstrosen. Jedes Mal, wenn sie hierherkommt, macht sie dieselbe Runde, um nach dem Rechten zu sehen und sozusagen ihr Eigentum zu begrüßen.

Am Abend wird sie eingelegten Hering und neue Kartoffeln essen und dabei zum Wasser sehen, das durch die Bäume durchglitzert. *Seeblick*, denkt sie und würde am liebsten eine Grimasse ziehen.

»Ach du, Eva …?«

Sie dreht sich um. Pelle ist durch die spärliche Hecke gestiegen und ihr nachgegangen. Er sieht aus, als wollte er etwas sagen, aber es scheint ihm schwerzufallen. Er steht zu nahe vor ihr.

»Ja?«

»Also, wenn ich irgendwas für dich tun kann, dann …«

»Danke. Aber das ist nicht nötig.«

»Ich kann mir gut vorstellen, dass das alles sehr schwer ist.«

Schweigen.

»Ein Autounfall oder eine Krankheit, das wär ja noch was anderes gewesen. Sag ich jetzt mal.«

Etwas durchzuckt sie. Sie presst die Kiefer aufeinander.

»Aber es ist schon was anderes«, fährt er fort, »wenn es Selbstmord war.«

Selbstmord. Sie selbst hat das Wort noch kein einziges Mal ausgesprochen.

»Wie hat sie's denn gemacht?« Er senkt die Stimme etwas, bevor er weiterspricht. »Ich meine, wie ist es denn abgelaufen? War es … irgendwie gewaltsam, oder …?«

Endlich bekommt sie wieder Luft. Sie bringt ein paar abwehrende Worte zustande, freundlich, aber doch abweisend. Behauptet, sie müsse noch ein wichtiges berufliches Telefongespräch führen, bevor es allzu spät wird. Und dann rennt sie hoch zum Haus.

Der Schlüssel liegt auf seinem gewohnten Platz, über dem Verandadachbalken, der am nächsten an der Hauswand steht.

Dieser Juniabend ist genauso warm und schön wie alle Frühsommerabende, an die sie sich erinnern kann. Langsam geht sie zur öffentlichen Wasserpumpe, die ungefähr hundert Meter vom Haus entfernt ist. Die beiden leeren Dreißigliterkanister klappern auf der Schubkarre. Pelle hat sich seit ihrer Ankunft nicht mehr blicken lassen. Sie ist allein, und im Grunde ist es so friedlich wie immer. Sie nimmt die vielen Gerüche des Abends wahr, das Fleisch auf dem Grill der Nachbarn, die feuchte Erde und frisch gemähtes Gras und die Seeluft. Der große, üppig blühende Fliederbusch an der Wegbiegung duftet so gut, dass sie stehen bleibt und ein paar Minuten lang seinen Duft einatmet.

Dann ist sie da. Die grüne Farbe auf dem Handgriff der Pumpe ist schon ganz abgeschabt an der Stelle, wo alle ihn anfassen. Ihr Arm bewegt sich auf und ab und auf und ab, und am Ende spürt sie schon, wie ihre Arme brennen. Und hört das perlende Geräusch des Wassers, das in den Kanister strömt. So vertraut und so wohltuend.

Mama wollte nie einen eigenen Brunnen graben und Wasserleitungen ins Haus legen lassen. Nicht, dass sie prinzipiell gegen Bequemlichkeiten gewesen wäre, ganz im Gegenteil, aber ihr war klar, dass das nur Mehrarbeit bedeuten würde. Rohrbrüche vom Frost im Winter, eine kaputte Wasserpumpe und ewig defekte Boiler. Installateure, die zu den unmöglichsten Zeiten mit dem Boot anreisen mussten und dafür uferlose Preise veranschlagten.

Eva muss ihr recht geben. Hier wird nichts geändert. Vor allem nicht jetzt.

Sie hat für den Rest ihres Lebens genug von Veränderungen.

Die Plastikbehälter sind jetzt voll mit Wasser, und sie schraubt die schwarzen Verschlüsse drauf. Dann stellt sie die Kanister auf die Schubkarre und geht heimwärts. Der Fliederduft verfolgt sie noch eine ganze Weile.

Das Fernsehkabel liegt lose und irgendwie niedergeschlagen an der Wand. Mama hat natürlich den Stecker gezogen, als sie das letzte Mal von hier wegfuhr. Eva steckt ihn wieder ein und schaltet den Apparat ein, der brav anspringt, obwohl es ein unmodernes, bauchiges Gerät ist, das schon seit Ewigkeiten in Gebrauch ist. Sie landet mitten in einem typischen sommerlichen Unterhaltungsprogramm. Sie lässt es laufen und geht in die Küche.

Sie holt eine Gefrierbox aus dem Tiefkühlfach und liest das Etikett. *Kohlrouladen, 5 Stk.* steht in altmodisch verschnörkelten Lettern darauf. Nicht in Mamas eiliger, schlampiger Schrift. Ab und zu bekamen sie selbstgekochte Hausmannskost von der Frau des Bauern. Mama selbst interessierte sich nicht weiter für Kochen, genauso wenig wie Eva, die Bauersfrau hingegen freute sich, wenn man ihr Wertschätzung und Lob zukommen ließ. Ein praktisches Arrangement, das jetzt auch jäh enden wird. Ohne Mama gibt es keinen Grund für Kontakt.

Aus dem Wohnzimmer tönt der Fernseher.

»Heute können wir einen unserer beliebtesten Künstler bei uns begrüßen. Ein Star, der viele Eisen im Feuer hat.«

Man hört Applaus. Sie leert den Inhalt der Dose in einen Topf, stellt ihn auf den Grill mit integrierter Kochplatte und dreht auf Sechs. Die Stimme des Moderators dringt durch den Beifall.

»Sie haben gesagt, dass Sie eine Platte aufgenommen haben, die Sie sich selbst gern anhören würden. Sie wollen unterhalten, aber auch überraschen?«

Sie deckt den Küchentisch mit Teller, Glas und Besteck. Dabei fallen ihr die zwei Messingkerzenständer mit den Manschetten aus rosa und lila Plastikblüten ins Auge, die ihre Mutter irgendwann in den Siebzigerjahren einmal auf einem Markt auf dem Festland gekauft hat, aus reiner

Nettigkeit, weil sie von Zigeunerinnen angeboten wurden. Beziehungsweise Roma, wie Mama sich garantiert ausgedrückt hätte.

Eva nimmt die Kerzenständer vom Fensterbrett, stellt sie auf den Tisch und zündet die Kerzen an.

»Sie scheinen trotz Ihres Erfolges auf dem Boden geblieben zu sein, oder?«

Die Flammen flackern leicht. Eva betrachtet sie eine Weile, bevor sie sie wieder ausbläst. Es ist schon ganz schön schlimm, wenn man krampfhaft versucht, es sich selbst schön zu machen. Das macht die Einsamkeit nur noch größer und spürbarer. Man gibt ihr damit einen zusätzlichen Resonanzkörper.

Von der Kochplatte kommt Dampf. Sie stellt die Kerzenständer wieder ans Fenster – wahrscheinlich werden sie nie mehr angezündet werden – und rührt im Topf.

Von drinnen hört man noch mehr Applaus.

»Sie setzen mittlerweile aber auf etwas rockigere Töne, stimmt's?«

Sie trägt den Topf ins Wohnzimmer und füllt das Essen auf den Teller. Dann setzte sie sich vor den Fernseher und beginnt ihre Kohlrouladen zu essen. Das waren die letzten im Gefrierschrank. Die allerletzten.

»Ich glaube, das belohnen wir mit einem großen, herzlichen Applaus!«

Das Publikum schlägt die Handflächen gegeneinander. Eine massive, harte Geräuschwelle, die immer stärker wird.

Ein paar Bissen, mehr bekommt sie nicht herunter. Sie legt die Gabel auf den Teller und blickt auf den Bildschirm, während das Geklatsche weitergeht und sich mit dem langgezogenen Geheul vom Nachbarhaus mischt, wo gerade Holz gesägt wird. Der Nachbar von schräg gegenüber, der letztes Jahr eingezogen ist und dessen Name sie vergessen hat. Der sein Holz immer in der Abenddämmerung sägt.

Das Bild der Chefärztin in ihrem Sessel mit dem Schaffell, mit der Brille in der einen Hand und einem Stift in der anderen. Eva in einem ähnlichen Sessel, auf der anderen Seite des niedrigen Tisches mit der Topfpflanze. Sie erinnert sich daran, dass auf der linken Seite ein Fenster war, aber nicht, ob es auf die schmutzige Folkungagatan ging oder zur anderen Seite. Es war hell im Zimmer. Rechts war die Tür, die die Chefärztin so sorgfältig geschlossen hatte, bevor sie sich setzten.

Aber am deutlichsten erinnert sie sich an die Kälte im Brustkorb. Das Tier mit seinem weit aufgerissenen Maul. Den Metallgeschmack im Mund, als sie die Frage stellt.

»Waren es Schlaftabletten?«

»Nein.«

Eine kurze Pause. Ihr Atem wie eine federleichte Vibration an der Oberfläche. Der Widerstand.

»War es … irgendwie blutig?«

»Ja.«

Sie schlug die Beine übereinander, wie um etwas zu tun, während sie wartete.

Sie brauchte eine Pause vor der nächsten Frage. Der unvermeidlichen Frage.

Wie aus Reflex nimmt Eva das Handy vom Wohnzimmertisch. Nur um jäh innezuhalten. Wieder einmal.

Sie sitzt da und starrt auf das Handy in ihrer Hand. Wen kann sie anrufen? Elias nicht.

Sie blättert durch ihr Adressbuch, bis sie zu M und Mama kommt. Sie betrachtet die Ziffern. Natürlich sollte sie die Nummer ihrer Mutter so bald wie möglich löschen. Aber nicht jetzt.

Sie legt das Handy wieder aus der Hand. Elias kann sie in seinem neuen Zuhause, der Einzimmerwohnung, nicht stören. Der soll seine Ruhe haben, außerdem möchte sie nicht, dass er sich Sorgen macht. Er hatte genug Unruhe in letzter Zeit.

Mamas Wolldecke liegt über der Armlehne des Sofas. Eva nimmt sie sich, setzt sich in den Sessel und wickelt sich in die Decke. Dann schaltet sie den Fernseher an und landet bei einer Actionkomödie voller Gewalt und Tod, garniert mit flotten Dialogen. In einer Szene sehen die beiden Protagonisten, wie der Verbrecher, den sie jagen, durch das Fenster eines Wolkenkratzers fliegt, um dann auf dem Dach eines unten geparkten Autos aufzuprallen. Die zwei dort oben grinsen und bringen jeweils einen witzigen Spruch, bevor sie Mittag essen gehen.

Das Handy liegt noch immer auf dem Tisch. Wenn sie nur jemand hätte, den sie anrufen könnte, mit dem sie ein wenig reden könnte. Auch wenn sie nicht weiß, worüber sie reden würde.

Sie blickt in den halbdunklen Raum und mustert die Konturen der Möbel. Dann fasst sie einen Entschluss.

Stina geht wieder nicht ran. Nur ihr Anrufbeantworter. Eva klickert mit dem Kugelschreiber auf der Flurkommode herum, immer und immer wieder, und wartet, bis Stinas Stimme sie auffordert, eine Nachricht nach dem Piep zu hinterlassen. Sie schafft es, sich noch zu räuspern, bevor der Piepston kommt.

»Stina? Ich bin's noch mal, Eva. Ich weiß, ich ruf jetzt schon zum dritten Mal an, aber …«

Ihr Handy ist feucht am Ohr. Sie ist so nervös, dass ihr Puls schneller geht, es kribbelt im ganzen Körper. Sie muss den Impuls unterdrücken, weiter mit dem Kugelschreiber herumzuklickern. Das darf man nicht hören.

»Tut mir leid, dass ich neulich so wütend geworden bin. Entschuldige. Ich hab mich zu sehr reingesteigert. Kannst du mich wohl mal anrufen? Dann können wir drüber reden.«

Sie legt auf und atmet tief durch. Ruf mich an, dann können wir drüber reden. Bescheuert. Natürlich redet man miteinander, wenn man sich anruft, was sollte man denn sonst tun?

Kühle Dunkelheit. Eva hat sich unter der Decke in Mamas bequemem Bett zusammengerollt. Allein in diesem großen Haus voll undefinierbarer Geräusche.

Sie hat keinen Moment gezögert, in Mamas Zimmer zu ziehen, das sowohl größer als auch heller ist als ihr altes Mädchenzimmer. Und das Bett ist deutlich komfortabler. Trotzdem liegt sie jetzt da und wartet. Auf den Schlaf, der ihr bester Freund war und ihr half, ähnlich wie ein Rausch, die Zeit totzuschlagen. Aber jetzt will er nicht kommen und sich um sie kümmern.

Sie kann sich überhaupt nicht entsinnen, dass das hier passieren konnte. Normalerweise blieben Mama und sie immer noch auf und lasen gemeinsam, oder sie plauderten, während die Dunkelheit draußen wie eine schützende Umarmung wirkte. Sie saßen abends bei Kerzenschein zusammen, bis sie beide ungefähr zur gleichen Zeit zu gähnen begannen und sich hinlegten, noch einen Moment lasen, das Licht ausknipsten und einschliefen.

Nicht wie jetzt.

Der plötzliche Druck auf der Brust, das krampfartige Gefühl im Herzen. Das Lauschen nach dem geringsten Knacken und Kratzen. Aber sie wird sich schon dran gewöhnen. Höchste Zeit. Sie darf nicht vergessen, dass das Schlimmste ja bereits geschehen ist. Und nun ist sie auf dem Weg zu besseren Zeiten.

Es ist schon der vierte Tag, an dem sie nicht bei der Arbeit auftaucht. Auf ihrer morgendlichen Runde über das Grundstück bleibt sie stehen und atmet den Geruch von frischem Gras ein. Sie schiebt alle Gedanken an das Datum, den 10. Juni, beiseite. Und an den letzten Schultag mit dem Gottesdienst in der Kirche. Die Blumen, die Lieder, die rausgeputzten Schüler und Lehrer. Das interessiert sie jetzt alles nicht mehr.

Ihre Krankschreibung war ungewöhnlich lang und hat für Probleme gesorgt. Nicht nur in Form von unkorrigierten Prüfungsarbeiten. Die Leute haben gefragt, ob sie bis zum letzten Schultag überhaupt wieder gesund wird. Kollegen, Schulleitung, Schüler, Eltern, alle haben sich Sorgen gemacht. Schon vorgestern hat der Konrektor angerufen und sich erkundigt. Ob etwas Ernstes vorgefallen sei? Ob sie an einer schwereren Krankheit leide? Es gelang Eva, sich ein bedauerndes kurzes Lachen abzuringen, und sie meinte, diese Mandelentzündung wolle einfach nicht vorübergehen, und überhaupt sitze ihr die fiebrige Mattigkeit noch in allen Gliedern, und sie wolle nicht auch noch Schüler oder Kollegen damit anstecken. Wirklich nicht.

Und der Konrektor richtete ihr Grüße und Besserungswünsche von den anderen aus. Brachte aber auch noch die Botschaft an den Mann, dass es überhaupt nicht gut sei für die Klasse, wenn sie jetzt bis Schuljahresende von einer Vertretung unterrichtet werde. Wenn es jetzt eine andere Klasse gewesen wäre, nun ja, aber ausgerechnet die S1a, Eva wisse ja, die sei doch ein besonderer Fall.

Sie setzt sich mit ihrem Laptop an den Verandatisch. Rasch klickt sie die Mailadresse des Rektors an. Dann schreibt sie schnell die nötigen Zeilen, ohne groß zu überlegen. Ganz förmlich, ein Wort nach dem anderen.

Arbeit wirklich sehr gefallen, unglaublich inspirierend, die Schüler kennenzulernen, lehrreich, viel zurückbekommen. Aber jetzt erkannt, dass an einen Punkt gekommen, an dem, es wird das Beste sein, ich hoffe auf Ihr Verständnis, Zeit, ein neues Kapitel aufzuschlagen, neue Eindrücke, mich umsehen, etwas anderes ausprobieren, werde sehr vermissen, mit großer Wehmut nehme ich Abschied von.

Ihr Entschluss steht fest. Kein Weg zurück. Sie schickt die Mail ab, bevor sie es sich anders überlegen kann. Ein leichter Druck mit dem Zeigefinger. Dann ist es getan.

Es dauert nicht lang, die paar Teller und Gläser abzuwaschen, die nach dem gestrigen Abendessen und dem Frühstück von heute Morgen in der Spüle stehen. Das Küchenfenster ist offen, eine dicke, laut summende Fliege rumst ständig gegen die Decke, und Eva hofft, dass sie von allein wieder hinausfindet. Das Radio ist an, und Hits aus irgendwelchen Charts verbreiten trotz ihrer Nervigkeit doch eine Art guter Laune.

Das schöne Frühsommerwetter hat sich gehalten, und Eva hat die letzten Nachmittage mit ihrem Taschenbuch auf dem Steg verbracht. Das Wasser ist immer noch kalt, nicht mehr als 17 Grad warm, aber sie hat trotzdem jeden Tag gebadet. Ganz früh am Morgen, fast noch in der Dämmerung, geht sie ins Wasser und schwimmt ein paar hastige Züge. Die morgendliche Schwimmrunde gehört dazu, gehört zu der drei Monate langen Zeremonie, die vor ihr liegt.

Heute hat sie im Schatten eines Sonnenschirms etwas Kleines zu Mittag gegessen und dann eine Weile in Mamas Hollywoodschaukel geschlafen. Sie hat es geschafft, das sperrige Teil allein aus dem Schuppen zu zerren und im Garten aufzubauen, obwohl sie es sonst immer zu zweit gemacht haben. Der Stoff ist von der Sonne ausgeblichen und fleckig, aber eine Saison hält er schon noch durch.

Von der Schaukel aus kann sie den Dornenstrauch sehen, den sie immer so inbrünstig gehasst hat. Er ist nicht nur hässlich, er verpasst ihr auch jedes Mal Kratzer an den Armen, wenn sie sich dranmacht, ihn zu stutzen. Das wäre jetzt wirklich mal wieder nötig, aber Eva beschließt, dass sie darauf einfach pfeift. Sie bestimmt, was hier passiert und was nicht.

In zwei Wochen ist Mittsommer. Ein weiterer stiller, ruhiger Tag in völliger Einsamkeit. Vielleicht wird sie sich einen Aussichtspunkt suchen, von dem aus sie die tanzenden Inselbewohner beobachten und die Akkordeonmusik hören kann. Aber dann wird sie heimgehen, essen und ein Buch lesen oder fernsehen. Und am Abend einigermaßen frühzeitig schlafen gehen, wenn es ihr denn gelingen sollte.

Wäre sie jetzt gern in der Schule gewesen, um ihren Kollegen einen schönen Sommer zu wünschen? Stina treffen? Und natürlich Ylva, Stinas neuen Anhang? Nein.

Es war richtig, hier herauszufahren. Sie wird sich früh genug eine neue Arbeit suchen müssen, aber es eilt nicht. Sie kann es sich leisten, bis zum Herbst zu warten. Sie braucht das hier.

Vielleicht könnte sie sogar ihre überteuerte Mietwohnung in der Stadt räumen, die Geschwister aus diesem Haus rauskaufen und dauerhaft hierherziehen? Sich selbstständig machen, auf irgendeinem ganz ungeahnten Gebiet? Vielleicht Gemüse ziehen und an die Urlauber verkaufen? Ein Café mit selbst gebackenem Kuchen eröffnen und für die Gäste Klavier spielen, so eine exzentrische Frau werden, zu deren Laden die Leute pilgern? Eins von diesen wettergegerbten Schärenoriginalen werden, das vor der Welt geflohen ist. Oder sich einfach seine eigene Welt geschaffen hat.

Eva hat gerade den letzten Teller ins Abtropfregal gestellt und sich die Hände an der Schürze abgetrocknet, als sie die Stimmen hört. Sie kommen vom Kiesweg, der vom Fähranleger heraufführt, und sie hört sie immer deutlicher. Sie sind laut und vergnügt, es sind viele – und vor allem: Sie kennt sie, und das nur zu gut.

Rasch wirft sie einen Blick aus dem Fenster, wobei sie sich hinter den bunt gemusterten Josef-Frank-Gardinen versteckt. Bei dem, was sie da draußen sieht, fängt ihr Herz an, zu klopfen.

Sie sind mit der Fähre um halb drei gekommen. Und jetzt kommen sie aufs Haus zugestolpert, die ganze Bande. Ihr Bruder Anders, seine Frau Katrin und ihre drei Kinder. Ihre Schwester Maja mit ihrem Freund. Alle zusammen, eine richtige Truppe. In Sommerkleidung und mit frisch gewaschenem Haar. Die Kinder hopsen vorneweg, bleiben ab und zu stehen, um am Wegesrand Walderdbeeren zu pflücken.

Alle sind schwer mit Gepäck beladen. Die Kinder haben eigene Rucksäcke, und die Erwachsenen ziehen prallvoll gestopfte Sporttaschen und Einkaufstüten auf dem Bollerwagen und dem Fahrradanhänger, die immer unten am Anleger stehen. Eva hat sie noch nie benutzt, weil sie bisher nie mehr Gepäck hatte, als sie tragen konnte. Woher wussten sie, welcher Wagen Mama gehört hat? Anscheinend konnten sie sich noch erinnern.

Sie sieht sich verzweifelt in der Küche um, als suchte sie eine Waffe, mit der sie sich auf die Schnelle verteidigen kann. Doch dann bleibt sie mitten im Zimmer stehen, bis sie die Schritte auf der Treppe hört und Majas Gruß:

»Hallo? Ist hier jemand?«

Steifbeinig geht Eva in den Flur. Sie stellt sich vor sie. Die Eindringlinge. Die sich ungebeten in ihr Revier vorgewagt haben.

Anders stellt die große, offenbar bleischwere Tasche ab, die er auf der Schulter getragen hat.

Maja geht einen Schritt auf sie zu. Eva erkennt die trotzige Miene wieder, die ihre kleine Schwester immer dann aufsetzt, wenn sie etwas mit Gewalt durchsetzen will. Wenn sie zum passiven Widerstand bereit ist.

»Wir wollen eine Weile bleiben«, sagt Maja jetzt. »Und aufräumen. Vor dem Verkauf.«

Keiner sagt ein Wort, nicht mal die Kinder, die ansonsten eigentlich ziemlich lebhaft wirken.

Anders zieht die hochmoderne Kamera zurecht, die er an einem Band um den Hals trägt und schwingt sich die Tasche wieder auf die Schulter. Dann schaut er Eva direkt an.

»Okay«, sagt er. »Wie wollen wir die Zimmer aufteilen?«

Eva hört kaum, was geredet wird. Sie ist vollauf damit beschäftigt, zu begreifen, dass sie hier sind, zu beobachten, wie sie ihre Koffer und Tüten abstellen. Wie durch lautes Rauschen hindurch hört sie Anders ein wenig lachen und sagen, dass es wirklich ein seltsames Gefühl war, durch dieses Gartentor zu gehen, die Vortreppe hinauf und in den Flur, der immer noch so einen ganz besonderen, vertrauten Geruch hatte. Er nimmt die Kamera aus dem Etui und beginnt zu fotografieren.

Und von Minute zu Minute werden Eva die Dinge klarer.

Maja steht ganz still. Sie scheint einen Moment zu brauchen, um zu begreifen, dass sie wieder im Sommerhäuschen ihrer Kindertage steht. Der Ort, an dem sie seit ihren Teenagertagen nicht mehr gewesen ist.

»Es fühlt sich wirklich so an, als würde man in eine verschwundene Zeit treten«, sagt Katrin. »So eine gut erhaltene Atmosphäre. Reinheit und Stille.«

Wie es aussieht, denkt die Frau jetzt auch schon in Maklerphrasen.

»Ja, wirklich«, bestätigt Maja und tauscht einen Blick mit ihrem Freund Tomas.

Maja hängt sich an seinen Arm, als hätte sie Angst, dass er ihr gleich davonlaufen will. Sie kuschelt sich an seinen Pullover wie ein verschmustes Katzenjunges.

»Hast du die Pferde auf der Weide gesehen? Die waren doch schön, oder? Vielleicht können wir später noch einen Spaziergang dorthin machen.«

Er lächelt, drückt sie und versichert ihr, dass sie das ganz bestimmt tun werden. Später.

Anders geht zu Eva.

»Hast du meine Mail bekommen?«, fragt er leise.

Sie nickt.

»Warum hast du nicht zurückgerufen?«

»Ich hatte keine Zeit.«

Er sieht skeptisch aus, gibt sich aber mit ihrer Antwort zufrieden und macht sich wieder ans Fotografieren.

»Oh Gott, ist das schön hier«, sagt Katrin. »Das hast du mir nie erzählt.«

Sie sieht Anders an und lächelt. Seine Miene ist etwas gequält.

»Na, das hab ich bestimmt mal erzählt. Jetzt mach mal langsam.«

Maja hat Tomas' Arme losgelassen und ist in die Küche gegangen. Ganz ungezwungen macht sie den Kühlschrank auf, als wäre sie die Hausbesitzerin, die nur kurz zum Einkaufen auf dem Festland war. Jetzt betrachtet sie schweigend den Inhalt. Obwohl Eva mehrere Meter entfernt steht, kann sie die leicht verächtliche Miene ihrer Schwester sehen. Beim Anblick des schlichten Hartkäses, der Tube mit Kaviarcreme und der Packung Schinken aus dem Supermarkt muss Maja ein Lächeln unterdrücken. Die spartanische, langweilige Eva mit ihren schlichten Essgewohnheiten. Die keine Ahnung hat, wie man das Leben genießt. Schau sich bloß mal einer ihr Frühstück an, das sagt doch schon alles.

»Die Ausstattung ist ja immer noch ziemlich einfach«, bemerkt Maja, nachdem sie den Blick über das Abtropfgestell an der Spüle, den Holzofen und die zwei kleinen, abgenutzten Kochplatten und den Minigrill hat schweifen lassen. »Kein fließend Wasser?«

»Nein«, erwidert Eva. »Man muss das Trinkwasser jeden Tag in Kanistern holen. Ziemlich schwer und anstrengend, wie du vielleicht noch weißt.«

Sie hofft, dass Maja begreift, wie mühselig das Ganze auf die Dauer wird, doch ihre Schwester nickt nur und macht den Schrank unter der Spüle auf. Dort steht ein Plastikeimer, auf dem ein Feudel zum Trocknen aufgehängt ist.

Eine Flasche Schmierseife und ein Paket Stahlwolle. Sonst nichts.

»Wie ist es mit dem Abfluss?«

Doch, einen Abfluss gibt es, denselben wie früher. Widerstrebend zeigt Eva das kaum sichtbare Rohr, das durch die Hauswand hinausgeht und unter den wilden Himbeersträuchern verschwindet. Maja wirkt zufrieden.

Sie beginnt, den großen Bollerwagen abzuladen. Er ist voller Tüten und Packungen, das meiste aus edlen Feinkost- und Delikatessgeschäften, aber tatsächlich auch ein paar Großpackungen vom ICA-Supermarkt. Übertriebene Riesenpakete, von denen Eva schon jetzt weiß, dass das Zeug hier rumliegen und vergammeln wird, weil niemand es aufisst. Dazu noch ein paar exklusive kleine Würstchen und Käse und Kräuter und Marmeladen und Dinkelbrot und Feigenmarmelade. Bulgur und Quinoa, aber auch ein riesiger Sack Kartoffeln und ein ganz kleiner Sack mit gewöhnlichem Reis, sowie fünf Kilo Hackfleisch, das gerade mit diversen anderen Tiefkühlgerichten in den Gefrierschrank gestopft wird.

Wie es aussieht, gefällt sich Maja in der Rolle der Hausfrau mit Küchenhoheit, die die Mahlzeiten für ihre wundervolle Großfamilie zubereitet, zu der sie natürlich auch Anders und Katrin und ihre Kinder rechnet.

Die anderen sind zu einem Rundgang durchs Haus aufgebrochen, und Maja schließt sich ihnen an. Eva folgt mit etwas Abstand, während sie überlegt, was sie von dem allem hält. Irgendwie ist sie immer noch überzeugt, dass ihre Geschwister mitsamt Anhang nur zufällig zu Besuch gekommen sind. Dass sie sich nur umsehen wollen, das Haus und seine Umgebung besichtigen. Vielleicht einen Spaziergang um die Insel machen und am Steg noch einmal kurz ins Wasser springen. Aber dann werden sie feststellen, dass das hier einfach nichts für sie ist. So primitiv und abgenutzt und vor allem ... bereits bewohnt. Von jemand anders.

Während die Erwachsenen auf Hausbesichtigung gehen, rennen die drei Kinder im Garten herum und spielen ein lautstarkes Spiel, von dem Eva jetzt schon Kopfschmerzen bekommt. Sie rechnet sich aus, dass die Zwillinge Hjalmar und Theo jetzt fünf sein müssen, Vera acht. Die Jungs sind zweieiige Zwillinge und sind sich ziemlich unähnlich. Theo hat braunes Haar wie Anders, während Hjalmar und Vera etwas heller sind.

Maja hat Block und Stift aus einer Tasche geholt und beginnt aufzulisten, was ihrer Meinung nach vor der offiziellen Hausbesichtigung durch Makler oder Käufer noch am Haus gemacht werden muss.

»Oh Gott, so viel Krempel«, sagt sie und blickt Tomas an, in Erwartung seiner Zustimmung.

»Ja«, antwortet er. »Und so viel Charme! Wenn auch mit etwas Patina, könnte man sagen.«

Eva tut so, als würde sie ihre spitzen Bemerkungen nicht hören. Sie sieht nur, wie Tomas sich vor ein Buchregal stellt und die Buchrücken mustert. Die mit schwedischer Lyrik und Dramen. Hier und da entnimmt er einen Band und blättert ein wenig daran, ohne auch nur um Erlaubnis zu fragen.

Katrin dackelt hinter Anders her und scheint völlig aus dem Häuschen. Sie stellt sich mitten ins Licht, das durch ein Fenster hereinfällt. Dort pult sie etwas abblätternde Farbe vom Fensterrahmen. Eva beißt die Zähne zusammen und sagt nichts. Katrin geht weiter und bleibt auf einer Schwelle stehen. Sie lächelt in sich hinein und scheint ganz überwältigt zu sein vor lauter Glück. Als hätte sie vergessen, dass ihre Anwesenheit in diesem Hause definitiv vorübergehend sein wird.

Anders zeigt die verschiedenen Zimmer und erzählt Katrin alle möglichen Anekdoten und Erlebnisse aus seiner Kindheit. Genau wie Maja ist er seit 13 Jahren nicht mehr hier gewesen. Eva hört ihm zu und fragt sich, wie viel davon er wohl im Nachhinein erfunden hat, weil es so gut in die charmanten Erinnerungen eines kleinen Jungen an seine Sommer in den Schären passt. Eva für ihren Teil kann sich an nichts von dem erinnern, was er da ausbreitet. Weder an ein Luftgewehr noch an den selbstgemachten Bogen oder die Schleuder, oder seinen Versuch, ein Floß zu bauen, oder ein Versteck in der kleinen Abstellkammer unter der Treppe oder seinen Sprung vom Schuppendach, bei dem er mitten in den Brennesseln gelandet sein will. Die sieben Jahre Altersunterschied müssen damals riesig gewesen sein. Vielleicht auch, weil Anders und sie als Junge und Mädchen so unterschiedliche Interessen hatten. Aber zum Großteil hören sich seine Erzählungen einfach so an, als hätte er sie so in einem Kinderbuch gelesen, verirrte Fantasiefragmente eines Traums.

Mit Widerwillen beobachtet sie, wie Anders bei verschiedenen Gegenständen stehen bleibt und sie ansieht, als wären es Kleinode in einem Museum.

»Schau mal, da ist ja das Mensch-ärgere-dich-nicht-Spiel«, sagt er, als sie ins Wohnzimmer kommen und er den Stapel mit den alten Spielen auf dem Sekretär sieht.

Anders streicht über die alte lackierte Holzplatte mit den Farbspritzern. Er macht die Pappschachtel auf und betrachtet die Figuren und den weißen Elfenbeinwürfel, auf dem die schwarzen Punkte der Fünf nicht mehr zu erkennen sind.

»Das hatte ich schon fast vergessen. Gehörte das vielleicht Opa oder Oma?«

Fragend sieht er Eva an, die nur nickt, ohne weitere Erklärungen zu geben.

»Kannst du dich noch an das Glücksspiel erinnern? Wo ist das denn hingekommen?«

Sie schüttelt den Kopf. Keine Ahnung.

»Das war aus weinrotem Plastik. Oder vielleicht Bakelit oder so was? Da musste man so kleine Metallkugeln wegschießen. Die Feder ist ständig kaputtgegangen.«

Er lächelt Maja entgegen, die ins Zimmer gekommen ist und zuhört.

»Wie ein Flipper, nur in Miniatur«, sagt er. »Du warst wahrscheinlich noch zu klein damals.«

Maja wirkt nicht sonderlich interessiert. Sie betrachtet eher die Möbel und das übrige Inventar, als hätte sie schon lange geplant, das Ganze zu übernehmen, und könnte die Sache jetzt endlich in Angriff nehmen.

Weder Anders noch Maja scheinen sich für die Bücher zu interessieren. Mamas ganze Bücher, die die Wandregale im Arbeitszimmer und Wohnzimmer füllen. Klassische Romane in alten Ausgaben ebenso wie abgegriffene Taschenbücher, Penguin-Editionen, gebundene Romane aus den Siebziger- und Achtzigerjahren, Bücher auf Schwedisch und Englisch, Französisch und Deutsch und Spanisch, labbrige Club-Ausgaben, Sachbücher über Philosophie und Ideengeschichte. Und dann noch ein paar Fächer mit Büchern über Segeln, Navigation, Pilze, Insekten, Seerecht und ein altes Verzeichnis von Gasthäfen im Schärengarten zwischen Vaxholm und Dalarö.

Anders, der in prächtig aufgeräumter Stimmung ist, geht weiter.

»Und an diesen Rattanstuhl kann ich mich auch noch erinnern, mit dieser bestickten Decke. Und guck mal, die Lampe ist auch noch da.«

Eva sieht, wie Katrin den Blick auf die Petroleumlampe über dem Esstisch heftet, die Ketten mustert, mit denen sie befestigt ist, mit der Hand das geblümte Porzellan befühlt.

Wahrscheinlich überschlägt sie im Kopf schon, was die Lampe bei einer Auktion in der Stadt bringen würde.

Das unmoderne, niedrige Regal mit dem Plattenspieler steht auch immer noch an seiner Wand, mit den Schallplatten im unteren Fach. Mama hat im ersten Sommer alles aus der Stadt mit hierhergebracht. Eva hat es jahrelang nicht angerührt. Jetzt geht Anders in die Hocke, zieht eine Plattenhülle heraus und lächelt leise in sich hinein. Schwer zu sagen, ob er etwas wiedererkennt oder ob er sich darüber lustig macht. Vielleicht auch beides. *Lena Granhagen singt Theodorakis*, eine Sammlung von Frauenliedern, Hasse & Tage, Bob Dylan, Nynningen, Olle Adolphson, *Gisela May singt Brecht-Lieder*, Peter, Paul and Mary, Beethoven, Bach und Vivaldi, Lyriklesung von T. S. Eliot und anderes. Und dann die pastellgrün-hellrote Hülle von *Frauenlieder*. Zu dieser Platte tanzten Eva und ihre Mutter immer im Schlafanzug, als sie noch in der Stadt gewohnt hatten, bevor die Geschwister geboren waren. Samstags, wenn ihre Mutter frei hatte. Samstage waren immer die schönsten Tage.

Katrin betrachtet den Holzboden. Wohlwollend ruht ihr Blick auf den breiten, abgenutzten Dielenbrettern.

»Schau bloß, so ein schöner Boden«, sagt sie zu Anders. »Den müssen wir abschleifen und mit Öl einlassen. Und dann dürfen wir auch nicht vergessen, eine Seife für geölte Böden zu kaufen. Gibt es was Schöneres als einen frisch gebohnerten Boden?«

Anders nickt. Er steht auf und geht weg, ohne Katrins Worte zu kommentieren. Sie folgt ihm und lässt weitere fachkundige Bemerkungen vom Stapel, über die Haken an den Fenstern und die Klinken, über Tapeten und Tischlerarbeiten, Möbel und Bilder und Gardinen. Maja macht sich Notizen auf ihrem Block. Eva kann nicht erkennen, was da steht, und es ist ihr auch ganz egal. Sie werden sowieso nicht bleiben, bald fahren sie wieder nach Hause. Die Fähre in die Stadt geht um sechs. Dann sitzen sie alle an Bord der *Storskär* und essen Beefsteak mit Zwiebeln und Kartoffeln, während sie sich immer weiter und weiter von der Insel entfernen.

Gerade ist niemand in der Küche, und sie lässt sich am Küchentisch auf einen Stuhl sinken. Sie legt die Fingerspitzen sanft auf die Wachstuchdecke und stellt sich Klaviertasten vor.

Dann schließt sie die Augen und spielt ruhig und hingebungsvoll. Die Finger bewegen sich lautlos auf der Tischkante, sie kann die Tasten geradezu spüren.

»Sehr schön. Glaube ich.«

Sie zuckt zusammen und fährt herum. An der Küchentür steht Tomas und lächelt.

»Lassen Sie sich nicht stören.«

Er wendet sich zum Gehen, während sie wie versteinert dasitzt.

Da hält er kurz inne und sieht sie mit noch breiterem Lächeln an.

»Ganz im Ernst. Sie spielen toll.«

»Was wissen Sie denn davon?«

Ihr fällt auf, dass ihre Finger immer noch auf der Tischkante liegen. Rasch nimmt sie sie herunter und legt die Hände in den Schoß.

Tomas setzt noch einmal an, etwas zu sagen, aber sie steht auf und geht an ihm vorbei in den Flur. Sie weiß nicht, wo sie hingehen oder was sie tun soll. Sie geht hinaus auf die Vortreppe zum Haus, befühlt die Blumenerde in den Töpfen mit den Pelargonien, um zu sehen, ob sie Wasser brauchen. Und ob! Schnell geht sie wieder hinein, um die Gießkanne zu holen.

Sie folgt der kleinen Herde und schaut in Mamas Arbeitszimmer, das gerade von ihnen eingenommen wurde. Der Schreibtisch ist immer noch voll mit Ordnern und Bücher- und Papierstapeln. Mama hat sich nie Mühe gegeben, das Zimmer besonders gemütlich zu machen. Aber irgendwie ist es gerade deswegen gemütlich. Die vielen verschiedenen Stifte in der länglichen Schale aus irgendeinem Land in der Dritten Welt, vermutlich in Asien. Der Brieföffner aus schwarzem Holz von irgendwo in Afrika, mit einem Griff in Form eines Kranichs. Die verzierte Dose mit den Büroklammern. Und dann noch der Tischkalender vom letzten Jahr, mit Einträgen in Mamas schwer zu entzifferndem Gekrakel.

Anders bleibt auf der Schwelle stehen. Seine Augen glänzen verdächtig. Eva ballt heimlich die Fäuste und hofft inständig, dass es nicht passiert, aber natürlich hilft alles nichts. Anders bricht in Tränen aus, schlägt die Hände vors Gesicht und senkt den Kopf. Seine Schultern zucken, während Katrin ihn in den Arm nimmt. Maja ebenso. Eva dreht sich um und verlässt das Zimmer. Sie hört seine Schluchzer hinter sich und hätte große Lust, auf ihn einzudreschen.

Die Worte der Pfarrerin nach dem Begräbnis kommen ihr wieder in den Sinn: *Geschwister sind wie Freunde, die man niemals loswird.* Sie muss fast nach Luft ringen. Aber dann schiebt sie den Gedanken beiseite, damit er sich gar nicht erst festsetzen kann.

Auf der Veranda bleibt sie stehen und blickt hinaus. Der Wald, der Himmel, das Gras. Alles fließt ineinander und verschwimmt.

Als ihre Mutter zum ersten Mal zu depressiv war, um allein zu Hause zu sein, sollten sie sich alle drei abwechselnd um sie kümmern. Aber daraus wurde nichts, stattdessen war Eva fast den ganzen Sommer da. Dann ergab es sich einfach, dass es so weiterlief. Auf dem Grundstück wurde ein kleines Gästehäuschen gebaut, in dem sie wohnen konnte. Sie war schließlich erwachsen und brauchte eine Rückzugsmöglichkeit. Irgendwann musste sie aber doch ins große Haus ziehen, um ihre Mutter besser beobachten zu können.

Eva bezahlte das Gästehäuschen zum Großteil selbst. Das gehört definitiv ihr, daran gibt es überhaupt keinen Zweifel. Außerdem war sie diejenige, die sich Jahr für Jahr ums Haus gekümmert hat. Selbst gemalert hat. Dafür gesorgt hat, dass Fenster repariert werden. Dachpfannen und Regenrinnen inspiziert hat. Vor Wintereinbruch hat sie das Boot mithilfe von Bekannten auf der Insel aus dem Wasser geholt, hat die Fensterläden befestigt und im Herbst und Frühjahr Großputz abgehalten. Immer nur sie allein.

Es geschieht genau das, was sie befürchtet hat. Nach einem Blick in die Schlafzimmer im Obergeschoss haben sich alle im Wohnzimmer versammelt.

»Wollen wir vielleicht kurz die Zimmeraufteilung durchsprechen?«

Maja steht auf dem Wohnzimmerteppich, die anderen um sie herum. Eva bekommt keinen Ton heraus. Dass diese ganze Truppe auch nur eine einzige Nacht hier verbringen könnte, übersteigt ihr Vorstellungsvermögen.

An Schlafzimmern gibt es die zwei kleinen Zimmer, von denen eins ein Stockbett hat, sowie das mittelgroße, aber immer noch relativ kleine Mädchenzimmer, in dem Eva früher gewohnt hat, und zu guter Letzt ist da noch das größte, schönste Zimmer, in dem Mama selbst geschlafen hat. Und in das Eva schon am ersten Abend ihre ganzen Sachen geschafft hat. Dort stehen zwei Betten, obwohl Mama in den Jahren nach der Scheidung allein blieb. Vielleicht mit dem praktischen Hintergedanken, dass das Haus so bei Bedarf vermietet werden konnte. Auch wenn daraus nie etwas wurde.

Anders und Katrin haben sich entschieden: Sie bekommen das größte Zimmer, also das von Mama. Sie erklären, dass sie dieses Schlafzimmer brauchen, weil die Kinder manchmal aufwachen, und dann kommen sie mitten in der Nacht und wollen zwischen ihnen schlafen. Naja, Vera vielleicht nicht – außer, wenn sie krank ist oder einen Albtraum hatte –, aber die Zwillinge kommen fast jede Nacht, oder zumindest jede zweite. So dass es ganz einfach erforderlich ist, dass sie die beiden Betten zu einem Doppelbett zusammenschieben.

Eva hört zu, ohne sich ins Gespräch einzumischen, die anderen reden sowieso schon durcheinander.

Hjalmar und Theo bekommen das Zimmer mit dem Stockbett und erklären sich bereit, abwechselnd im oberen Bett zu schlafen. Vera darf das andere kleine Schlafzimmer haben. Dagegen hat sie nichts einzuwenden.

Maja und Tomas haben sich aufs Gästehäuschen eingeschossen. Dort gibt es zwei Betten, und es ist ganz gemütlich, findet Maja, wenn man erst mal ein bisschen Gerümpel rausgebracht, aufgeräumt und geputzt hat. Die Kissen und Decken sind ja alle nicht so taufrisch, aber sie werden sich einfach mit Wolldecken in Bettbezügen behelfen. Kissen haben sie selbst mitgebracht.

Für Eva bleibt nur noch das alte Mädchenzimmer.

Maja setzte eine bedauernde Miene auf, geht zu Eva und berührt sie am Oberarm.

»Weißt du was?«, sagt sie. »Ich glaube, es wird keine größeren Probleme damit geben, dass wir alle unter demselben Dach wohnen. Denn darüber machst du dir doch Gedanken, oder?«

Sie fährt fort, ohne Evas Antwort abzuwarten.

»Zwischenmenschliche Beziehungen gehören zu meinem Job. Ich bin Expertin darin, Gruppen funktionieren zu lassen. Es wird alles gut gehen. Wir kriegen das schon hin. Und es ist ja auch nur für begrenzte Zeit.«

Maja fängt die Blicke von Anders, Katrin und Tomas auf. Katrin nickt und kichert nervös, während Tomas sich auf die Veranda zurückzieht, um die Aussicht zu bewundern. Ihm scheint alles ziemlich gleichgültig zu sein.

»Dann fangen wir wohl mal an, das Gepäck hochzutragen«, schlägt Anders vor. »Und danach können wir uns das Grundstück angucken.«

Sie sammeln ihre Rucksäcke und Sporttaschen zusammen. Katrin stellt sich an die Haustür, ruft den Kindern zu, dass sie auf dem Grundstück bleiben sollen und dass sie auch gleich rauskommt.

Eva geht mit einem eiskalten Stein im Magen die Treppe hoch. Jetzt ist alles klar. Diese Invasion ist kein Tagesausflug, sondern eine geplante Besetzung. Das Gefühl von Unwirklichkeit ist verschwunden und absoluter Klarheit gewichen.

Maja steht immer noch auf dem Flickenteppich im Flur und folgt Eva mit ihren alles sehenden Augen.

»Ist es okay für dich, dass du das kleinere Zimmer nimmst, Eva?«

Eva geht weiter. Sie wird machen, was man ihr gesagt hat, einfach weil sie gerade keine Streitereien ertragen kann. Aber keiner kann von ihr verlangen, dass sie auf solche schwachsinnigen Fragen eine Antwort gibt.

Es ist schon spät am Nachmittag, und sie besichtigen immer noch das Grundstück. Maja macht sich die ganze Zeit Notizen, blättert in ihren vollgekritzelten Zetteln und rechnet zusammen.

»An der einen Häuserseite befindet sich eine verglaste Veranda. Offener Kamin im großen Zimmer, Holzofen in der Küche, inklusive altmodischer Backofen. Momentan aber außer Betrieb. Abfluss vorhanden, aber kein fließend Wasser. Plumpsklo. Eigentlich einfachste Ausstattung, aber gleichzeitig sehr charmant in seiner Ursprünglichkeit.«

Eva mustert ihre kleine Schwester. Die Frau, die aus ihr geworden ist. Weit entfernt von dem Teenager, der alles tat, um dem Mythos des jüngsten Kindes und des Rebellen zu entsprechen. Ohne zu Hause etwas davon zu erzählen, ließ sich Maja auf einer Seite eine hässliche Comicfigur auf den Rücken tätowieren, die auf eine coole Art aggressiv wirken sollte. Sie war schlampig und schwänzte die Schule und trug abgerissene Kleidung, versuchte gegen die Vorgaben der wohlerzogenen Mittelklasse zu revoltieren. Sie war die ganze Zeit damit beschäftigt, darüber nachzudenken, was andere über sie dachten, um dann zu zeigen, dass sie nur machte, wozu sie selbst Lust hatte. Bis ihr irgendwann auf dem Weg ins Erwachsenenalter aufging, wie sinnlos diese Taktik war, und sie genau in die entgegengesetzte Richtung schlug. Sie wollte das Allerbeste aus sich herausholen. Sie begann, mit kräftiger Stimme zu sprechen und legte sich eine schallende Lache zu. Sie weigerte sich, um Entschuldigung zu bitten, wie sie sagte. Immer noch völlig damit beschäftigt, wie die Außenwelt sie sah, aber jetzt, indem sie sich unter feministischen Vorzeichen selbstständig machte.

Die wenigen Male, die Eva ihre Schwester traf, kaute Maja ihre Argumente für die Selbstständigkeit der Frauen vor und unterstrich, wie wichtig es sei, viel Geld zu verdienen und auf eigenen Beinen zu stehen. Sehr schnell entwickelte sie ihre Rolle weiter zur selbstsicheren Tyrannin. Die Karrierefrau, die Schwäche bei anderen einfach nicht ertragen konnte.

Maja macht die Tür zum Plumpsklo auf und ringt sich eine positive Miene ab.

»Wie schön du das gemacht hast«, sagt sie.

Die anderen spähen ebenfalls hinein und sehen die Vase mit dem Hahnenfußsträußchen, das Eva immer pflückt und neben das Loch im Brett stellt. Die Blumen fangen an zu welken, weil sie vergessen hat, Wasser nachzufüllen. Eine verblichene Kinderzeichnung hängt immer noch an der Wand, sie weiß gar nicht mehr, wer die mal gemacht hat.

Anders hebt die Kamera wieder vors Auge und schießt ein paar Fotos. Wofür auch immer das gut sein soll.

»Wie läuft das mit der Leerung der Tonne?«, erkundigt sich Maja.

Eva will gerade antworten, da kommt ihr Anders zuvor und erzählt stolz, dass man einfach einen Pappverschluss auf die Tonne setzt, sobald sie voll ist. Dann stellt man die Tonne an die Straße, wo sie von den Männern mit dem Lastenmoped abgeholt wird. Jedes Mal bekommt man eine neue Tonne aus recyclebarem Material, die man wieder ins Häuschen stellt. Bis zum nächsten Wechsel. So ist es doch immer noch, oder? Er wirft einen Blick zu Eva, die kurz nickt.

»Praktisch«, meint Maja. »Ich finde, diese ganzen Mulltoiletten und Gefriertoiletten, und was es da sonst noch gibt, sind alle so kompliziert. Aber das hier ist natürlich. Einfach und umweltfreundlich.«

Sie gehen weiter zum Schuppen. Katrin wirft einen Blick hinein und meint lachend, dass die Kinder ihn lieben werden. Dieses Kuddelmuddel aus Werkzeugen und diversen Sachen und alten Petroleumlampen und Fahrradersatzteilen und Angelzubehör und allem möglichen Krempel.

»Erinnert an Petterssons Werkstatt oder ans Haus von Karlsson vom Dach«, bemerkt sie.

Und bevor Eva reagieren kann, hat sich Katrin auch schon umgedreht und ruft den Kindern zu:

»Habt ihr das schon gesehen? Kommt mal her und schaut euch das an!«

Die Jungs sind gerade dabei, in dem knorrigen Apfelbaum herumzuklettern, dass die Äste krachen. Sie schreien, dass sie gleich kommen, und Katrin ruft zurück, dass das hier eine richtige Schatzhöhle sei, in der es alles Mögliche zu entdecken gebe. Eva hat wirklich keine Lust, ihren Werkzeugschuppen als Spielzimmer zur Verfügung zu stellen, aber sie steht völlig überrumpelt daneben, als Hjalmar und Theo angerannt kommen. Mit großem Geschrei beginnen sie den Schuppen zu durchsuchen, was bedeutet, dass sie alte Schlittschuhe rausziehen, Schubladen und Dosen öffnen und alles anfassen, vom Hammer bis zum Kescher.

»Schau dir das mal an!«, ruft einer von ihnen und hält einen kaputten Lampion hoch.

»Langt mir bloß kein gefährliches Werkzeug an«, sagt Katrin. »Von Säge und Axt lasst ihr die Finger, ist das klar?«

Theo blickt Eva glücklich ins Gesicht, als er an ihr vorbeigeht.

»Unsere Oma ist gestorben, deswegen kaufen wir uns ein neues Auto«, erklärt er.

»Ein rotes. Oder schwarzes«, ergänzt Hjalmar.

Die beiden rennen wieder in den Schuppen. Eva sieht sich um, aber das Mädchen ist nirgends zu sehen.

Die anderen gehen weiter zum Gästehäuschen, wo Maja

schon vor der Zimmerverteilung die Lage sondiert hat. Aber jetzt hört sie ein dumpfes Summen an der einen Ecke unterm Dach. Kein Zweifel, da ist ein Wespennest. Das geht gar nicht.

»Das müssen wir so schnell wie möglich entfernen«, verlangt sie und sieht Anders an.

»Du meinst, dass *ich* das entfernen soll«, sagt er.

Ein leichter Anflug von echter Gereiztheit liegt in seiner Stimme, nicht nur ein müder Scherz. Eva sieht, wie Katrin schon etwas sagen will, es dann aber bleiben lässt und nur die Lippen zusammenpresst.

»Wow, schaut euch das mal an. Von da oben muss man ja eine tolle Aussicht haben!«

Maja deutet zu dem kleinen moosbewachsenen Hügel in der einen Ecke des Grundstücks. Sie läuft hinüber, Anders und Katrin folgen ihr. Eva geht der Gruppe abwartend hinterher.

»Das ist ja großartig!«

Maja blickt übers Wasser. Sie hat recht, von hier aus hat man die schönste Aussicht, zumindest wenn man es schätzt, möglichst nahe am Wasser zu sein. Man hat keinen ganz freien Blick auf den Horizont, aber immerhin sind nur ein paar spärliche Baumwipfel im Weg. Dazwischen sieht man es glitzern.

»Wisst ihr, was wir hier machen?«

Maja sieht Tomas, Anders und Katrin begeistert an.

»Wir bauen einen Pavillon! Einen kleinen, achteckigen Pavillon mit Glaswänden. Da kann man drin sitzen, wenn ein kühler Wind weht, und die Aussicht genießen. Bei einem ausgedehnten Abendessen. Oder vielleicht beim Frühstück.«

Katrin nickt, sieht aber nachdenklich aus. Anders hat die Kamera wieder gehoben und macht ein Bild nach dem anderen von der Aussicht.

»Das würde den Wert des Hauses garantiert steigern«, meint Maja. »Die Leute lieben Pavillons.«

Sie wendet sich an Eva.

»Ist dir nie der Gedanke gekommen, dass diese Stelle perfekt für einen Pavillon wäre?«

Nein. Eva schüttelt den Kopf. Pavillon. Ein kleines Gebäude ohne jede Funktion, nur hingebaut, damit andere Leute es sehen und bewundern. Verlogener Idyllenkitsch.

»Leider nein«, sagt sie. »Und einen Pavillon wird es in der Tat nicht geben, nicht hier und auch nirgendwo anders auf dem Grundstück.«

»Tomas ist ein geschickter Handwerker«, sagt Maja und zieht ihren Freund am Arm. »Er kann fast alles bauen.«

Tomas antwortet nicht. Er wirkt geistesabwesend.

»Wenn wir gleich anfangen, dauert es nicht lange. Nicht wahr, Tomas?«

Er schaut und überlegt.

»Eine Woche vielleicht.«

»Mama hat immer professionelle Handwerker geholt«, wendet Eva ein. »Fachleute.«

Maja schnaubt.

»Aha, und was hat das damit zu tun? Was Mama immer getan hat?«

Aus ihrem Munde klingt »Mama« wie ein Schimpfwort. Eva atmet ruhig durch.

»Es gibt keinen Grund, hier plötzlich selbst was hinzubauen«, sagt sie.

Maja tritt ganz nahe an sie heran.

»Das Haus wird verkauft, ob es dir passt oder nicht.«

Eva bleibt stehen. Sie hat nicht vor nachzugeben.

»Hier kommt kein Pavillon hin«, sagt sie. »Kapiert?«

Maja starrt sie an. Sie holt Luft, um etwas zu erwidern, aber da wird sie von einem Schmerzenslaut unterbrochen. Anders und Katrin reagieren instinktiv, beide zucken zusammen und drehen sich um. Einer der beiden Jungs, Hjalmar ist es wohl, steht unten beim Werkzeugschuppen und heult laut. Theo kommt ihnen keuchend entgegengerannt und berichtet, dass Hjalmar auf einen spitzen Rechen getreten ist, der im Gras lag.

Eva ist nicht überrascht. Wie ihr bereits aufgefallen ist, ist Theo eher der brave Theoretiker, fast übertrieben ordentlich, während Hjalmar mehr der praktische Forschergeist ist. Er scheint nichts dagegen zu haben, sich auf tausend Arten schmutzig zu machen. Außerdem ist er offenbar ein Sammler ersten Ranges. In der kurzen Zeit, die er hier ist, hat Eva beobachtet, wie er schon mehrere komische kleine Gegenstände vom Boden aufgehoben hat, die er in der Tasche seiner Shorts verschwinden ließ. Darunter eine lebende Schnecke, die er gerade auf einem Blatt gefunden hatte. Plötzlich fällt ihr ein, dass Anders früher ganz genauso war.

Katrin eilt zu Hjalmar, während Anders Theo ausfragt, streng und todernst, als wäre der Fünfjährige ein Verbrecher. Wie ist der Rechen dort hingekommen? Theo weiß es nicht. *Er* hat ihn jedenfalls nicht rausgeholt. Anders' Verhör mischt sich mit Katrins übertrieben tröstender Stimme. Eva betrachtet Katrin, wie sie ihren Sohn umarmt, ihn fest im Arm hält, ihm die Haare streichelt und in Kauf nimmt, dass ihre eigene Wange von Rotz und Tränen ganz nass wird.

»Ganz ruhig, mein Schatz«, sagt sie. »So schlimm war es doch nicht.«

Katrin wiegt ihn im Arm, und das Weinen wird leiser.

»Mein Liebling. Mein süßer kleiner Troll.«

Eva geht zurück zum Haus. Dabei kommt sie an Maja vorbei, die angefangen hat, ihre Taschen ins Gästehäuschen zu schleppen, und ignoriert ihre Frage, ob es wohl langsam Zeit wird, Kartoffeln zu schälen. Stattdessen lenkt sie ihre Schritte zur Veranda, wo Tomas im Liegestuhl döst. Evas gestreifter Liegestuhl, mit dem zusammenklappbaren Schemel daneben, auf dem sogar noch ihr Taschenbuch liegt, mit einem Lesezeichen in der Mitte.

Sie geht weiter ins Haus, die Treppe hoch, und hört, wie Maja ihr hinterherschreit.

»Ach so, gerade fällt mir noch was ein, Eva. Nur damit du Bescheid weißt – wir haben zu Mittsommer ein paar Leute eingeladen.«

Die langweilige ältere Verwandte. Die spießige Schwester. Sie liegt rücklings auf dem Bett und schaut an die Decke, lässt den Blick über die Wände gleiten. Die Lampe mit dem ausgebleichten Schirm aus ursprünglich hellgrünem Stoff, der schon altersschwach war, als sie noch ein Kind war. Jetzt ist er fast hellblau. Die Tapeten, graugelb und ungeschickt geklebt, mit hässlichen Lücken an manchen Stellen. Das Bett, das sie früher so toll fand, kommt ihr jetzt hart und unbequem vor im Vergleich zu dem von Mama.

An der Dachschräge klebt ein Poster von einem jungen Björn Skifs. Der sonnengebräunte Sänger trägt ein aufgeknöpftes Jeanshemd. Eva kann sich noch genau erinnern, wie sie damals in jede Ecke eine Heftzwecke drückte. Sie erinnert sich auch an den Riss, der von hinten mit Tesa geklebt wurde. Darüber war sie lange traurig. Bis auch der Riss so selbstverständlich war wie alles andere.

Sie muss sich abhärten. Sie darf keine Angst vor der Leere haben. Vor der gefährlichen, unbegreiflichen Leere.

Die Minuten, nachdem sie den Hörer aufgelegt hatte. Wie messerscharf sie alles sah, was sie in diesem Moment vor Augen hatte. Den Bilderrahmen mit seinen kleinen Mängeln, das düstere Bild von Omas Cousine. Mama mochte es nie und fand eigentlich, dass Eva es wegtun sollte. Das braun gebeizte Holz des Rahmens, dessen Maserung noch durchschimmert. Die Stifte in der Blechdose auf dem Schreibtisch, der graublaue Schal mit den Fransen, den Eva auf dem Stuhl abgelegt hat. Die Brieftasche und die Schlüssel.

Als ob jeder Gegenstand eine ganz neue Kontur hätte.

Und später. Das kleine Zimmer bei der Polizei, fast komplett in Beige. Ein Tisch, zwei Holzstühle. Grobe, karierte Wollbezüge auf den Sitzen, auch in einer Art braungelber

Farbe. Die weiße Plastiktüte mit Mamas zusammengefalteten Kleidern, die der Polizist ihr übergab. Ihr grün-weiß-rot-gestreifter Baumwollpulli, von einem schwedischen Qualitätslabel. Ihre blaue Hose. Die helle Frühlingsjacke mit den vielen Taschen. In einer Tasche befand sich ein zerknülltes Papiertaschentuch. Ihre Unterwäsche. Und dann noch ihre Armbanduhr und der Ring, den Mama von ihrer eigenen Mutter bekommen hatte. Sonst nichts. Keine Handtasche oder persönliche Habseligkeiten. Deswegen hatte es auch etwas gedauert, bis man sie identifizieren konnte.

Und dann der Heimweg, mit der Plastiktüte in der Hand. Vorbei an den Caféterrassen mit all den sommerlich gekleideten, lachenden Menschen.

Die Dämmerung kommt auch an diesem Abend. Eva bleibt auf dem Bett liegen, während sie die anderen unten in der Küche rumoren und lärmen hört. Ein vergnügtes Abendessen auf der Veranda. Eva hört Vera ununterbrochen plappern, über Fernsehprogramme, die ihr gefallen, und modische Kleider, die sie sich wünscht. Keiner scheint ihr zuzuhören. Die Erwachsenen unterhalten sich über ihre eigenen Themen, und Katrins nervöses Kichern ist einem heiseren Lachen gewichen, das gar kein Ende nehmen will.

Den Grill haben sie selbst aus der Stadt mitgebracht. Eva hört Besteck auf Porzellan klirren. Sie sieht es förmlich vor ihrem inneren Auge, wie sie ihre Kräutersaucen essen und neue Kartoffeln mit Dill. Sie hat ein richtiges Loch im Magen, aber sie bleibt hier. Auch wenn das einzig Genießbare in greifbarer Nähe zwei Weinflaschen in ihrem Koffer unterm Bett sind.

Sie holt eine heraus, setzt sich auf die Bettkante und trinkt Schluck für Schluck direkt aus der Flasche. Der Wein ist sauer, aber er geht trotzdem runter.

Solange sie im Haus bleibt, kann es jedenfalls nicht verkauft werden.

Sie streckt sich auf dem Bett aus, schläfrig kuschelt sie sich auf die Matratze. Das Leben soll mit ihr machen, was es will. Sie steht zur Verfügung.

Ein leises Klopfen reißt sie aus dem Schlaf, und sie setzt sich auf. Auf einen Schlag ist sie hellwach.

Erneutes Klopfen, diesmal lauter.

»Hallo? Eva?«

Es ist Tomas' leise Stimme.

»Hast du schon geschlafen?«

»Nein.«

Sie war zwar einen Moment eingeschlummert, aber jetzt ist sie ganz wach. Ist nie wacher und wachsamer gewesen.

Was führt er im Schilde? Was hat Maja ihm eingeflüstert?

Jetzt ist es wieder still vor der Tür. Ist er gegangen?

Sie geht an die Tür, dreht den Schlüssel und macht auf. Dort steht er, in Jeans und Strickjacke, mit einem Teller in der einen Hand und einer Bierflasche in der anderen. Der Teller ist beladen mit gegrilltem Fleisch, Kartoffeln, Salat und irgendeinem undefinierbarem Mischmasch. Der Duft ist einfach überwältigend.

»Ich dachte mir nur, du hast wahrscheinlich Hunger.«

Er lächelt sie an.

»So viel Benehmen muss sein.«

Sie nimmt den Teller entgegen und vergisst ganz, sich zu bedanken. Er ist schon wieder die Treppe hinuntergegangen.

Den Bademantel hat sie über das Geländer des Stegs gehängt und die ausgelatschten alten Clogs danebengestellt, den einen ganz dicht neben den anderen. Die morgendliche Schwimmrunde verlangt irgendwie seine ganz bestimmte Ordnung. Dann hat sie das Thermometer an seiner Schnur ins Wasser gleiten lassen. Ganz ungerührt schaukelnd liegt es auf dem Wasser. Sie hat die ganze Nacht tief geschlafen, wofür sie dankbar ist. Am Morgen ist sie mit einem dumpfen Kopfschmerz erwacht und hat zwei Paracetamol genommen, die aber noch nicht wirken.

Jetzt geht sie die Leiter hinunter, Schritt für Schritt. Das Wasser ist eisig kalt, ihre Füße und Waden tun richtig weh. Hier an der Badeleiter ist Mama gegenwärtig. Und das wird sie bei jeder morgendlichen Schwimmrunde sein, solange Eva lebt.

Evas Wurzel. Die jetzt ausgerissen und zerstört ist.

Inzwischen ist sie bis zur Taille im Wasser. Nicht denken, nicht fühlen. Sie lässt los und wirft sich rücklings hinein. Strampelt mit den Beinen und atmet heftig durch die zusammengebissenen Zähne. Dann dreht sie schnell wieder um und schwimmt zurück. Die Leiter wieder hoch. Das Wasser, das an ihr herunterrinnt, bildet Pfützen auf dem Steg.

Das Blut rauscht ihr durch den Körper. Das Gefühl von warmen Tagen am Strand von Schonen. Apfelsaft aus sandigen Bechern, Sandkörner im Mund. Rotgestreifte Badelaken aus kratzig-hartem Frottee, leicht steif von Salz und Seegras.

Sie pfeift drauf, sich den nassen Badeanzug gleich auszuziehen, da ist sie nicht so sorgfältig wie ihre Mutter. Sie wirft sich nur den Bademantel über, bindet ihn nachlässig zu, schiebt die Füße in die Clogs und holt das Thermometer wieder ein. Auch heute wieder 17 Grad.

Das Kopfweh ist fast weg.

Langsam geht sie nach Hause. An Perssons Gartentor stehen Kia und Roger, das unzertrennliche Paar, das fast sechs Monate im Jahr hier wohnt. Sie unterhalten sich mit einem anderen Paar, das Eva noch nie gesehen hat. Neuankömmlinge. Beide tragen teure Seglerjacken und Sportschuhe. Kia blickt in Evas Richtung, erkennt sie und lächelt erfreut.

»Eva! Bist du auch wieder da?«

Eva lächelt zurück und versucht, ganz entspannt auszusehen. Als wäre alles noch nicht passiert.

»Ich bin so vor einer Woche gekommen.«

Sie begrüßt Roger, der nie viel sagt. Er war schon immer schüchtern und wird leicht rot. So wie jetzt. Unsicher fährt er sich mit dem Finger durchs Haar und weiß nicht, wo er hingucken soll. Aber sie weiß, dass er mindestens genauso wild auf Klatsch und Neuigkeiten ist wie seine Frau.

Kia schnattert ununterbrochen und lacht laut, sie hat gern Gesellschaft. Irgendwie mag Eva diese Frau, man kann sich so mühelos mit ihr unterhalten, und sie ist immer freundlich. Es sieht aus, als hätte sie seit dem letzten Jahr ein klein wenig zugenommen, sie ist etwas runder im Gesicht. Aber das macht sie nur noch ansprechender.

»Das hier sind Ulf und Lolo«, sagt Kia und wendet sich zu dem unbekannten Paar.

Eva schüttelt die ausgestreckten Hände und stellt sich ebenfalls vor. Die beiden haben diese leichte, gleichmäßige Sonnenbräune, die typisch ist für gut situierte Menschen. In Lolos Ohren glitzern exklusive Ohrringe, leicht unpassend für die Schären. Ulf trägt eine dunkel getönte Pilotenbrille und ein schmal gestreiftes Hemd.

»Sie haben gerade das Haus am Badbergsvägen gekauft«, sagt Kia. »Das alte Haus von Tante Björk. Es ging ihr immer schlechter, und im Winter ist sie endgültig ins Altersheim gezogen.«

Eva lächelt, schaut Lolo und Ulf an und schenkt ihnen

ein Lächeln, damit sie sich willkommen fühlen. Sie gibt ihnen zu verstehen, dass hier alle ganz nett und hilfsbereit und entgegenkommend sind.

»Diese Insel ist wirklich toll«, meint Lolo. »Wir haben es sofort gespürt, als wir hierherkamen, stimmt's, Ulf? Genauso das Haus. Sobald wir die Schwelle überschritten hatten, waren wir uns absolut sicher.«

»Ja, das Haus ist wirklich prima«, sagte Kia. »Schöne Aussicht und eine feine Terrasse.«

Lolo sieht sehr zufrieden aus.

»Natürlich gibt es da noch viel zu tun.«

»Aber es macht einfach Spaß«, wirft Ulf ein. Er lacht kurz, ohne jeden erkennbaren Anlass.

»Habt ihr eine Humustoilette?«, erkundigt sich Kia.

»Ja«, sagt Lolo. »Aber die können wir nicht mehr lange benutzen. Ich hab schon überlegt, ob wir stattdessen eine Vakuumtoilette einbauen lassen.«

»Wir haben letztes Jahr auf Gefriertoilette umgestellt«, erzählt Kia. »Das funktioniert gut. Aber Vakuum ist vielleicht noch besser.«

Eva schweigt. Eine Vakuumtoilette ist ein Luxus, den sich nur Inselbewohner mit Seegrundstück leisten können. Der Tank muss regelmäßig geleert werden, von einem Boot mit Saugschlauch.

»Das Haus neben unserem soll wohl auch verkauft werden«, sagt Lolo. »Hat unser Nachbar gegenüber erzählt.«

»Ja, stimmt«, nickt Kia.

Jetzt ist das Gespräch in vollem Gange.

»Das Haus von den Lovéns«, präzisiert Kia und sieht Eva an. »Du weißt schon, die haben sich doch scheiden lassen.«

»Ach so.«

Davon wusste sie nichts. Sie war mit keinem von beiden bekannt.

»Glücklicherweise haben wir den Anlegeplatz übernehmen können, als wir das Haus gekauft haben«, sagt Ulf. Erneutes grundloses Auflachen. »Ich hab gehört, dass es ansonsten ganz schön schwierig sein soll, einen Platz zu kriegen. Die Warteliste ist ziemlich lang, oder?«

Eva weiß es nicht. Mama und sie haben hier schon immer ihren Steg gehabt.

Aber Roger nickt entschieden. Doch, doch, ganz richtig. Und dann wird er knallrot.

»Ja«, sagt Kia. »Die Lovéns hatten auf jeden Fall ein Plumpsklo.«

Schweigen. Kia schaut Eva mit diesem gewissen Blick an, den sie manchmal hat. Wenn sie nämlich vor Neugier fast platzt.

»Die Beerdigung war schon, oder?«

»Ja.«

Kein Wort mehr. Sie sieht Kia und Roger an, wie sie beide hoffen, noch ein klein wenig mehr erzählt zu bekommen, ein kleines Krümelchen Information, das sie weitergeben können an Nachbarn und andere Inselbewohner, die man am Badesteg trifft oder beim Rumbasteln am Boot. Etwas, was man zum abendlichen Drink genießen kann, während die Glut im Kamin warm wird.

Lolo und Ulf sehen sie fragend an und Kia erklärt:

»Evas Mutter ist vor ein paar Wochen gestorben. Wir kannten sie auch.«

»Oh nein, das ist ja traurig«, sagt Lolo, und Ulf fragt: »War sie krank?«

Eva nickt.

»Schon lange?«

»Nein. Nicht besonders.«

»War es Krebs?«

Sie schüttelt den Kopf und zeigt ganz deutlich, dass sie jetzt weitermuss. Doch sie weiß, sobald sie fort ist, werden

Kia und Roger die beiden Neuen informieren, dass das die Tochter einer kürzlich pensionierten Frau war, die da oben an der Kurve gewohnt hat, und dass diese Frau sich vor nicht allzu langer Zeit das Leben genommen hat. Und dann werden die Spekulationen losgehen und immer mehr in Schwung kommen. Da gibt es immer wieder einen neuen Aspekt, irgendeine Vermutung, auf die noch keiner gekommen ist. Irgendeine Art von persönlicher Hölle muss es ja gewesen sein. Dass es in dieser Familie Konflikte gab, war ja nicht zu übersehen. Die beiden anderen Geschwister haben sich auch jahrelang nicht blicken lassen. Aber jetzt hat sie tatsächlich jemand gesehen, jetzt haben sie wohl beschlossen zu kommen. Man fragt sich natürlich, was die jetzt vorhaben mit dem Haus und dem Boot.

Und so weiter.

Eva will gerade weitergehen, als sie ein schwaches Winseln hört. Es kommt von Kias und Rogers Grundstück, und als sie durch die Zaunlatten späht, sieht Eva einen Welpen, der langsam hin und herläuft. Er ist mit einer Leine an einem Baum festgebunden.

Kia sieht Evas Blick.

»Ja, der Hund. Den haben wir von Bekannten gekriegt, die wegfahren wollten. Sie haben ihn für ihre Tochter gekauft, aber die hatte von dem Tier schnell genug. Die Mutter ist bei der Geburt gestorben.«

Eva betrachtet den Hund. Er hat sich ins Gras gesetzt und sieht sich verlassen um.

»Wir sind eigentlich auch nicht so begeistert«, erklärt Kia. »Wir haben uns nur für den Notfall bereit erklärt, ihn aufzunehmen. Ich finde ja, er wirkt ein bisschen schlapp. Mit dem hat man nicht besonders viel Spaß.«

Eva hält das Handy ans Ohr. Vor ihrer Schlafzimmertür hört man laute Kinderstimmen und Füße, die hierhin und dorthin rennen. Hjalmar und Theo spielen Krieg, bewaffnet mit dem Staubsauger und dem kurzen Schrubber, den sie in der Abstellkammer gefunden haben. Sie wünschte, die beiden würden draußen spielen.

Elias' Stimme klingt gedämpft und schlaftrunken. Doch sowie Eva ihn hört, steigen ihr die Tränen in die Augen.

»Störe ich?«, fragt sie.

Überflüssige Frage, natürlich stört sie. Er hat selbstverständlich noch geschlafen, es ist erst zehn Uhr morgens. Er murmelt etwas, was sie nicht ganz versteht, aber sie will ihn nicht nerven, indem sie ihn bittet, es noch einmal zu wiederholen.

»Na, ist wohl spät geworden gestern, hm?«

Noch so eine blöde Frage, aber sie will so gerne seine Stimme hören. Dieses Gespräch entwickelt sich zu genau so einem Mutter-Kind-Telefonat, wie sie es immer um jeden Preis vermeiden wollte.

»Geht so.«

»Ich hoffe, du hast dich gut amüsiert.«

»Du klingst ein bisschen fröhlicher«, stellt er fest.

»Echt? Ja, kann sein. Ja.«

Der Lärmpegel vor ihrer Tür nimmt noch weiter zu. Wo sind Katrin und Anders? Offenbar nicht hier. Es würde sie nicht überraschen, wenn Anders schon wieder draußen wäre, um irgendwas zu fotografieren.

»Es fühlt sich alles viel besser an, seitdem die Beerdigung vorbei ist«, fährt sie fort, während sie auf ihrem Flickenteppich im Kreis läuft.

Sie hat mal gehört, Trauernde fühlten sich wohl nach der Beerdigung besser. Sie horcht also in sich hinein. Das ist allerdings gar nicht so leicht, vor allem, weil die spielenden Jungs vor der Tür immer lauter schreien und lachen.

»Es ist schön auf der Schäreninsel«, sagt sie. »Im Juni ist es immer so herrlich.«

»Hast du Besuch? Im Hintergrund ist ja voll der Lärm.«

Sie hält inne.

»Das sind Anders' Kinder.«

»Anders?«

Er klingt sehr überrascht. Er weiß, wie angespannt die Beziehung zwischen den Geschwistern war. Ist.

»Ja, sie sind rausgekommen ..., um mich zu besuchen. Anders und Maja, alle beide. Mit Familie.«

Sie möchte Elias nicht mit der Wahrheit belasten.

»Ach ja?«

Er schweigt kurz.

»Vielleicht ist es ja ganz schön für dich, ein wenig Gesellschaft zu haben?«

Sie hört seiner Stimme an, dass er das gut fände. Um ihretwillen. Aber auch um seinetwillen.

»Doch, ja. Es wird sicher noch ganz schön.«

»Wollen sie immer noch verkaufen?«

»Ja. Aber keine Sorge, das wird sich schon klären.«

Dann sagt er, dass er jetzt aufstehen muss. Das Wetter sieht so schön aus, da fährt er übers Wochenende mit seinen Kumpels und seiner Freundin weg. Zu irgendjemand aufs Land. Baden. Vielleicht auch zelten. Er weiß noch nicht so genau. In seiner Clique macht man ungern feste Pläne.

Sie verkneift sich ihre Ermahnungen, wünscht ihm nur einen schönen Tag und Abend. Sie hofft, dass sie sich vielleicht irgendwann im Sommer noch treffen, vielleicht später, wenn das Wasser ein bisschen wärmer geworden ist. Sie merkt, dass sie fast schon höflich klingt. Elias sagt ja, das wäre schön, wenn sie das versuchen könnten. Solange er nur keine festen Pläne machen muss.

Dann wird das Gespräch beendet. Und das Telefon ist wieder ein totes Stück Kunststoff.

Als von draußen aufgeregte Schreie hereindringen, reißt sie die Tür auf. Hjalmar und Theo haben einen wilden Fechtkampf angezettelt.

»Jetzt reicht's aber mal!«, schnauzt sie sie an. »Geht runter zum Frühstücken! Und lasst das Putzzeug stehen!«

Sie reißt ihnen das Staubsaugerrohr und den Schrubber aus der Hand. Die beiden schauen ganz belämmert. Nicht mal Widerspruch gibt es, sie verschwinden einfach über die Treppe ins Erdgeschoss. Sie bleibt oben stehen mit einer Waffe in jeder Hand. Gerüstet für den neuen Tag.

Ihr sommerliches Zuhause hat sich völlig verwandelt. Auf einen Schlag ist es ein Haus geworden, in dem es von Leuten nur so wimmelt. Überall Stimmen, Körper, Gegenstände. Das ganze fremde Gepäck ist ausgepackt, und jetzt ist jede freie Fläche bedeckt mit Büchern und Zeitschriften und technischem Schnickschnack und Kleidungsstücken und Legosteinen und Sonnencreme und Gesellschaftsspielen und aufblasbarem Wasserspielzeug und Tausenden von anderen Gegenständen.

Eva sitzt am Frühstückstisch und wirft einen verstohlenen Blick zu Maja am Herd. Sie trägt Mamas blau gemusterten Kimono, den sie sich vom Haken im Schlafzimmer genommen hat. Den Mama vor vielen Jahren auf einer Geschäftsreise in Tokyo gekauft hat und den Eva für sie umgenäht hat. Unter anderem hat sie den Saum unten eingeschlagen und festgenäht, so dass man nicht gezwungen war, sich mit winzigen Trippelschrittchen vorwärts zu bewegen. Es wollte ihnen nicht in den Kopf, wie eine Frau sich damit abfinden konnte, nie einen vernünftigen großen Schritt machen zu können.

Eva kaut und schluckt, um das Frühstück so schnell wie möglich hinter sich zu bringen. Sie ist zwar in die Küche gekommen, aber das bedeutet nicht, dass sie sich ihrer Gemeinschaft anschließt. Andererseits könnte es ihr als Zeichen von Schwäche ausgelegt werden, wenn sie sich komplett isoliert. Da ist es schon besser, wenn sie ständig präsent ist, damit man ihre Existenz nicht vergisst. Sie hat vor, immer schön als fleischgewordenes Problem durchs Haus zu laufen. Und alles zu tun, was in ihrer Macht steht, um die anderen an der Durchführung ihrer Pläne zu hindern.

Katrin versucht, den Jungs ein bisschen Frühstück einzuflößen, bevor sie wieder zum Spielen hinausrennen. Smacks mit Milch, das ist das Einzige, was sie morgens zu essen scheinen.

»Die Smacks sind schon total weich«, beschwert sich Hjalmar. »Ich will neue.«

Katrin sieht unendlich müde aus.

»Smacks! Neue Smacks!«

Hjalmer schiebt seinen Teller von sich, dass die Milch auf den Tisch schwappt.

Katrin trocknet den Tisch mit dem Spüllappen ab. Schnell und effektiv nimmt sie Hjalmars Teller, öffnet den Küchenschrank und holt neue Smacks heraus. Gießt neue Milch drauf und stellt den Teller vor ihn hin.

»Neiiiiin«, brüllt Hjalmar. »Ich wollte *selbst*!«

»Sei still!«, schreit Theo, der versucht, die Bilder auf der Smacks-Packung zu betrachten.

Katrin sagt nichts, sondern fängt an, die anderen leer gessenen Teller abzuräumen, stapelt sie und legt das Besteck obenauf. Sie ist wie eine Maschine.

Da entdeckt Hjalmar ein kleines Computerspiel hinter sich auf der Küchenbank und wird sofort still. Ganz versunken drückt er auf den Knöpfen herum. Er erinnert sie so sehr an Anders als kleinen Jungen, der war auch so verschlossen, dass keiner richtig zu ihm durchdringen konnte. Aber Anders hat sich seitdem wirklich verändert, dazu muss wohl Katrin beigetragen haben. Und seine Arbeit natürlich.

»Was ist härter, Stahl oder Stein?«

Theo ist von seinem Stuhl gerutscht und steht jetzt vor Eva. Sie sieht in sein offenes, fragendes Gesicht.

»Ich weiß es nicht.«

»Schmilzt Stahl im Feuer?«

Sie ist ratlos.

»Weißt du denn *gar* nichts?«

Theo rauscht davon. Zum Geräusch seiner tapsenden Sandalen gesellen sich laute Hammerschläge von draußen. Bestimmte, deutliche Schläge, voller Energie. Sie kommen vom Hügel, und als Eva aus dem Küchenfenster schaut, erspäht sie Anders und Tomas, die damit beschäftigt sind, irgendetwas zusammenzuzimmern. Man kann nicht erkennen, was es ist, sie haben erst einen Stapel Bretter zusammengetragen und jede Menge Werkzeug. Tomas steht am Bock und sägt etwas. Aber sie muss nicht lange grübeln, was die beiden da tun, sie weiß es nur zu gut. Sie haben die Arbeit am Pavillon begonnen. Majas bescheuerte Idee, zu der Eva schon Nein gesagt hat.

Höchste Zeit, aufzustehen. Sie stellt Müsliteller und Teetasse auf die Arbeitsplatte und verlässt die Küche, ohne ihre Hilfe beim Abwasch anzubieten. Das kann ja Maja machen. Oder Katrin.

Auf der Vortreppe bleibt sie in der Sonne stehen und blickt zum Nachbarhaus. Vielleicht ist Pelle zu Hause und will sie auf einen Kaffee einladen, wie so oft. Und sie muss ein bisschen guten Willen zeigen, nachdem sie seinen Fragen neulich so kurz angebunden ausgewichen ist. War sie vielleicht sogar unfreundlich? Sie kann sich nicht erinnern, aber sie ist sicher, dass die nachbarschaftlichen Beziehungen wiederhergestellt werden oder zumindest weiter gefestigt werden müssen.

Auf dem kurzen Weg nach drüben beschließt sie, dass sie behaupten wird, sie sei wegen der Erde gekommen, die er ihr versprochen hat. Sie klopft an die Glasscheibe von Pelles Haustür und setzt eine entspannte, freundliche Miene auf. Als er die Tür aufmacht, hellt sich sein Gesicht auf. Und sie weiß sofort, dass er ihr verziehen hat.

Pelles Küche sieht aus wie immer. Auf dem Kaminsims steht die kleine Nippessammlung, unter anderem ein paar Wikinger aus Holz und Plastik, die er vor einigen Jahren in einem Souvenirgeschäft in Gamla Stan gekauft hat, wie sie weiß.

Sie wirft einen verstohlenen Blick ins Wohnzimmer, wo es ebenfalls aussieht wie immer. Die Deckenlampe in Form eines altmodischen Wagenrades, die Vitrinenschränke und der karierte Lieblingssessel. Sie bemerkt, dass das riesige gerahmte Hochzeitsfoto immer noch über dem Sofa hängt. Darauf ist Pelles Tochter und ihr damaliger Mann zu sehen. Dabei sind die beiden sicher schon seit fünf Jahren geschieden. Daneben ist eines der 1000-Teile-Puzzles zu sehen, die Pelle erst zusammensetzt und leimt, um sie dann rahmen zu lassen. Die Motive sind hauptsächlich Landschaften mit viel Himmel, Wald, Wiesen und Meer. Eva will nicht in den Kopf, wie jemand freiwillig derart viel Zeit auf so eine friemelige, langweilige Beschäftigung verwenden kann. Sie weiß, dass Pelle seine Puzzles immer im Winterhalbjahr macht. Vielleicht ist die Langsamkeit sogar der Zweck der Sache.

Sie setzt sich an den Küchentisch und sieht, dass er immer noch dieselbe geblümte Wachstuchtischdecke hat. Dieser Raum strahlt einfach immer Ruhe und Gemütlichkeit aus. Pelle hat sein Kreuzworträtsel aufs Fensterbrett gelegt und schenkt ihr Kaffee in eine kleine dünnwandige Kaffeetasse mit verblasstem Rosenmuster. Die angebotene Milch lehnt Eva ab. Man kann nie wissen, wie lange die Milch schon steht, höchstwahrscheinlich ist das Haltbarkeitsdatum schon überschritten. Sie nimmt ein Stückchen Zucker, um Pelle Gesellschaft zu leisten, der zwei Würfel nimmt. Sie trinken den Kaffee. Das Zeug ist grässlich stark, schmeckt auf eine vertraute Weise aber doch gut.

Pelle erzählt, was seit letztem Sommer auf der Insel passiert ist, von den verschiedensten Projekten der Inselbewohner, von diversen Banalitäten. Die neuen Befestigungen an den Anlegeplätzen, die irgendwann im Sommer noch gemacht werden sollen. Ein großes, umfangreiches Unternehmen, zu dem es unzählige komplizierte Details zu erzählen gibt. Eva hört mit halbem Ohr zu, während sie eine interessierte Miene aufsetzt, ab und zu nickt und in ihrem Kaffee rührt. Es kann nicht schaden, wenn sie ihren nächsten Nachbar im Kampf gegen die Eindringlinge auf ihrer Seite weiß.

Aber jetzt sitzt sie doch schon eine ganze Weile hier und wird langsam unruhig. Sie kann ihr Haus nicht länger unbewacht lassen.

»Also denn, prost«, sagt sie scherzhaft und hebt die Tasse.

Er kichert und hebt seine Kaffeetasse ebenfalls. Dann berichtet er über neue Streitigkeiten, die bei der Straßenbaugemeinschaft aufgetreten sind, zusätzlich zu dem ganzen alten Groll, der schon seit Generationen am Leben gehalten wird und allen älteren Inselbewohnern vertraut ist. Jetzt weigert sich einer der neuen Grundstücksbesitzer, seine Grundstücksgrenze zu respektieren, und benutzt einen Teil des Gemeinschaftsgrundes für die Lagerung seines Bootes. Die Nachbarn protestieren, und wahrscheinlich wird das nächste Treffen ziemlich turbulent verlaufen. Außerdem gibt es noch Streit um einen Steg, dessen neuer Besitzer wohl nicht so richtig damit gerechnet hat, wie oft sein Nachbar sein Wegerecht in Anspruch nehmen wird. Pelle holt sein eigenes Protokoll hervor, in dem er notiert hat, was beim letzten Treffen der Straßenbaugemeinschaft gesagt wurde, er deutet aufs Papier und erklärt und erzählt.

Es zieht sich. Irgendwann steht sie auf, um die üblichen abrundenden Sätze zu sagen und ihn vielleicht auch in aller Freundschaft zu umarmen, doch da fällt Pelle noch etwas ein.

»Übrigens, das hätte ich beinahe vergessen«, sagt er und steht ebenfalls auf. »Wir haben neue Regeln für die Handhabung der Latrinen auf der Insel.«

»Ach so?«

Sie bleibt neben dem Tisch stehen. Hinsetzen möchte sie sich lieber nicht wieder, denn sie fürchtet, dass sie damit nur eine neuerliche Suada riskiert.

»Ja, du weißt doch, dass es Probleme gegeben hat mit der Tonnenabholung, oder? Die Arbeitsbedingungen waren nicht gut fürs Personal, sie haben davon Rückenprobleme und so was gekriegt.«

Doch, davon hatte sie gehört. Sie erinnert sich an einen Brief, den sie erhalten und vorerst beiseite gelegt hat.

»Jetzt müssen alle ihre individuellen Lösungen finden«, fährt Pelle fort. »Aber wenn ich das richtig verstanden habe, ist ein Latrinenkompost das Beste. Ich hab übrigens an dich und Marianne gedacht, als ich meine Kompostkiste kaufte, deswegen hab ich gleich zwei mitgenommen. Ja, das war, bevor ...«

Er verstummt. Dann fügt er hinzu:

»Ich hoffe, du nimmst es mir nicht übel, dass ich auch eine für euch gekauft habe. Wenn du sie wieder umtauschen willst, ist das kein Problem.«

»Nein, ich verlass mich da ganz auf dich«, sagt sie. »Ich bezahl sie dir gleich. Und du kriegst auch noch eine Flasche Whisky für die Mühe. Sobald ich wieder aufs Festland komme.«

Whisky ist die Standardwährung, mit der Gefälligkeiten unter Nachbarn beglichen werden.

»Das hat keine Eile.«

Pelle geht ihr voran in den Lagerschuppen. Dort zeigt er ihr eine große Holzkiste, den Behälter selbst, und eine Rolle beige Tüten aus recyclebarem Kunststoff. Er erklärt ihr, wie das Ganze ab jetzt gehandhabt wird: Die Tonne wird nicht mehr ausgetauscht, sondern man befestigt eine Tüte in dem vorhandenen Behälter, und wenn die fast voll ist, wird sie zugebunden und in die Kompostkiste gegeben, wo sie im Laufe der Zeit zu Humus wird. Das Ganze sieht sehr einfach aus.

Sie schickt sich zum Gehen an mit ihrer Schubkarre voller Erdsäcke, der Kiste obendrauf und der Rolle mit den Tüten unterm Arm. Trotz allem ist sie guter Dinge. Immerhin ist sie diejenige, die wirklich auf dieser Insel zu Hause ist, die die Leute kennt, die nötigen Informationen bekommt und Neuigkeiten aller Art erfährt. Diese Angelegenheit wird Maja zu verstehen geben, was wirklich zählt. Keiner kann Eva so leicht besiegen.

Sie geht gerade durchs Gartentor, als Pelle ihr nachläuft. Es sieht aus, als wollte er noch etwas. Sie hält inne, und er bleibt zögernd stehen, den Blick leicht abgewandt.

»Es ist so leer, seit sie nicht mehr da ist«, sagt er.

Gerade jetzt, wo sie sich schon aus der Gefahrenzone glaubte.

»Wir haben uns immer ziemlich viel unterhalten. Besonders morgens, unten am Steg.«

Sie nickt, um ihm zu zeigen, dass sie zuhört.

»Aber dieses Jahr bin ich morgens kein einziges Mal schwimmen gegangen.«

Sie nickt noch einmal. Sie hat nichts hinzuzufügen und will keine Fragen stellen.

»Ich mochte sie«, sagt er. »Ich mochte sie wirklich gern.«

Er lächelt sie an, und seine Augen glänzen ein bisschen.

»Marianne war immer so fröhlich. Und sie hatte Humor. Viel Humor. Sie war der beste Mensch, den ich kannte.«

Sie fängt kurz seinen Blick auf, um dann aber gleich wieder die Griffe der Schubkarre zu fassen.

»Danke für die Erde«, sagt sie.

Anders hat den Bau des Pavillons für einen Moment unterbrochen und endlich den kaputten Rasenmäher in Gang gebracht. Eva hat es immer wieder auf die lange Bank geschoben, einen Nachbarn um Hilfe zu bitten. Jetzt mäht er den Rasen effektiv, in geraden Linien, massakriert die ganzen Gänseblümchen und Vergissmeinnicht. Die Mama immer so gerne mochte.

Aber Eva verkneift sich einen Kommentar. Stattdessen übernimmt sie das Kommando und versammelt alle vor dem Plumpsklo. Sie erklärt ihnen die neue Prozedur mit der selbstverständlichen Autorität des Hausbesitzers. Und entfernt die alte Tonne, die schon fast halbvoll ist. Zum letzten Mal bringt sie den Pappdeckel auf der Tonne an, die später an den Straßenrand gestellt wird. Sie demonstriert den anderen, wie man die Tüte in einer neuen, leeren Tonne befestigen muss.

Maja hört zu. Vielleicht geht ihr jetzt endlich auf, dass sie alle am besten beraten sind, wenn sie in ihre praktischen Stadtwohnungen zurückfahren.

»Ich hab einen Kuchen im Ofen«, sagt sie. »Sind wir dann fertig hier?«

»Nur noch eines«, sagt Eva. »Bitte vermeidet es, in die Tonne zu pinkeln. Macht das lieber im Urinseparator oder gleich in der freien Natur. Und vergesst nicht, das Ganze auch den Kindern zu erklären. Okay?«

»Du hättest ja zumindest mit uns Rücksprache halten können«, meint Maja. »Bevor du akzeptierst, dass unser Nachbar Sachen für unser Haus kauft.«

Sie hält kurz inne, während sie Luft holt.

»War das für den Pavillon?«, fragt sie. »Musstest du deswegen unbedingt die Entscheidung über die Latrinentonnen fällen, ohne uns zu fragen? Entschuldige, aber das finde ich reichlich kindisch.«

Sie reißt ein paar Grashalme neben dem Plumpsklo ab.

»Wir sind jetzt drei Eigentümer. Das scheinst du ganz vergessen zu haben.«

»Wie gesagt, Pelle hatte schon alles Nötige gekauft«, verteidigt sich Eva. »Und wir müssen es doch irgendwie lösen, oder?«

Anders kratzt sich am Kopf.

»Ja, ich glaube eigentlich auch, dass das hier die beste Lösung ist«, meint er.

Maja sieht ihn ein paar Sekunden an, bevor sie davongeht. Eva sieht ihr nach. Der hat sie's gegeben. Eva kennt die Nachbarn. Eva wohnt nämlich hier.

Dass Anders und Tomas am Pavillon basteln, nimmt sie vorerst einmal hin. Der Hügel ist sowieso keine Stelle, an der sie sich oft aufhält. Wenn sie sich kaputtschuften wollen, bitte sehr, dann können sie ja eine Zeichnung anfertigen und altes Holz zusammensuchen, das sich wiederverwenden lässt, Bretter, die seit Jahren teils unter dem Gästehäuschen, teils unter einer Persenning in irgendeiner Ecke des Grundstücks lagen. Eva wird sich gut überlegen, welche Kämpfe sich hier wirklich lohnen.

Sie setzt sich also mit einem Buch in die Hollywoodschaukel und schaut dem ganzen Spektakel nur zu. Sie hat nicht die geringste Lust, sich daran zu beteiligen, sondern nimmt sich das Recht heraus, zu tun, worauf sie Lust hat. Sollte jemand ihre Hilfe verlangen, wird sie dickköpfig bleiben.

Aber keiner sagt ein Wort. Vielleicht spüren sie, dass es unangebracht wäre, oder sie kümmern sich einfach nicht darum, was Eva tut, solange sie sie nur in Ruhe lässt. Vorläufig herrscht Waffenstillstand, wenn auch ein angespannter.

Hjalmar und Theo rennen um Anders und Tomas herum, sie wollen auch Werkzeug haben und nageln und bauen, und Eva hört, wie Anders ihnen zerstreut verspricht, dass sie sich ein Baumhaus bauen dürfen, und ein Floß, das sie unten ins Wasser lassen können. Später, aber jetzt nicht.

»Was bist du eigentlich von Beruf?«, hört sie Theo im altklugen Ton eines Fünfjährigen fragen.

Sie blickt in ihren Roman und wartet ab, was Tomas antworten wird.

»Ich bin momentan langfristig krankgeschrieben«, antwortet er ruhig, und als der Junge fragt, was das bedeutet, lacht Tomas nur und meint, das solle er mal Mama und Papa fragen, denn jetzt müssten sie erst mal den Pavillon fertigkriegen.

Sie starrt in ihr Buch. Es ist nicht besonders fesselnd, eher langweilig, aber jetzt hat sie es einmal angefangen, und dann will sie es auch zu Ende lesen. Sie hat noch drei Viertel übrig und war bis jetzt so abgelenkt, dass sie von der Handlung überhaupt nichts verstanden hat.

Langfristig krankgeschrieben. Weswegen?

Plötzlich steht Theo vor ihr, ohne dass sie ihn hat kommen sehen.

»Woraus besteht Gras?«

»Gras?«

Er ist ungeduldig und hüpft auf und ab. Dabei hält er sich an der Armlehne fest, die im Takt mitruckelt.

»Tjaa … also, das ist nicht wirklich aus irgendetwas gemacht.«

»Und Wasser? Woraus besteht das?«

Jetzt ist sie völlig sprachlos.

»Und Steine? Woraus bestehen die?«

Er hört nicht auf zu springen. Die ganze Schaukel wackelt. Auf einmal hat sie genug.

»Ich weiß nicht! Frag doch irgendjemand anders.«

Er seufzt und verschwindet. Sie blickt in ihr Buch und

versucht auszusehen, als wäre sie die ganze Zeit völlig in ihre Lektüre versunken. Wie lange soll das hier noch so weitergehen? Aber sie muss die Zähne zusammenbeißen und es durchstehen.

Maja hat ein rosa geblümtes Kleid angezogen, um zu demonstrieren, dass auch eine höchst erfolgreiche Feministin weiblich sein kann. Ihr dickes Haar hat sie hochgesteckt, aber so, dass seitlich ein paar Strähnen heraushängen. Jetzt deckt sie den großen Tisch auf der Veranda und singt dabei leise vor sich hin. Als wäre das alles ein Film. Sie hat ein Tischtuch aufgelegt, das sie im Wäscheschrank gefunden hat, und die Papierservietten hübsch auf den Tellern arrangiert. Außerdem hat sie in Omas alte, bauchige Porzellanvase – die mit dem Wolkenhimmel, zwei Bäumen und der gewundenen Landstraße als Motiv, die Eva als Kind so gerne mochte – einen Strauß gesteckt, der jedem Betrachter entgegenschreit, dass er ein Sommerstrauß ist. Maja hat ihn selbst gepflückt, sorgfältig und feierlich, eine wahre Symphonie aus bunten Blumen.

Sie redet über die herrliche Erdbeertorte, die sie gemacht hat, selbstgemachter Boden mit einer Schicht Vanillepudding, belegt mit Bananenscheiben und Erdbeeren. Oben drauf natürlich Schlagsahne, und dann noch mal jede Menge frische Erdbeeren drüber. Das wird ein richtig sommerliches Mittagessen.

Als Maja im Haus verschwindet, um das gekühlte Bier zu holen, legt Eva das Buch aus der Hand und schließt die Augen. Mamas Torte. Ihre Lieblingstorte, die Eva ihr immer zum Geburtstag gemacht hat.

Sie versucht sich zusammenzureißen, aber es hilft nichts. Das Monster kämpft sich hoch, es ist nicht aufzuhalten. In ihrem Inneren brennt es wie glutheißes Metall, flüssiges Silber und eiskalte Nadeln. Ihr Herz pocht.

Sie kneift die Augen noch fester zu, weil es hinter den Lidern so heiß wird. Beim Schlucken tut es in den Halsmuskeln weh.

Unglaublich, dass das passiert ist. Unglaublich, dass das die Wirklichkeit ist, nicht irgendein Zeitungsbericht.

Linker Arm über der Brust angewinkelt. Kopf nach rechts gedreht.

Sie kann den Polizeibericht inzwischen auswendig.

Urinabgang. Das schmutzige Finale. Ein bisschen Materie, ein lebloses Ding, das nichts mehr mit einem denkenden, sich bewegenden Menschen zu tun hat. Wärme in den Adern, aber dann zunehmende Abkühlung. Und am Ende Kälte.

Es ist der 23. Juni. Seit ihrer Ankunft sind zwei Wochen vergangen. Es will Eva kaum in den Kopf. Aber sie hat es überlebt, indem sie sich möglichst abseits gehalten hat. Sie arbeitet im Garten, geht schwimmen, liest ihr Buch. Und versucht, die Sache auszusitzen und zu warten, bis die anderen aufgeben.

Zweifellos wollen sie sich auch noch einmal einen schönen Urlaub machen, wo sie schon mal hier sind. Auf Evas Territorium. Die Sonnenstühle sind ständig besetzt, auf dem Gras liegen Decken und Badelaken, und daneben das Radio aus der Küche, Thermoskannen und Zeitschriften. Sie sind wie ein Schwarm Möwen, der überall Müll hinterlässt.

Mit ihrem Pavillonbau sind sie so besonders weit noch nicht gekommen. Wie sich herausgestellt hat, ist das Ganze wesentlich schwieriger als gedacht. Und sie neigen dazu, sich ständig angenehmere Beschäftigungen zu suchen. Der Stapel Holz, den sie zusammengetragen haben, sieht fast unberührt aus.

Diesen Vormittag bindet Eva die Kletterrosen hoch, während sie Anders, Maja und Katrin zuhört, die sich gerade aus den Liegestühlen erhoben haben. Sie gehen ums Haus und besprechen die Maßnahmen, die vor dem Verkauf noch durchgeführt werden müssen. Offenbar müsste da noch eine Menge gemacht werden. Katrin rechnet alles zusammen. Die Wände und Fenster abschleifen und streichen. Neuen Fensterkitt anbringen. Die Verblendungen am Dachrand austauschen, die schon ganz schief und verrottet sind. Den Verandaboden und die Vortreppe mit Öl einlassen.

Sollen die Gartenmöbel aus Holz auch eingelassen werden? Das ist die Frage. Anders und Maja geraten darüber fast in Streit. Anders meint, wenn sie jetzt, nach mehrjähriger Benutzung, eingeölt werden, wird das Öl nur den

Dreck einschließen, der sich auf dem Holz angesammelt hat, was wiederum Schimmelbefall nach sich ziehen wird. Maja weist seine Begründung entschieden zurück. Das Öl bewirkt erst, dass das Holz atmen kann und verleiht den Möbeln so eine längere Lebensdauer, meint sie, und kritzelt krampfhaft mit dem Kugelschreiber auf ihrem Notizblock herum. Anders seufzt fast unhörbar und geht weiter zum Werkzeugschuppen. Ein Stück weiter weg steht Tomas, der ihnen den Rücken zugedreht hat, und spricht in sein Handy, aber man kann nicht hören, was er sagt.

Eva macht mit ihren Rosen weiter. Der Duft ist fast schon betäubend und erinnert sie an eine andere Zeit, als sie noch eine intakte Familie waren. Es ist der Duft der langen Sommer in dem winzigen Fischerdorf in Österlen in Schonen, als ihre Eltern noch verheiratet waren und ein Haus am Meer hatten, bevor sie sich scheiden ließen und Mama stattdessen ein Haus im Stockholmer Schärengarten kaufte. Näher an der Stadt und am Wochenende leichter zu erreichen.

Sie kann sich noch immer an die vollen, aufgeblühten Rosen erinnern, die sich um die kleinen Fenster des Fachwerkhäuschens rankten, an Regenrinnen und verputzten Fassaden hingen. Schwarzviolette Rosen, champagnerfarbene, hellrote, sahneweiße, lackrote oder dunkelweinrote mit Blättern wie aus Seide oder Samt. Manchmal streckte sich ein Zweig bogenförmig über ein Gartentor, oder kleinere Büsche säumten einen geharkten Kiesweg, oder ein riesiges Rosengestrüpp ergoss sich über einen Zaun oder erhob sich majestätisch aus der Rabatte. Der Duft von Rosen mischte sich mit dem Geruch von Salz und Tang, etwas Rauch aus dem Schornstein, dem Dunst von Fischabfällen, Benzin, Teer und Räucherfisch vom Hafen.

Vielleicht erinnert sie sich auch falsch. Vielleicht war es gar kein Paradies, sondern einfach nur eine andere Welt.

Eine, die schon seit langer, langer Zeit vergangen ist, und die es nicht wert ist, dass man überhaupt noch einen Gedanken an sie verschwendet.

Das eine Polster der Hollywoodschaukel ist an der Seite aufgeschlitzt. Deutlich sichtbare Kratzer und Schrammen und mehrere Schnitte, die eindeutig mit einem Messer ausgeführt wurden. Sie fährt mit der Hand über die herabhängenden losen Plastikstreifen. Das wird sich reparieren lassen. Sie stopft die Streifen unter das Polster, so gut es geht, und sieht sich dann um. Das geht natürlich auf das Konto von Hjalmar und Theo.

Anders steht ein Stück entfernt und fotografiert alles, was ihm vor die Linse kommt. Hauptsache, er hat Spaß, die Erziehung seiner Kinder ist ihm egal. Katrin ist in der Küche und hilft Maja bei irgendetwas, man hört nur das Geschepper und ihre heisere Lache. Eva kann sich gut vorstellen, dass man an Katrins Arbeitsplatz genau so lacht. Sie arbeitet in einer TV-Produktionsfirma, wo sie sogenannte Formate entwickelt. Eine sinnlosere Tätigkeit kann man sich kaum vorstellen. Produktion um Produktion planen und lancieren, eine alberner als die andere. Die reinste Nonsens-Fabrik.

Dann entdeckt sie Vera. Das Mädchen steht hinter dem Gästehäuschen, bei den hundertjährigen Kiefern. Sie hat ein Messer in der Hand, mit dem sie auf den Baumstamm zielt, und wirkt ganz unbekümmert.

Sie blickt auf, als Eva kommt. Das Messer, das sie gerade geworfen hat, steckt mit der Spitze im Baum.

»Was machst du da?«

»Spielen.«

Das Mädchen hat schmutzige Wangen und einen roten Kratzer auf dem Arm, ihre kurzen Shorts sind voller Grasflecken. Wahrscheinlich, weil sie die ganze Zeit beharrlich Purzelbäume, Radschlagen und Handstand geübt hat.

»Bring das Messer wieder dahin zurück, wo du es her- hast. Augenblicklich.«

Zuerst scheint Vera sauer. Sie zieht eine Grimasse, die so aussieht, als wäre hier jeder Kommunikationsversuch vergebens. Aber dann nimmt sie das Messer und geht damit zum Schuppen.

»Und außerdem lässt du es in Zukunft schön bleiben, meine Gartenmöbel zu zerschneiden, verdammt!«

Ihre Stimme überschlägt sich fast. Normalerweise flucht sie nie. Es ist einfach über sie gekommen.

Vera dreht sich um und starrt sie an. Eva spürt, wie ihr unter dem Kleid ein einzelner Schweißtropfen über den Rücken läuft.

»Hast du denn nichts anderes zu tun?«, fragt sie das Mädchen.

»Nee.«

Und auf einmal fällt Eva wieder ein, wie sich dieser Zustand totaler Nichtigkeit angefühlt hat, in den sie manchmal auch geriet, als sie in diesem Alter war. Wenn es nichts, aber auch gar nichts zu tun gab. Wenn die Langeweile wie ein Spinnweben über dem ganzen Leben lag. Sie hat nie begriffen, wie manche Leute behaupten können, es sei gesund für ein Kind, sind auch mal zu langweilen. Die können unmöglich wissen, was richtige, quälende Langeweile ist. Die Art Langeweile, bei der man sich geradezu in einen Graben mit Brennnesseln schmeißen möchte, nur damit überhaupt etwas passiert.

Sie betrachtet Vera. Sie sieht völlig anders aus als ihre zwei Brüder. Ruhiger, nachdenklicher.

Das Mädchen geht in den Schuppen und kommt gleich wieder heraus. Ohne Messer. Offenbar hat sie genau getan, was man ihr gesagt hat, und das Messer wieder auf seinen

Platz gelegt. Und jetzt sieht es so aus, als würde sie eine Reaktion erwarten.

»Gut«, sagt Eva. »Die kleinen Jungs können sich sonst dran wehtun, weißt du?«

Vera nickt. Ihre Augen sind immer noch wachsam.

»Entschuldige, dass ich dich vorhin so angefahren habe.«

Sie versucht, sich ein kleines Lächeln abzuringen, aber das Mädchen sieht sie nur unbeweglich an.

»Das war nicht nett von mir, ich hab's nicht so gemeint.«

Und mit diesen Worten zieht sie sich wieder zurück. Zurück zu ihrer Hollywoodschaukel, die schon eine ganze Weile gehalten hat, vielleicht auch noch bis zum Ende des Sommers halten wird, aber auch keinen Tag länger. Nächstes Jahr wird sie sich eine neue kaufen.

Es ist ein Tag vor Mittsommer, und Majas Gäste sind gerade mit der *Waxholm I.* eingetroffen. Am Anleger wurden sie von Maja und Tomas empfangen, die sie jetzt mit großem Hallo zum Haus lotsen. Eva hört Maja laut mit den Gästen reden, die natürlich alles ganz toll finden. Und was für ein Wetter!

Die ganze Truppe kommt durchs Gartentor und ist voll des Lobes für dies und das. Was für eine großartige Naturkulisse, was für ein gemütliches Haus, und wie schön, dass es auf der Schäre keine für Autos ausgebaute Straße gibt. Von Majas geerbtem Sommerhäuschen sind sie völlig hingerissen. Zwar schlicht und unmodern, aber trotzdem. Was für Möglichkeiten. Wie viel Potenzial.

Es sind nicht so viele Besucher, wie Eva glaubte, nur drei. Alle Mitte dreißig bis vierzig. Majas Geschäftspartnerin Åsa mit ihrem Mann Patrik sowie eine Jugendfreundin namens Jessica. Åsa strahlt eine natürliche Selbstsicherheit aus, die vor allem in ihrer ruhigen Stimme und den gut geschnittenen Kleidern Ausdruck findet. Ihr Mann Patrik trägt knittrige Khakishorts und ein schlabberiges Hemd, das Haar hat er im Nacken zu einem losen Zopf zusammengefasst. Bestimmt die Reste seiner Jugendzeit, als die ganze Klasse ihn als König der Dorfdisco verehrte.

Jessica ist übertrieben ausstaffiert. Sie stöckelt auf hohen Absätzen daher und trägt ein viel zu kurzes Kleid, das sie ständig nach unten zieht, damit es überhaupt noch etwas bedeckt. Ihr Haar ist zu einer bauschigen festlichen Frisur geföhnt, der sie durch eine grüne Plastikhaarspange Halt zu geben versucht.

Maja sieht ihre Gäste an.

»Hört mal. Hört ihr das?«

Man schaut sie fragend an. Alle horchen, aber nichts ist zu hören.

»Die absolute Stille«, sagt Maja. »Hier fordert niemand etwas, niemand muss. Spürt ihr das?«

Die anderen spielen mit und bleiben einen Moment stumm und reglos. Maja steht da mit geschlossenen Augen und einem nach innen gerichteten Lächeln, bis irgendwann sogar sie merkt, wie unaussprechlich albern die Situation geworden ist.

Während Jessica mit ihren Absätzen fast in der Wiese versinkt und sich kichernd auf Åsas Schulter stützen muss, sieht Patrik sich um.

»Stellt euch vor, wenn ein Ausländer herkommen und sehen würde, wie die Schweden ihren Urlaub verbringen«, sagt er und glaubt anscheinend, dass er da auf einen völlig neuen Gedanken gekommen ist. »Dass wir unsere modern ausgestatteten Wohnungen freiwillig verlassen, um im Sommer mit einem Wohnstandard wie zur Jahrhundertwende zu leben. Im Grunde genommen ganz schön absurd.«

Maja lacht und scheint nicht recht zu wissen, ob diese Bemerkung freundlich gemeint war oder nicht.

»Ja, stimmt schon«, meint sie neutral.

Anders und Katrin kommen auch, um die Gäste zu begrüßen und sich vorzustellen. Majas wunderbare Familie. Eva bleibt in ihrer Hollywoodschaukel sitzen. Sie sieht die verstohlenen Blicke, die man in ihre Richtung wirft, hat aber nicht die Absicht, sich zu verstellen und sich dazuzugesellen. Ganz sicher nicht.

Anschließend gibt es den obligatorischen Rundgang, mit Maja an der Spitze. Eva folgt ihnen mit den Augen, nachdem sie aus der Ferne mit einem kurzen, gemessenen Nicken gegrüßt hat.

Doch sie hört zu, wie die anderen sich unterhalten. Maja scheint zu Åsa aufzublicken und saugt begierig jedes Wort ihrer Geschäftspartnerin in sich auf. Åsa weiß anscheinend alles über traditionelle Methoden der Instandhaltung und Renovierung alter Häuser und lässt sich lang und breit über Tempera mit Eigelb und Leinölmischungen aus. Patrik geht herum und stellt fest, dass bestimmte Details am Haus nicht stimmen und dass die Handwerker ungeschickte Lösungen gewählt haben, und er ahnt, dass es Schimmel im Fundament gibt. Maja lacht wieder und sagt etwas in der Richtung, dass sie keine Schuld trifft, weil ja nicht sie in den letzten Jahren hier gewohnt hat.

Eva hebt den Kopf und blickt über die leicht hügelige Wiese. Den Steingarten, in dem sich das Unkraut hartnäckig durch Sprünge und Ritzen drängt. Die Himbeerbüsche, die in den letzten Jahren leider nicht allzu viel Aufmerksamkeit bekommen haben. Die Fliederlaube, deren Bewuchs ein bisschen schütter geraten ist, weil man sich nicht optimal um sie gekümmert und die Zweige nicht immer schön zurückgeschnitten hat, damit alles dicht zuwächst. Stattdessen hat man die Büsche Jahr für Jahr einfach wuchern lassen. Die Laube hat ohnehin schon lange keiner mehr benutzt, es ist einfach zu beschwerlich, Tabletts mit Kaffee oder sonst was dort hinzutragen, wenn man sich genauso gut auf die Veranda setzen kann. Dasselbe gilt fürs Kartoffelbeet – es muss irgendwann einmal angelegt und gepflegt worden sein, aber Eva kann sich nur vage erinnern, hier einmal Kartoffeln geerntet zu haben.

Aber es ist trotzdem ein schönes Grundstück, voll wild wachsender Schlüsselblumen, Hahnentritt, Maiglöckchen, Lupinen, Rittersternen und Glockenblumen. Der weiße Rosenbusch an der Regenrinne, der immer ein bisschen länger braucht, ist voller Knospen, von denen zwei schon aufgegangen sind.

Maja schreitet über das Grundstück wie der Fabrikbesitzer über sein Werksgelände. Jessica, Åsa und Patrik folgen ihr. Tomas ist zwar nicht mehr mit von der Partie, und Anders fotografiert einen Vogel auf einem Stein, aber Katrin hat sich ihnen angeschlossen und deutet hierhin und dorthin, als wäre das alles hier ihr eigenes Werk.

»Und da hinten ist ein Kirschbaum. Und Rhododendron und Heckenkirschen und Lavendel, und da haben wir eine Clematis.«

Dass sie sich auf diesem Gebiet auskennt, hatte Eva gar nicht gewusst. Katrin betrachtet die Kräuter und scheint zufrieden zu sein. Minze, Salbei, Estragon, Thymian, Oregano und dann noch den Liebstöckel, von dem weder Eva noch Mama wussten, was man damit eigentlich anfangen soll.

»Stellt euch vor, wenn man hier auch noch Stockrosen hätte.« Katrin klingt ganz verträumt. »Oder vielleicht Tulpen. Na ja, ist ja auch egal.«

Eva überlegt einen Augenblick, ob sie Katrin davon in Kenntnis setzen soll, dass Mama und sie vor ein paar Jahren beides versucht haben, wenn auch ohne Erfolg. Am Ende konnten sie nur aufgeben und sich damit abfinden, dass es wohl nicht die richtigen Bedingungen gab, was Eva im Grunde von Anfang an gewusst hatte. Manches ist eben einfach zum Scheitern verurteilt.

Diesen Sommer hatte sie vor, den Garten ganz langsam zu verändern, ihn endlich aufzuräumen und sozusagen bewusster zu kultivieren. Mama schien mit Pflanzen nie wirklich zurechtzukommen, sie war nicht der Typ dafür. Man sah, wie die Nachbarn das Grundstück im Vorbeigehen musterten – es war immer das am meisten überwucherte und zugewachsene von allen. Trotzdem war es kein seltener Anblick, wie Mama in der Hocke Löwenzahn ausrupfte oder nasses Herbstlaub zusammenrechte und auf den Kompost warf. Doch die Gartenarbeit wurde ohne Begeisterung und Perfektion erledigt, Mama hatte überhaupt keinen Spaß daran. Und so war ihre Arbeit eben auch wenig effektiv, die Vegetation gewann immer wieder die Oberhand und Mama stand hilflos davor, um sich am Ende in ihre Bücher und Papiere zu flüchten. Bis sie sich zum nächsten Mal gezwungen sah, wieder tätig zu werden.

Aus der Ferne hört man, wie Maja berichtet, dass man den ursprünglichen Charme des alten, gewachsenen Gartens bewahren möchte, und was für Möglichkeiten es gebe, verschiedene Räume für verschiedene Bedürfnisse zu schaffen: Aktivität, soziale Anlässe, Ruhe, Kontemplation.

Mama machte es sich so schwer. Alles lastete immer so schwer auf ihr. Sie setzte sich unerreichbare Ziele, war selbstkritisch und pflichtbewusst, und wenn ihr etwas misslang, war sie völlig niedergeschlagen. Eva kann sich nicht erinnern, dass ihre Mutter irgendwann einmal etwas auf die leichte Schulter genommen hätte.

Außerdem war Mama prinzipiell ängstlich, was alle praktischen Tätigkeiten anging. Sie betrachtete jeden Wissensbereich als ein geradezu unzugängliches Reich, in das man vordringen und das man erst einmal gründlich sezieren musste, bevor man sich selbst etwas zutrauen durfte. Egal, worum es ging, sie näherte sich jedem Bereich mit Ehrfurcht. Nichts durfte falsch gemacht werden. Deswegen musste sie alle befragen, die sie kannte, Bücher über das Thema lesen und alle Tipps, die man ihr gab, blindlings befolgen. Das kostete viel Zeit und Kraft, und es ermüdete sie, weil es sie im Grunde gar nicht wirklich interessierte. Und natürlich war das Resultat jedes Mal entsprechend: lustlos, ratlos, düster.

Sie hegte ein massives Desinteresse für fast alles Konkrete, das Arbeit mit den Händen erforderte. Was nicht auf einer intellektuellen Ebene zutiefst bedeutungsvoll war, was keinen Anstoß zu wichtigen Gedanken gab, galt ihr fast immer als notwendiges Übel.

Die Sirupflasche mit Saft, die so viele von Evas Generation auf Schulausflügen dabeihatten, und an die man sich inzwischen mit einem nostalgischen Lächeln erinnert, war in ihrer eigenen Kindheit ausgeschlossen. Sirup gab es bei ihnen nicht. Das hing mit Kochen zusammen, und gekocht wurde zu Hause nicht.

Da entdeckt sie Tomas, der sich auf die Verandatreppe gesetzt hat.

»Wo ist denn dein Sohn?«, fragt er. »Maja hat gesagt, du hast einen Sohn.«

Sie sprechen also über sie, wenn sie nicht dabei ist. Natürlich. Hecheln jedes Detail ihres Lebens durch.

»Durfte er nicht herkommen? Oder wollte er nicht?«

»Er arbeitet«, antwortet sie kurz angebunden. »In einem Restaurant.«

»Und du bist Lehrerin am Gymnasium, hab ich gehört?«

»Ja.«

»Machst du das gern?«

Hektisch überlegt sie, was sie ihm antworten soll, aber dann merkt sie, dass sie ein paar Sekunden zu lange schweigt.

»Darf ich raten?« Er lächelt. »Du hast dir die Arbeit ausgesucht, weil du auf die Art öfter mit deinem Sohn hierherkommen konntest, stimmt's? Lange Sommerferien und so.«

Neugierig mustert er sie. Eigentlich will sie einfach nur ihre Ruhe, aber sie muss seinen Blick erwidern.

»Ja, vielleicht war das der Grund.«

Er scharrt mit dem Fuß auf dem Boden und schiebt einen Stein vor und zurück.

»Es ist schwierig, das Richtige zu sagen. Zu jemand, der so traurig ist wie du.«

Sie lässt ihr Buch auf den Schoß sinken und sieht ihn weiter an. Und den Stein zu seinen Füßen.

»Man kann schlecht sagen, dass man es versteht, denn man versteht es ja nicht«, fährt er fort.

Er blickt von seinem Stein auf.

»Wie möchtest du denn gern, dass man dich behandelt?«

Sie denkt nach.

»Ganz normal«, sagt sie.

Besser kann sie es nicht formulieren, aber es sieht so aus, als würde er es trotzdem verstehen.

»Gut, dann weiß ich Bescheid.«

»Danke«, sagt sie.

Und meint es auch so.

Maja und die anderen kommen auf sie zu. Sie haben sich gerade die Aussicht auf dem Hügel angesehen. Jetzt wollen sie Kaffee trinken. Die Gäste haben anscheinend frisches Gebäck von der Bäckerei auf dem Festland mitgebracht.

Eva steht auf und geht hoch in ihr Zimmer.

Dann ist Mittsommer. Durchs Fenster sieht sie, dass inzwischen alle wach sind und sich schick gemacht haben. Jetzt rennen sie hektisch durch die Gegend. Anders und Tomas ist es gelungen, nach Majas Aufforderung zwei Bretter mit genau der richtigen Länge unter dem Gästehäuschen hervorzuziehen. Die haben sie kreuzförmig übereinandergelegt und zusammengenagelt und dann auf zwei Böcke gelegt. Dann haben sie angefangen, grüne Zweige von den Birken zu schneiden.

Katrin und die Kinder haben auf einem Spaziergang Blumen gepflückt, ganze Arme voll Blumen und Grün, vor allem Wiesenkerbel und Hahnentritt. Jetzt soll die Mittsommerstange bekränzt werden, danach wartet das Mittsommeressen mit Hering und Kartoffeln und Erdbeeren.

Åsa und Jessica tun nichts, die liegen nur auf ihren Sonnenliegen. Åsa, die einen Designer-Bikini trägt, eine Sonnenbrille und einen Sonnenhut, der besser an die Riviera passen würde, fummelt an ihrem Handy herum. Jessica, in Triangel-Bikini und einem formlosen Sarong, bei dem seitlich ein H&M-Schildchen herausguckt, liegt einfach still mit geschlossenen Augen in der Sonne.

»So, los geht's!«, ruft Maja. Sie ist völlig außer sich vor lauter Begeisterung.

Alle stürzen sich auf die Arbeit an der Mittsommerstange, sogar Åsa und Jessica stoßen dazu. Tomas legt eine Pause ein und streckt den Rücken ein wenig. Er drückt auf seinem Handy herum, es sieht aus, als würde er eine SMS schicken.

Anders greift sich seine Kamera und schießt eine Reihe Bilder von der Idylle. Als er Eva oben am Fenster sieht, lächelt er und richtet die Kamera zum Spaß auf sie.

»Eva! Kommst du nicht runter?«

Sie schüttelt den Kopf und zieht das Fenster zu. Sie sieht seine enttäuschte Miene und wie die Kamera herabsinkt.

Inzwischen hat sie sich fast schon daran gewöhnt, dass das Tier nicht ruhig bleibt. Es lebt, kann ganz plötzlich die Krallen ausfahren und angreifen. Sich an ihr festklammern. Schwer, aufdringlich, unerwünscht.

Dann gibt es aber auch andere Momente. Da ist sie nur trocken und sachlich. Wenn sie die Worte wieder vor sich her sagt wie eine Lektion, von der sie weiß, dass sie sie auswendig lernen muss. Unbedingt. Und das schafft sie auch, immer mal wieder. Manchmal gelingt es ihr, die schweren Worte auszusprechen. Sie im Kopf zu formulieren, ohne etwas anderes zu fühlen als stille, spiegelglatte Betrübnis.

Mama ist tot. Sie hat Selbstmord begangen. Ich werde sie nie wieder sehen. Denn Mama ist tot. Sie hat Selbstmord begangen. Sich das Leben genommen. Sie ist tot.

Die anderen sitzen schon am Tisch, als Eva eine Stunde später aus ihrem Zimmer herunterkommt. Sie hat sich das Gesicht mit kaltem Wasser gewaschen und sich ein wenig geschminkt. Sie versucht, möglichst niemand anzusehen, aber man kümmert sich sowieso nicht um sie. Es duftet nach Dill und neuen Kartoffeln.

Åsa und Jessica stecken mitten in einer Diskussion über Jessicas unfreiwilliges Singledasein und gehen dann zu ihrem Problem im Job über, wo sie seit Langem auf der Stelle tritt. Jessica lacht laut.

Alle haben sich an den gedeckten Verandatisch gesetzt, und Eva sieht sofort, dass für sie kein Stuhl mehr übrig ist. Sie sieht auch, wer mit am Tisch sitzt: Pelle. Er blickt auf und winkt ihr fröhlich zu, den Mund voll mit Essen.

Maja sitzt neben ihm. Selbstverständlich.

»Wir haben Pelle auch eingeladen«, erklärt sie. »Nichts geht über ein gutes Verhältnis zu den Nachbarn.«

Pelle nickt und hebt sein Schnapsglas.

»Und gute Nachbarn wachsen nicht auf Bäumen«, sagt er.

Er prostet Anders zu und danach den Kindern mit ihren Saftgläsern.

»Wie schön, den Rest der Familie auch mal kennenzulernen«, sagt er. »Sagt einfach Bescheid, wenn ihr etwas wissen wollt über die Gegend hier.«

»Darf ich mal etwas fragen«, sagt Patrik. »Wenn sich hier auf den Schären ein Paar scheiden lässt, sind sie dann immer noch Cousin und Cousine?«

Pelle schaut ihn fragend an, bis Patrik selbst in schallendes Gelächter ausbricht und sein Glas hebt.

»Aufs Inselleben!«

Der verunsicherte Pelle lacht auch ein bisschen, scheint aber nicht ganz überzeugt, dass dieser Witz wirklich lustig war. Maja schaut Eva an und deutet mit einer nickenden Kopfbewegung auf einen Schemel, der an der Wand steht.

»Nimm dir den Hocker«, sagt sie. »Und hol ihn an den Tisch.«

Vielleicht fällt ihr die leichte Veränderung in Evas Miene auf, denn sie fügt hinzu:

»Na ja, wir wussten eben nicht, ob du noch kommst oder nicht.«

Eva sagt nichts. Sie geht nur hinein, um sich Teller, Glas und Besteck zu holen. In der Küche hört sie, wie Jessica dort draußen zum soundsovielten Mal unterstreicht, dass sie mit dem Rauchen aufgehört hat.

»Am besten versuchst du damit aufzuhören, ständig zu erzählen, dass du mit dem Rauchen aufgehört hast«, schlägt Patrik vor, und alle lachen über seinen geistreichen Einwurf.

Auf einmal horcht Eva auf. Tomas' Stimme hat sich aus dem allgemeinen Stimmengewirr auf der Veranda herausgelöst. Er spricht mit Vera, wie sie hört. Und Vera möchte

Boot fahren, denn das macht ihre beste Freundin in den Sommerferien auch immer.

»Natürlich gehen wir Boot fahren«, sagt Tomas. »Maja, gibt es hier ein Boot, mit dem wir ein bisschen rausfahren können?«

»Ein Boot? Nein, danke«, erwidert Maja. »Ich hasse Boote.«

»Aber ich will rausfahren«, sagt Tomas. »Vera hat Lust, und ich auch.«

»Ja!«

Vera klingt so fröhlich wie noch nie.

»Es gibt da so ein kleines Motorboot«, sagt Anders. »Ein offenes, kleines Motorboot mit 30-PS-Außenborder. Aber ich weiß nicht, ob das hier liegt.«

»Hoffen wir, dass es nicht hier ist«, sagt Maja. »Das macht bloß eine Scheißarbeit. Wenn wir verkaufen, wird das gleich mit verkauft.«

»Aber vorher müssen wir noch mal eine Runde damit fahren«, sagt Tomas. »Irgendwann. Immerhin sind wir hier doch im Schärengarten.«

»Frag Eva«, sagt Vera. »Sie ist die Einzige, die sich mit dem Boot auskennt, sagt Papa.«

Eva erstarrt in der Küche und hört einfach zu.

»Gut«, hört sie Tomas. »Dann fragen wir sie.«

Hjalmar kommt von der Veranda hereingelaufen, um den Saft zu holen, der auf dem Tisch steht. Als er Eva sieht, bleibt er stehen. Er öffnet die ausgestreckte Faust und entblößt einen glatten, mattschwarzen Stein.

»Guck mal, cool, oder?«

Hjalmars Taschen sind vollgestopft mit seinen Funden aus dem Garten. Jetzt wartet er auf ihre Antwort. Seine Augen glänzen aufgeregt.

»Der ist ja wunderschön«, sagt sie. »Was hast du damit vor?«

Der Stein ist wirklich schön. So einen hätte sie als Kind auch aufgehoben.

»Ihn behalten.«

»Vielleicht magst du ihn aufs Fensterbrett legen? Zur Zierde.«

Sie zeigt auf eine freie Fläche auf dem Küchenfensterbrett.

»Hier. So sieht man ihn richtig gut. Dann kann man ihn immer angucken, wenn man in der Küche arbeitet.«

Er strahlt sie an.

»Das wollte ich auch machen.«

Mit größter Sorgfalt legt er den Stein auf den Platz, den Eva ihm gezeigt hat. Genau wie Mama es gemacht hätte.

Dann rennt er wieder hinaus, den gluckernden Kanister mit dem Fruchtsaft im Arm. Dabei stößt er fast mit Maja zusammen, die auf dem Weg ins Haus ist. Sie holt einen Stapel Servietten, den sie auf der Arbeitsplatte vergessen hat. Als sie an Eva vorbeigeht, verlangsamen sich ihre Schritte.

»Warum stehst du hier rum?«, fragt sie. »Willst du nicht mal mit uns essen?«

»Doch.«

Maja zieht eine Mappe unter einem Stapel Kochbücher hervor, die auf der Fensterbank liegen, schlägt sie auf und entnimmt ihr ein Dokument mit mehreren dicht beschriebenen Seiten, die sie Eva hinhält.

»Wäre es nicht das Klügste, wenn du den Maklervertrag auch unterschreibst? Dann müssen wir uns nicht weiter rumstreiten.«

Eva wirft einen Blick auf das oberste Blatt, wendet ihn aber gleich wieder ab. Maja versucht ihr in die Augen zu sehen.

»Das ist der Vertrag zwischen uns drei Immobilienbesitzern und dem Makler. Da gibt es ja wohl nichts mehr rauszuzögern, denke ich. Der Text für die Anzeige ist auch schon fertig.«

Eva macht den Kühlschrank auf und sucht etwas, ohne selbst zu wissen, was das sein sollte. Als sie die Tür wieder zuklappt, steht Maja immer noch da.

»Wir sind jetzt schließlich drei Eigentümer. Du kannst die Entscheidungen hier nicht mehr einfach allein treffen. Wie zum Beispiel mit dem Klo. So etwas hätten wir zu dritt besprechen müssen.«

Sie hat alle Mühe, sich zu beherrschen, das hört man.

»Jetzt unterschreib. Wir müssen die Dinge doch nicht noch schlimmer machen, als sie schon sind. Oder?«

Eva nimmt ihren Teller, Glas und Besteck.

»Nein. Da geb ich dir recht«, sagt sie. »Also, warum fahrt ihr nicht einfach wieder nach Hause?«

Sie geht hinaus. Und sie weiß, dass die anderen viel zu ungeduldig und anspruchsvoll sind, um es hier auf die Dauer auszuhalten. Bald werden sie es überhaben und wegfahren.

Nach Mittsommer wird sie Ingela Bratt, die Anwältin, anrufen und sich erkundigen, was für juristische Alternativen es noch gibt. Sie wird die Hintergründe erklären und in aller Ruhe ihre Version der Geschehnisse vorbringen, ohne unterbrochen zu werden. Irgendwelche Rechte muss sie doch haben. Vielleicht gibt es einen Paragraf, auf den man sich berufen kann, an den Ingela Bratt letztes Mal nicht gedacht hat. Vielleicht einen, in dem es um Nutzungsrechte geht. Oder um Angemessenheit und gesunden Menschenverstand.

Nach dem Essen kommt sie mit zur Mittsommerwiese, um sich Gequengel und lange Überredungsversuche zu ersparen. Maja hat einen Picknickkorb gepackt, der mit einem rot karierten Tuch abgedeckt ist. Außerdem hat sie sich einen Blumenkranz gewunden, den sie sich auf den Kopf gesetzt hat. Anscheinend merkt sie überhaupt nicht, dass sie aussieht wie eine wandelnde Parodie.

»Hallo, alle zusammen. Kommt, wir gehen los!«, ruft sie mit dieser gekünstelt hohen Stimme, die sie manchmal an den Tag legen kann.

Auf dem Weg zur Wiese hält Patrik für alle, die zuhören wollen, einen seiner kurzen Vorträge. Man weiß nie, ob er etwas ironisch meint oder nicht, was auf die Dauer etwas ermüdend ist.

»Wir müssen uns immer fragen, was wir im Leben für Träume haben. Träumen wir davon, uns kaputt zu arbeiten? Träumen wir etwa von einer hübschen Todesanzeige?«

Die Todesanzeige hat sie ausgeschnitten und in ihrer Wohnung in der Stadt in die oberste Schreibtischschublade gelegt. Sie weiß noch, wie unvorbereitet es sie traf, als ihr die Anzeige in der Morgenzeitung ins Auge stach, und wie ihr der Boden unter den Füßen schwankte. Aber nach ein paar Augenblicken fiel ihr wieder ein, dass die Pfarrerin ihr sogar eine Mail geschickt hatte, in der sie mitteilte, an welchem Datum die Anzeige erscheinen würde. Eva hatte es sich bloß nicht gemerkt. Tatsache ist, dass sie die Mail nicht mal zu Ende lesen konnte, sondern einfach gelöscht hatte. Die Anzeige war ganz einfach gehalten: Nur der Name, *Marianne Sandgren*, dann das Geburtsjahr und dann noch eine Jahreszahl. Die von diesem Jahr. *Geliebt und vermisst* stand noch da. Und darunter: *Eva, Elias, Anders, Maja, Vera, Hjalmar und Theo*. Das Bestattungsinstitut hatte als Schmuck einen kleinen Vogel ausgesucht, der über

Mamas Namen eingesetzt war. Die belangloseste aller belanglosen Möglichkeiten.

Die Feier und der Tanz um den Mittsommerbaum ist schon in vollem Gange, als sie um die Ecke kommen. Schon aus der Ferne hört man die quäkenden Töne von *Die kleinen Frösche* und *Schneide, schneide Hafer*. Die Wiese ist voller Menschen.

Anders hat die Kamera mit und fotografiert in alle Richtungen. Die Leute lächeln und winken.

»Jetzt kommt schon«, sagt Katrin. »Erleb mal was, statt immer nur die ganze Zeit Fotos zu machen.«

Sie gibt sich keine Mühe, ihre Gereiztheit zu verbergen. Seufzend lässt Anders die Kamera sinken.

»Es gibt keinen Unterschied zwischen Dokumentieren und Erleben«, doziert er. »Stell dir mal vor, wie schön das wird, wenn wir uns dann im Winter die Bilder angucken können.«

»Wie oft haben wir das denn schon gemacht?«, erwidert Katrin. »Wie oft haben wir diese ganzen Fotos schon angeschaut, die du da immer schießt? Die liegen doch am Ende bloß auf dem PC.«

»Hast du jetzt beschlossen, einen auf sauer zu machen? Zu Mittsommer? Bravo. Echt super.«

»Nein. Aber ich finde, du solltest mit den Kindern zusammen sein, statt die ganze Zeit Angstbilder zu machen.«

»Angstbilder?«

Anders zieht eine Grimasse und geht weg. Katrin sieht ihm mit angespannter Miene nach, bevor sie sich zu Maja gesellt, die schon die Decke ausgebreitet hat und mit dem Picknickkorb hantiert. Keiner kommentiert den Wortwechsel, obwohl alle ihn gehört haben müssen.

Eva setzt sich auch dazu und lässt sich einen Kaffee geben. Sie nimmt einen von Majas selbstgebackenen Muffins und beißt hinein. Sowohl der Vanillegeschmack als auch die weiche Konsistenz sind fast perfekt. Der erste ist schnell aufgegessen, und als keiner hinschaut, nimmt sie sich noch einen. Sie mustert die rausgeputzten Inselbewohner und die etwas lässiger gekleideten Großstädter, die in ihrem Ringelreihen herumhopsen, während Männer in regionaler Tracht Akkordeon und Geige spielen. Die Leute klatschen den Takt mit und pfeifen, um das Ganze noch festlicher zu machen.

Von den meisten hier Anwesenden kennt Eva den Namen, aber sie würde nicht behaupten, dass sie sie kennt. Manchen nickt sie auf der Straße zu, mit anderen hält sie einen kurzen Plausch, wenn sie sie auf dem Weg vom Anleger oder am Badeplatz trifft.

Wahrscheinlich wissen alle, was passiert ist, und versuchen jetzt bewusst, Eva nicht anzustarren. Sie ist wie ein Objekt in einer Vitrine. Maja und Anders hingegen scheinen völlig ungerührt.

Da entdeckt sie Kia und Roger, Ulf und Lolo. Die vier sind offensichtlich schon dicke Freunde. Kia winkt Eva zu und lächelt freundlich, wie immer. Eva nickt und lächelt zurück. Dabei hält sie auch Ausschau nach dem Welpen, aber den haben sie nicht mitgenommen.

Anders geht herum und begrüßt alte Bekannte. Tomas und Patrik begleiten ihn. Maja beschäftigt sich mit ihrem Picknickkorb und erzählt Åsa, Jessica und Katrin in allen Einzelheiten, was sie für die Wochen vor dem Verkauf noch alles geplant hat. Sie werden angeln, grillen, malen, tischlern, zelten, die Schäre erforschen, vielleicht eine Sauna bauen, einen größeren Kräutergarten und einen Komposthaufen anlegen, das Gästehäuschen ein bisschen auf Vordermann bringen und noch vieles mehr. Warum sollten sie das nicht machen, wenn sie doch sowieso hier sind? Das steigert schließlich nur den Wert. Und erhöht gleichzeitig die Lebensqualität.

Katrin findet, das klingt alles ganz großartig. Åsa und Jessica auch. Jessica kramt in ihrer Korbtasche und holt eine Schachtel Zigaretten hervor.

»Nur eine Kippe. Ansonsten bin ich echt dabei aufzuhören«, sagt sie und schnaubt vor Lachen.

Maja steht auf und fordert die anderen auf, jetzt endlich auch zu tanzen und zu spielen! Es ist schließlich Mittsommer! Jessica nimmt ein paar hastige Züge von ihrer Zigarette und drückt sie dann an der Sohle ihres hochhackigen Schuhs aus. Dann gehen alle zur Mittsommerstange und dem Ringelreihen.

Maja bleibt ein paar Sekunden neben Eva stehen. Aber nicht, um sie zu bitten, sich ihnen anzuschließen.

»Ich hoffe, dir ist eines klar«, sagt sie. »Wenn du dich weigerst, den Maklervertrag zu unterschreiben, müssen wir die Angelegenheit dem Gericht übergeben. Dann gibt es einfach einen Zwangsverkauf. Durch Zwangsversteigerung.«

Eva füllt ihre Kaffeetasse nach. Das Gluckern der Thermoskanne klingt bedächtig.

»Ich wohne in diesem Haus«, sagt sie. »Was gedenkst du dagegen zu tun?«

»Vorerst wohnst du da, ja. Und wir dachten auch, dass das klar geht, während wir vor dem Verkauf noch ein paar Sachen in Ordnung bringen. Der Pavillon muss auch noch fertig werden. Aber in einer Woche rufe ich die Anwältin an.«

Maja blickt hinüber zu den Tanzenden.

»Du hast also eine Woche, um den regulären Maklervertrag zu unterschreiben. Damit wir das Ganze auf vernünftige Art regeln können.«

Sie zuckt mit den Schultern.

»Ansonsten kommt es zum Zwangsverkauf, wie gesagt. Ob du willst oder nicht. Und dann wirst du nicht allzu viel mitnehmen können, denn das Haus wird so verkauft, wie es dasteht.«

Sie geht davon und gesellt sich zu ihren Freunden. Eva folgt ihnen mit dem Blick. Sie sieht, wie Maja sich hineinschmeißt, sich schrecklich anstrengt, auch dabei zu sein und den optimalen Mittsommerabend zu feiern.

»Oh Mann, für mich gibt's echt nichts Schlimmeres als Ringelreihen.«

Sie dreht sich um. Tomas hat sich am anderen Ende der Decke niedergelassen. Er nimmt sich eine Zimtschnecke.

»Kennst du hier alle?«

Die meisten auf der Schäre kennt Eva praktisch gar nicht, aber Geschichten hat sie schon über so gut wie jeden Inselbewohner gehört.

»Nein. Aber einen Teil.«

»Auf dem Land gibt es immer jede Menge Originale. Oder zumindest ein paar.«

Sie nickt und lächelt ein wenig. Als sie sich umsieht, entdeckt sie die Hanssons, das Paar, das seine Küche in einem saukalten Winter umbaute, weil sie Kühlschrank und Herd dann praktischerweise selbst mit dem Auto übers Eis transportieren konnten. Dann stellte sich aber heraus, dass der Kühlschrank einen Produktionsfehler hatte, und er musste im Frühjahr doch mithilfe eines Bootes umgetauscht werden.

Und dort ist der Bauer Johansson, der vor ein paar Jahren eine Russin geheiratet hat, die er im Internet kennengelernt hat. Sie hat seinem alten roten Bauernhof ihren eigenen Stempel aufgesetzt, indem sie einen todschicken Springbrunnen aus Stein mitten auf dem Hof bauen ließ. Zu behaupten, dass diese Dekoration umstritten war, wäre die Untertreibung des Jahres. Auf der Insel haben alle eine Meinung.

Die alten Rydgrens leben auch noch. Sie sitzen wie immer mit ihrer Thermoskanne Kaffee auf der Holzbank am Rand der Wiese und sehen den Tanzenden zu. Sie fragt sich, ob die beiden wohl immer noch ihre fünf Katzen haben, die alle nach verschiedenen Edelsteinen benannt sind.

»Sag, was du gerade denkst«, sagt Tomas.

»An die Leute.«

»Inwiefern?«

Im ersten Moment hat sie Lust, dieses Gespräch abzubrechen. Warum sollte sie hier rumsitzen und Smalltalk führen? Aber dann zeigt sie diskret auf Staffan Karlsson, den Mann, der jede wache Stunde auf dem Golfplatz verbringt und einen eigenen kleinen Platz auf seinem Grundstück angelegt hat, um Putten zu üben. Seine Frau Lena ist bei allen unbeliebt, nachdem sie die riesige Fichte auf dem Grundstück des Nachbarn hat fällen lassen, als dieser nicht zu Hause war. Sie fand, dass der Baum Staffan und ihr die Aussicht verstellte. Als Nachbar Roos das nächste Mal auf die Insel kam, fand er nur noch einen großen Stumpf vor, wo vorher die Fichte gestanden hatte. Lena und Staffan mussten Schadenersatz zahlen, und seitdem ist Roos mit dem Ehepaar verfeindet.

Eva deutet mit einem Nicken zur Straße.

»Und da kommen Susanne und Lasse mit ihren vier Kindern«, sagt sie. »Falls es dich interessieren sollte.«

»Doch, ich find's super. Erzähl weiter.«

Und sie erzählt, dass Susanne und Lasse das ganze Jahr über auf der Insel wohnen, mit zwei Pferden, drei Hunden, zwei Katzen und einem Hahn. Im Vorjahr wohnte gegenüber ein Feriengast bei Tante Axelsson, der sich darüber aufregte, dass der Hahn jeden Morgen um fünf anfing zu krähen, und am Ende hatte er die Nase voll. Er drohte damit, den Vogel zu schlachten und Coq au vin daraus zu machen. Seine Drohung wurde niemals in die Tat umgesetzt, aber Susanne und Lasse sind immer noch beleidigt und verhalten sich reserviert gegenüber Tantchen Axelsson, obwohl die überhaupt nichts kapiert, die Arme.

Dann hat Eva nichts mehr zu erzählen. Sie verstummt, und Tomas steht auf, um die Beine zu strecken.

»Auf dem Boden rumsitzen ist schwer überschätzt.«

Sie tut es ihm nach.

»Weswegen bist du so lange krankgeschrieben?«, fragt sie.

Er dreht sich zu ihr um und schaut sie verständnislos an.

»Hast du doch zu einem von den Jungs gesagt. Dass du langfristig krankgeschrieben bist.«

Er grinst.

»Ach so, das. Ich hab bloß Spaß gemacht. Ich hab was Langes, Kompliziertes gesagt, um Nachfragen zu vermeiden. Ich bin Arzt.«

Maja löst sich aus dem Kreis der Tanzenden, rennt auf sie zu und dreht sich um die eigene Achse, dass ihr geblümtes Sommerkleid nur so flattert. Dann wirft sie sich Tomas in die Arme. Er lacht und legt ihr die Hände auf den kleinen wohlgeformten Hintern. Maja legt ihm die Arme um den Hals und tut so, als müsste sie sich festhalten, um nicht hinzufallen. Sie geben einander einen verliebten Kuss, dann wirbelt sie wieder davon.

»Also, das ist doch ... Eva, bist du das?«

Eva dreht sich um, als sie die raue Frauenstimme hört, und schaut in ein lächelndes Gesicht. Wohlbekannt, aber irgendwie auch wieder nicht. Es ist Lisa, ihre Freundin aus Kindertagen, die auf der anderen Seite der Insel wohnte. Sie waren gleich alt und waren jeden Sommer viel zusammen. Bis sie sich nach der Oberschule langsam auseinanderentwickelten. Irgendwann verschwand Lisa. Sie haben sich zwanzig Jahre nicht gesehen, und jetzt steht Lisa hier, im zitronengelben Kleid und stark gebräunt, mit mehr Kurven und einem schärferen Zug um den Mund, aber ansonsten noch ganz dieselbe. Ihre Haare sind blondiert, aber an den Schläfen sieht man, dass der Ansatz grau nachwächst.

Sie umarmen sich, und Lisa umfasst sie fest und herzlich. Sie riecht nach Sonnencreme und Zigaretten. Während sie Eva mustert, lächelt sie immer noch.

»Unglaublich, wie die Zeit vergeht. Aber du bist immer noch dieselbe.«

Eva nickt und lächelt zurück. Sie weiß, dass das nicht wahr ist.

»Du auch.«

Was genauso wenig wahr ist. Aber Lisa ist immer noch so hübsch. Früher war sie die Schönheitskönigin, umschwärmt von Juni bis August.

»Ich war schon lange nicht mehr hier«, erzählt Lisa. »Ich habe ja geheiratet und war seitdem im Sommer immer in Norrland. Aber jetzt bin ich schon ein paar Jahre geschieden. Also hab ich die Kinder mitgenommen und Mama und Papa besucht. Die wohnen ja immer noch hier.«

»Aha.«

Eva nickt noch einmal, ohne den Ball zurückzuspielen. Die kleine Pause, die ihr sagen soll, dass sie jetzt auch ein bisschen von sich und ihrem Leben erzählen soll. Dazu hat sie nicht die geringste Lust.

»Wie schön, dich zu sehen! Wirklich!«

Lisa breitet die Arme aus und lächelt noch einmal breit. Dann erstirbt ihr Lächeln und sie wird ganz ernst.

»Ich hab von Marianne gehört.«

Eva steht da und hält den Augenblick einfach aus.

»Wie schrecklich. Ganz furchtbar.«

Eva beißt die Zähne zusammen und macht sich auf mehr gefasst. In der Hoffnung, dass es damit dann vorbei ist.

»Ich hab nur gehört, dass sie … gestorben ist. War sie krank?«

»Ja.«

»Krebs?«

Eva betrachtet die Frau, die vor ihr steht. Sie glaubt, in ihrem Gesicht deutliche Spuren von harter Arbeit, von Streit und einsamen nächtlichen Tränen zu sehen. Sie weiß nichts von Lisas Leben, aber auch sie muss ihre schweren Momente gehabt haben. Sie sind beide erwachsen, warum stehen sie also hier und tun so, als wäre alles so wie in ihrer unbeschwerten Teenagerzeit? Wozu soll man diese ganzen vorsichtigen, platten Phrasen abspulen, statt sich wirklich zu begegnen?

Plötzlich ist sie ganz sicher. Mama hat Ehrlichkeit verdient.

»Sie hat sich das Leben genommen«, sagt sie.

Lisa starrt sie an. Das war ganz eindeutig zu viel für sie. Eva versucht den Stoß noch abzumildern, indem sie ihn in mehr Worte kleidet.

»Es ist heftig, wenn der Mensch, der einem das Leben geschenkt hat, ... selbst nicht mehr mit dem Leben zurechtkommt. Wenn du verstehst, was ich meine.«

Aber Lisa hat schon zugemacht. Sie schaut sich nervös um und hält Ausschau nach jemand anders, zu dem sie sich flüchten kann. Aber sie findet niemand und beginnt stattdessen, im Takt der Musik mitzunicken, als wäre nichts geschehen. Sie verfolgt die Polonaise, die sich kreuz und quer über die Wiese schlängelt.

»Ist Anders auch hier? Und Maja?«

Eva deutet mit einem Nicken zu den sitzenden und stehenden Menschen neben dem Tanzplatz. In der Menge sieht man Anders, der sich mit ein paar Männern von der Insel unterhält. Wahrscheinlich diskutieren sie über einen Konflikt mit der Straßenbauvereinigung wegen der Motorfahrzeuge. Ein paar der Neuankömmlinge haben nämlich das Verbot ignoriert und lassen ihre halbwüchsigen Kinder auf den Wegen Moped fahren. Da muss man mal eine gut sichtbare Bekanntmachung am Anleger aufhängen. Maja ist mitten in der tanzenden Menge.

»Anders hat wohl richtig Erfolg inzwischen mit seinen Filmen, oder?«

»Ja ... ich glaube schon.«

Lisas Augen strahlen.

»Was für eine Karriere. Wahnsinn.«

Ihr Blick schweift immer wieder zu Anders, und plötzlich scheint er es irgendwie zu fühlen, denn er wendet den Kopf, schaut zu ihnen herüber und entdeckt Lisa. Sie lacht und geht auf ihn zu.

»Hej, Anders! Lange her!«

Sie umarmen sich. Eva fällt ein, dass sie manchmal bei Lisa übernachtet hat, und dass ihre Eltern oft Feste veranstalteten. Wilde Feiern, wo der Alkohol in Strömen floss und zu lauter Musik getanzt wurde. Überhaupt nicht die Art Veranstaltungen, die ihre eigenen Eltern abhielten, wo sich die Gäste nach dem Abendessen mit Kaffee und Cognac aufs Sofa setzten, um über Politik zu diskutieren. Bei Lisa diskutierte niemand, da war man aufgedreht und quatschte, die Frauen kreischten vor Freude. Sie weiß auch noch, wie Lisas Papa manchmal in einer Ecke saß und so betrunken war, dass er fast nur noch gurgelte, wenn er zu sprechen versuchte, und wie ihn die anderen Erwachsenen alle ignorierten. Sie taten so, als existierte er gar nicht, unterhielten sich einfach weiter und tanzten zu Schlagern. Er saß in seiner Ecke, bis er einschlief, und am nächsten Tag war wieder alles wie vorher.

Lisa ist jetzt mitten in einem Gespräch mit Anders. Sie sind ein Stück beiseite gegangen und unterhalten sich lebhaft, mit ausladenden Gesten und unheimlichen Lachanfällen.

Maja tanzt weiter mit ihren Freunden um die Mittsommerstange. Auch Katrin und Tomas machen jetzt mit. Er hat Theo und Hjalmar bei der Hand gefasst und scheint sich tatsächlich richtig zu amüsieren.

Und wo ist Vera? Eva sieht sich um und entdeckt das Mädchen auf der Picknickdecke. Sie hat die Hände im Picknickkorb und zerdrückt die Kuchen. Alle Muffins sind eingedrückt und zerkrümelt.

Eva geht zu ihr hinüber, und Vera springt auf und läuft davon. Nach ein paar Metern bleibt sie stehen. Vielleicht erwartet sie, dass Eva sie ausschimpft. Aber dann kommt sie zurück und wagt sich immer näher.

»Willst du nicht tanzen?«, fragt Eva.

Vera schaut sie mit zwei sehr blauen Augen an.

»Nein.«

Katrin singt und hopst um die Mittsommerstange – gerade spielt man zum fünften Mal *Die kleinen Frösche* – mit Tomas, Patrik, Jessica, Åsa und Maja, deren Blumenkleid inzwischen große Schweißflecken unter den Armen bekommen hat. Hjalmar und Theo schubsen sich und stören damit den Ringelreihen. Die Akkordeonmusik verschwimmt zu einer breiigen Geräuschmasse, und das intensive Sonnenlicht ist unerträglich.

»Komm«, sagt Eva zu Vera. »Wir gehen nach Hause.«

Anders stochert wütend mit einer Grillgabel in der Glut. Funken stieben empor, die sich deutlich vor dem hellen Abendhimmel abheben.

»Wie zum Teufel konntest du einfach mit Vera weggehen, ohne ein Wort zu sagen?«

Eva steht daneben und schweigt. Sie weiß nicht, was sie sagen soll. Er hat ja recht.

»Du hättest doch Bescheid sagen können, bevor du gehst. Wir sind rumgerannt und haben sie gesucht und alle Leute gefragt. Echt peinlich.«

Sie nickt. Sie versteht genau, was er meint. Sie hat einfach nicht dran gedacht zu fragen, bevor sie ging. Im Nachhinein begreift sie es selbst nicht.

»Wir hatten eine Todesangst, das musst du doch kapieren. Vera verschwindet sonst nie so einfach.«

»Du meine Güte, was soll ihr hier draußen schon passieren?«

Sie klingt nonchalant und kennt sich selbst nicht wieder. Anders braust sofort auf.

»Bist du vollkommen ...«

»Dann passt doch einfach besser auf sie auf.«

Er wirft die Gabel ins Gras.

»Kannst du dich ab und zu einfach mal in andere Leute hineinversetzen?«

Sie versteht nicht, was er meint. Bohrend sieht er sie an.

»Warum erzählst du überhaupt nichts von Mama? Musst du sie auch noch als Tote für dich allein haben?«

Sie lässt ihn einfach stehen. Irgendwo über den Baumwipfeln ist das Abendlied eines Vogels zu hören. Der Abend ist so wunderschön, sie kann jetzt noch nicht in ihr Zimmer gehen.

Eine Weile später wird fürs Mittsommerabendessen auf der Veranda gedeckt. In der Küche hört Maja laut Musik, während sie Salatdressing anrührt und mitsingt. Sie strengt sich wirklich an, Partystimmung zu verbreiten. Offenbar hat sie vergessen, warum sie überhaupt hier sind.

Eva geht mit dem Korb fürs Unkraut, Heckenschere, Rechen und Pflanzspaten an ihnen vorbei. Sie tut so, als würde sie die Blicke und Kommentare gar nicht wahrnehmen. An der Rabatte auf der anderen Seite des Hauses geht sie in die Hocke. Sie reißt Unkraut aus, nackte weiße Wurzeln, ein einziges zähes Wirrwarr. Ein paar von Mamas sorgfältig gesäten mehrjährigen Pflanzen müssen auch dran glauben, aber das ist ihr jetzt egal, sie wirft einfach alles in den grünen Plastikkorb.

Dann macht sie sich an den Dornenstrauch. Der durfte bis jetzt nach Lust und Laune blühen, und die langen Zweige sind mit jedem Tag dicker geworden. Der muss jetzt mal in die Schranken gewiesen werden, und sie macht sich mit der Heckenschere über das ganze Elend her, ohne sich um die großen, spitzen Dornen zu kümmern, die ihr die Haut aufreißen, dass Blut fließt. Die Gartenhandschuhe liegen im Werkstattschuppen, aber die braucht sie nicht, sie kommt schon zurecht.

Eine Reihe kleiner Laternen steht auf dem Verandageländer. In jeder flackert eine Kerze. Maja sitzt am Tisch und redet, ihre Gesichtszüge bewegen sich im Schein der Kerzen. Ohne es zu wissen, ähnelt sie Mama mehr denn je.

Nach dem langen Abendessen sind alle aufgekratzt, jetzt trinken sie noch einen Kaffee. Eva sitzt mit am Tisch, von der resoluten Åsa überredet. Am Ende hat sie schweigend nachgegeben, weil sie einfach keine Lust hatte, lange Erklärungen vorzubringen. Die fröhlichen Stimmen und das Gelächter umgeben sie.

Patrik holt eines von den Kinderspielen, die in einem Regal auf der Veranda liegen. Es ist eines dieser dämlichen Spiele, bei denen man kleine verschiedenfarbige Holzschnecken auf einer gleichfarbigen Bahn vorrücken lassen muss, immer so viele Felder, wie der Würfel anzeigt. Hjalmar und Theo haben das Spiel trotzdem nie satt. Jetzt zettelt Patrik ein ironisches Spiel der Erwachsenen an, und alle machen mit, in einem Riesenterz, suchen sich eine Schnecke in genau der richtigen Farbe aus und würfeln mit todernster Miene. Sie tun so, als müssten sie sich schwer konzentrieren, und lachen sich fast tot, als Maja eine Sechs wirft, die Siegerfaust ballt und »Yes!« schreit. Für Patrik läuft es nicht so gut, und er vergräbt das Gesicht in den Händen und zeigt mit allen verfügbaren Mitteln, dass er am Boden zerstört ist. Jessica lehnt sich kichernd an ihn, um ihn zu trösten.

Eva verlässt den Tisch und geht ins Haus. Sie hört noch, wie Jessica Åsa um ein Feuerzeug bittet. Jessica braucht jetzt einfach eine Kippe, wo doch gerade so tolle Partystimmung ist.

Die Besucher sind weg, und das Projekt Pavillon lebt wieder auf. Eigentlich kam es erst richtig in Schwung, als Pelle rüberkam und mit anpackte. Er kicherte, als er entdeckte, dass niemand daran gedacht hatte, ein Fundament aus Beton zu legen. Maja fühlte sich blamiert und meinte, das sei nicht nötig, und Tomas wisse schon, was er tue. Pelle nickte brav und sagte nichts mehr, aber Eva sah ihm an, dass er skeptisch war.

Er war vor Kurzem auf dem Festland und hat alte Sprossenfenster besorgt, die er erst mit dem Anhänger abholte und dann mit seinem eigenen geräumigen Boot auf die Insel brachte. Die Fenster hatte er billig von einem alten Freund bekommen.

Sie verfolgt die Aktivitäten aus der Ferne. Sie beobachtet, wie unter den Händen der Beteiligten eine Art Gebäude wächst, auch wenn es langsam geht. Tomas, der sein Hemd ausgezogen hat, steht mit dem Rücken zu ihr und sägt mit kräftigen Bewegungen ein Brett durch. Sie reckt sich ein bisschen, um ihn besser sehen zu können, geht ein paar Schritte zur Seite und steigt mit ihrer dünnen Schuhsohle auf etwas Weiches. Etwas Kleines, Buckliges. Ein Käfer, groß und glänzend schwarz. Sie geht in die Hocke, um ihn genauer zu betrachten. Er ist noch nicht richtig tot, er bewegt noch ganz langsam die Vorderbeine. Aber er kann nirgendwo hin. Er kann nicht mehr laufen. Er liegt einfach nur auf der Seite und wartet auf den Tod.

Sie steht auf, stellt den Fuß mitten auf das Tier und tritt fest zu. Sie lässt den Fuß lange so stehen und dreht ihn am Ende noch etwas hin und her. Dann nimmt sie ihn wieder weg. Als sie nachschaut, ist das Insekt nicht zerquetscht, dazu war es zu hart. Aber es bewegt sich nicht mehr.

»Was ist das?«

Vera steht in einigem Abstand neben ihr. Sie kommt näher, bückt sich und betastet den Käfer mit dem Zeigefinger.

»Der ist tot.«

»Ja.«

»Wollen wir ihn begraben?«

Vera holt ein kleines Blatt, hebt das tote Tier damit hoch und trägt es zu einem Gebüsch. Eva folgt ihr. Vera macht eine Grube in einen Haufen welker Blätter und legt den Käfer hinein. Dann schiebt sie eine dünne Schicht Erde darüber und drückt sie vorsichtig fest.

Aus dem Küchenradio kommt Musik. Klänge von einem Klavier. Eva kann die Melodie nicht erkennen.

Vera blinzelt unter ihrem Schopf in die Sonne und sieht Eva in die Augen.

»Mein Papa kann Klavier spielen.«

»Ja?«

Vera nickt stolz.

»Ja, total gut. Das hat er gelernt, als er noch klein war. Ich lerne es auch gerade. Ein bisschen kann ich schon.«

Sie schlägt die Augen nieder.

»Wollen wir ihm auch einen Grabstein machen?«

Anders kann also Klavier spielen. Immer noch.

»Hallo? Kannst du einen Stein besorgen?«

Eva kommt wieder zurück in die Gegenwart, sucht mit den Augen den Boden ab und hebt einen Stein mittlerer Größe auf, ohne zu wissen, wozu er eigentlich gut sein soll. Vera legt ihn auf das kleine Grab.

»So«, sagt sie. »Fertig.«

Während die anderen sich um den Verandatisch setzen, um Kaffee zu trinken, geht Eva unbemerkt in das Gästehäuschen, in dem Maja und Tomas wohnen. Wenn die den Raum anderer Leute einfach besetzen können, ohne jeglichen Respekt für persönliche Grenzen, kann sie das auch.

Drinnen herrscht ein Riesenchaos. Majas Tasche steht

offen, der Inhalt ist halb herausgerissen, ein Kleiderhaufen ergießt sich auf fast schon groteske Weise aus der Öffnung. Fläschchen und Tiegel mit Kosmetika, Make-up, eine Haarbürste voller Haare.

Tomas' Bettseite ist ein wenig aufgeräumter. Sie nimmt das Buch in die Hand, das zuoberst in seinem Koffer liegt, und betrachtet den Umschlag. Ein englischer Titel, von dem sie noch nie gehört hat. Ein dunkles, bedrohliches Cover.

Sie legt das Buch zurück und lässt den Blick durch das kleine Zimmer gleiten. Maja scheint in vielerlei Hinsicht immer noch dieselbe zu sein wie früher. Die unverantwortliche kleine Schwester, auf die Eva immer eifersüchtig war, auf die sie ohne einen ersichtlichen Grund immer wütend war. Maja war einfach bloß ständig im Weg, sie störte mit ihrer kindlichen Art und ihrem Geschrei. Ihre bloße Existenz hatte schon etwas Provokatives.

Ein Kleidungsstück aus mittelblauem, weichem Stoff liegt unter ein paar anderen Sachen über einem Stuhl. Die Farbe ist unwiderstehlich. Eva zieht das Kleid hervor.

Es ist so ein Kleid, wie sie es selbst nie findet, nach dem sie ja im Grunde auch nie sucht, von dem sie ohnehin nie geglaubt hätte, dass sie so etwas wirklich haben möchte. Jetzt leuchtet es ihr entgegen. Der Stoff fällt wunderschön, die Farbe ist perfekt, nichts allzu Aufsehenerregendes, aber trotzdem nicht langweilig, das Design makellos. Das Etikett verrät, dass es sich um eine teure Marke handelt.

Langsam zieht sie den einen kurzen Ärmel heraus, steckt vorsichtig ihre Hand hinein und lässt den Arm über die Innenseite des Stoffes gleiten, der eine ganz ähnliche Nuance hat. Dann schlüpft sie in das Kleid, einfach um ein Gefühl dafür zu kriegen. Es geht wie von selbst, im nächsten Augenblick hat sie das Kleid über ihre Shorts gezogen und auch den zweiten Arm in den Ärmel geschoben. Sie trägt das Kleid ihrer Schwester, und noch nie in ihrem Leben hat sie etwas so gut Sitzendes und Bequemes getragen. Als wäre dieses Kleidungsstück für sie maßgeschneidert worden.

Sie stellt sich vor den Wandspiegel. Auf einmal ist sie ein ganz anderer Mensch. Sie sieht aus, als würde sie auf den Schwingen von Erfolg und Glück durchs Leben gleiten. Furchtlos und selbstsicher. Sie ähnelt jemand, der Respekt einflößt, jemand, der weiß, wie man vorwärtskommt. Jemand, den man bewundern kann. Vielleicht auch lieben.

Eva verrenkt sich, um einen Blick auf ihren Rücken zu erhaschen, vielleicht den Reißverschluss noch etwas weiter hochzuziehen. Gleichzeitig hört sie Schritte draußen, und bevor sie reagieren kann, steht Tomas in der Tür. Ihr Herz macht einen Sprung. Ertappt. Eiskalt erwischt.

Aber er nickt ihr nur freundlich zu und bleibt kurz stehen. Er scheint gar nicht zu bemerken, was sie da anhat. Anscheinend gehört er zu der Sorte Männer, die nie über Kleidung nachdenken oder sich merken würden, welches Kleidungsstück wem gehört.

»Hallo«, sagt er.

Er erkundigt sich nicht, was sie hier zu suchen hat, er geht nur zu seiner Tasche und nimmt seine Trainingsjacke heraus. Dann wendet er sich wieder zum Gehen. Erst jetzt bringt sie ein paar Worte heraus:

»Ich wollte nur gucken, ob ich mir von Maja ein bisschen Shampoo leihen kann.«

Das klingt wirklich bescheuert. Aber er deutet nur auf Majas Seite des Zimmers.

»Da musst du wohl in diesem Chaos suchen, irgendwo da drin ist sicher was.«

»Okay.«

Sie wartet darauf, dass er wieder hinausgeht, aber er

bleibt stehen und betrachtet sie, jetzt allerdings mit einem leisen Lächeln.

»Und wann hör ich dich endlich mal Klavier spielen? In echt?«

Sie schweigt.

»Das sollte keine blöde Bemerkung sein. Ich meine es ernst.«

»Ich kann wirklich spielen.«

Sie klingt bissiger, als sie wollte.

»Aber nicht vor anderen«, fügt sie hinzu. »Ich spiele nur für Leute, die mir wirklich nahestehen.«

Er überlegt. Dann geht er zu Tür.

»Vielleicht kannst du Vera und mich aber trotzdem mal zu einem Bootsausflug mitnehmen?«

»Mal sehen.«

Pause.

»Schön.«

Dann verschwindet er. Rasch zerrt sie sich das Kleid vom Leib und legt es genauso unordentlich auf den Stuhl, wie sie es vorgefunden hat.

Sie erinnert sich, wie das Boot nach der Winterpause immer zu Wasser gelassen wurde. Die Laternen, die Geräusche und die Atmosphäre beim Bootsclub. Rostige Metallgegenstände, Schrauben und Muttern, Stahlseile, Nylontampen, zusammengeschreinerte Böcke, schmutzige, algenbewachsene Bojen, achtlos beiseite geworfenes Bootzubehör, alte Farbeimer. Das große Segelboot, das sie damals hatten, wurde von einem Kran in die Luft gehoben und dann ins Wasser abgesenkt. Eva stand mit Mama und den anderen Bootseigentümern auf dem Anleger und sah zu.

Dann schoss ihr Boot durch die glitzernde, blitzende Bucht. Sie hatten unförmige Schwimmwesten an, am Bug und an den Seiten spritzte das Wasser hoch. Mama steuerte das Boot, Eva saß neben ihr und spähte über den offenen Schärengarten. Wenn sie schläfrig wurde, machte sie dasselbe, wie damals als Kind in Schonen, obwohl sie inzwischen ein Teenager war: Sie ging in die kleine Kajüte und legte sich in die Vorpiek. Dort rollte sie sich auf den alten Sitzkissen zusammen und schlief ein, gewiegt vom Bootsrumpf, während das Wasser leise an der Außenseite gluckerte.

Nachdem das Segelboot vor ein paar Jahren gegen ein kleineres Motorboot ausgetauscht worden war, war es nicht mehr dasselbe. Praktischer war es natürlich. Im Winter konnte es auf der kleinen Wiese beim Anlegesteg aufgebockt unter einer Persenning liegen. Pelle und ein paar andere Nachbarn haben Mama und Eva jedes Jahr geholfen, es dann wieder ins Wasser zu schieben.

Dieses Jahr widerstrebt es ihr, die Leute mit so etwas zu belästigen und ihnen Unannehmlichkeiten zu bereiten. Doch jetzt hat sie es Tomas versprochen.

Der Welpe kommt ihr entgegengerannt, sowie sie das Gartentor aufmacht. Er schnuppert an ihr und läuft um sie herum. Sie geht in die Hocke, streichelt ihm den Kopf und krault ihm die Ohren. Sie sind flauschig und seidenweich. Der Hund steht ganz still und lässt sich streicheln, während er sie mit seinen pechschwarzen Augen mustert.

»Hallo!«

Kia ist auf die Vortreppe rausgekommen. Sie trägt Gummiclogs und eine hochgekrempelte Jeans. Ihr kariertes Hemd ist nur nachlässig zugeknöpft, so dass man ihre gebräunte Haut sieht und die großen Brüste beinahe herausquellen. Das Haar ist zu einem Knoten hochgesteckt.

»Möchtest du 'ne Tasse Kaffee?«

Sie erhebt sich wieder und nimmt die Einladung an. Und beim Kaffee bringt sie ihr Anliegen vor. Wie sie erwartet hat, überschlägt sich Kia schier vor Hilfsbereitschaft. Sie lässt Roger ein paar Inselbewohner zusammentrommeln, und bald sind alle unterwegs zum Bootsanleger, ein ganzer Trupp starker Männer verschiedenen Alters, von denen Eva manche ganz gut kennt und manche überhaupt nicht.

Keiner stellt Fragen. Keiner macht irgendwelche Andeutungen. Keiner zieht eine lustlose Miene.

Sie nimmt die verdreckte Persenning ab und begrüßt das Boot. Noch einen Sommer werden sie zusammen verbringen. Obwohl Mama nicht mehr da ist. Sie wird sich um ihr Boot kümmern und es sorgfältig putzen. Das ist weiß Gott nötig, innen wie außen. Sie wird sogar die Fender polieren, bis sie glänzen.

Auf den langen Stangen, die man aufs Gras gelegt hat, gleitet das Boot umständlich, aber irgendwie doch elegant ins Wasser. Ein leises Platschen, dann ist es ganz drin. Sie bedankt sich bei allen für die Hilfe.

Auf dem Heimweg denkt sie an die alten Schwimmwesten im Bootsschuppen. Die sind garantiert verschlissen und von der Sonne ausgebleicht. Sie wird sie sich noch einmal vornehmen und sauber machen, da liegen mehrere herum, in verschiedenen Größen.

Mama erinnerte einen ständig an Sicherheitsgurte und Schwimmwesten und Fahrradhelme und Versicherungsformulare. Risiken, die zu Verletzungen und Leid und Tod führen konnten, mussten so weit wie möglich minimiert werden. Die Angst vorm Sterben genauso verwurzelt wie die Sehnsucht danach. Eine Schwere, die sie herunterzog, wie ein Stein.

Als Erstes will Eva beim Heimkommen zu Tomas gehen und ihm erzählen, dass das Boot im Wasser ist. Sie sieht ihn und will gerade zu ihm gehen, als Maja angerannt kommt, sich auf ihn wirft und ihn in die Hängematte schubst.

Eva wechselt unbemerkt die Richtung und geht schnell in die Küche, um nachzusehen, ob es dort irgendetwas zu tun gibt. Irgendwas gibt es immer.

Theo sitzt auf dem Boden und spielt mit Lego. Er hält ihr einen kleinen unreifen Apfel entgegen.

»Du, sag mal, wieso sitzt die Schale eigentlich so fest am Apfel?«

Sie bricht in Gelächter aus.

»Ich habe keine Ahnung.«

»Okay.«

Er ist enttäuscht. Doch dann hellt sich seine Miene wieder auf.

»Sag mal, können Vögel eigentlich allergisch sein?«

Sie schaut ihm ins Gesicht. Er ist schon eine seltsame kleine Person. Er erinnert sie an einen Schüler, den sie vor vielen Jahren einmal hatte. Seinen Namen hat sie vergessen, aber mit seiner Neugier brachte er richtig Leben ins Klassenzimmer. Mit ihm machte es Spaß, Lehrerin zu sein.

»Wie viel ist das hier?«

Theo hält ihr einen Taschenrechner vor die Nase. Sie liest die Reihe Ziffern auf dem Display.

»Zwei Milliarden siebenhunderttausenddreiundvierzig.«

Die Antwort befriedigt ihn. Schnell tippt er neue Ziffern ein und hält den Rechner erneut hoch.

»Und das hier?«

»Das sind … drei Milliarden neunhunderteinundfünfzig.«

Wieder der Zeigefinger auf den Knöpfen. Neue Ziffern. Das Display ist ganz ausgenutzt. Eine ganze Welt.

»Und das hier?«

Sie blickt darauf. Und dann begreift sie plötzlich, was für eine Magie in dieser Reihe zufällig ausgewählter Ziffern liegt. Es ist die vergehende Zeit. Die ganze Ewigkeit, die ihr helfen wird, das hier alles durchzustehen.

Geschrei und Gelächter von der Hängematte. Durchs Küchenfenster sieht sie, wie die beiden vor- und zurückschwingen, wie verrückt lachen und sich aneinander klammern. Maja heult auf, als Tomas noch mehr Schwung nimmt und sie beinahe hinausfällt.

Die Wasserkanister sind fast leer. Sie nimmt sie und geht mit schnellen Schritten zum Gartentor, ohne den Kopf zu wenden. Die Hängematte sieht sie überhaupt nicht. Sie hat weiß Gott genug zu tun hier.

Der eine Wasserkanister ist schon voll und steht auf dem Leiterwagen. Der andere ist auch gleich voll, der Wasserspiegel in dem weißen Kanister steigt und steigt.

»Wo sind denn hier die Mülltonnen?«

Eva lässt den Pumpenschwengel los und fährt herum.

Tomas steht mit drei zusammengeknoteten Mülltüten in der Hand an der Abzweigung. Er deutet mit dem Kopf einmal nach links, einmal nach rechts.

»Da runter oder da?«

Sie deutet in eine Richtung.

»Ein Stück da runter, vielleicht fünfzig Meter. Und dann direkt auf der rechten Seite.«

»Okay.«

Er geht los, dreht sich aber noch einmal um. Sie steht immer noch dort, bringt es aber nicht fertig, weiterzupumpen.

»Komm mal mit«, sagt er. »Ich hab was entdeckt.«

Sie überlegt, aber nicht lange.

Gemeinsam gehen sie zu den Mülltonnen. Tomas stopft die drei Tüten in den überfüllten Container und drückt den Deckel zu. Durch die Wärme der letzten vierundzwanzig Stunden hat es richtig angefangen zu stinken, und Eva hofft, dass die Tonnen bald geleert werden.

Er führt sie bis zu einem kleinen, überwucherten Pfad, in der Nähe der Badestelle an dem Strandstück zwischen den Klippen. Der Pfad, der durch ein stachliges Terrain führt, ist fast nicht zu sehen. Überall Zweige, die niemand abgebrochen hat, weil so lange keiner mehr diesen Weg gegangen ist. Sie hat ihn auch noch nie gesehen. Genau solche Naturerlebnisse gehörten noch nie zu ihren Lieblingsbeschäftigungen. Sie hat nichts dafür übrig, in unberührten Gebieten herumzulaufen, das endet bloß damit, dass man am Ende an ein Privatgrundstück stößt und umkehren muss.

Das ganze saftige Sommergrün überfällt sie beinahe. Ein verzauberter Farnwald in Miniatur. Ein flatternder Zitronenfalter. Sie atmet den Duft von Moos und Heidekraut ein, während sie hinter Tomas herstolpert.

Der Weg geht bergauf, erst ganz leicht, dann immer steiler und unebener. Langsam bricht ihr der Schweiß aus, und sie würde gerne zurückgehen, doch Tomas scheint gar nicht daran zu denken.

Irgendwann wird der Wald immer lichter und es stehen ihnen nicht mehr so viele Pflanzen im Weg. Dann sind sie oben. Der Himmel über ihnen ist blassblau, sie sieht Möwen über dem Wasser kreisen. Und sie versteht, warum er hier hochwollte. Die Aussicht ist umwerfend.

»Du bist sicher schon mal hier gewesen, oder?«, fragt er.

»Ja.«

Er lächelt.

»Oder doch nicht?«

Sie schweigt. Er klettert voran, und sie folgt ihm wieder, und auf einmal muss sie nach Luft schnappen. Sie stehen auf einer Klippe, die vor einem jähen Abgrund endet. Ganz weit dort unten sieht sie den kleinen Felsknubbel, den die Leute den Badeberg nennen und der ein Stückchen vor dem kleinen Strandstück aus dem Wasser ragt. Hastig tritt sie von der Kante zurück.

»Hast du Höhenangst?«

»Nein.«

Er geht fast bis ganz nach vorne und blickt hinunter.

Sie verspürt eine vage Übelkeit, täuscht aber Müdigkeit vor und setzt sich wieder in Bewegung. Als hätte sie keine Zeit mehr für solchen Unfug. Und es scheint zu funktionieren, denn er kommt ihr hinterher.

Sie gehen denselben Weg zurück, den sie gekommen sind, nur geht sie jetzt voran, klettert vor ihm den gewundenen Pfad hinunter und erinnert sich, wohin sie die Füße auf dem Herweg gesetzt hat. Nur an einer Stelle rutscht sie auf ein paar feuchten Blättern aus und wäre um ein Haar gefallen, doch er kann sie noch auffangen. Er hält sie fest, bis sie das Gleichgewicht wiedergefunden hat.

»Dachtest du wirklich, dass ich langfristig krankgeschrieben bin?«

»Du hast es behauptet.«

Er sieht sie amüsiert von der Seite an.

»Maja und ich haben uns auf einer Konferenz kennengelernt«, sagt er. »Ich hab einen Vortrag über Stress gehalten.«

Sie hat nie darum gebeten zu erfahren, wie sich die beiden kennengelernt haben. Sie beschleunigt ihre Schritte, bis sie zur Pumpe kommt, wo die Wasserkanister warten, die jetzt nach Hause transportiert werden müssen.

»Ich bin ziemlich viel auf Reisen und halte Vorträge«, fährt er fort. Er hebt den zweiten Kanister auch noch auf den Leiterwagen und nimmt ihr den Griff aus der Hand. Sie protestiert nicht. Dann gehen sie zurück zum Haus, während er den Wagen hinter sich herzieht.

»Ich bin mit einem depressiven großen Bruder aufgewachsen«, fährt er fort. »Der hat die ganze Familie in Schach gehalten mit seinen Drohungen, sich das Leben zu nehmen. War das bei deiner Mutter genauso?«

Sie schüttelt den Kopf. Nein, überhaupt nicht.

»Er saß nur zu Hause und ging nie aus. Jedes Mal, wenn er ein bisschen zu lang im Badezimmer war, machte man sich Sorgen, da stand man dann irgendwann davor und hämmerte in Todesangst gegen die Tür.

Eva wird bewusst, dass man sich jetzt nie wieder über Mamas nervige Seiten ärgern muss. Zum Beispiel ihre Art, beim Sprechen hoffnungslos gestelzte Ausdrücke einfließen zu lassen. In einer ganz alltäglichen Situation, beim Essen vielleicht, konnte Mama auf die Bratpfanne zeigen und fragen: »Hegt noch jemand Ambitionen, das letzte Fleischbällchen zu verspeisen?«

Warum sagte sie nie einfach »will noch jemand«, wie normale Menschen? Wie alle anderen.

»Meine Mutter war meistens gesund«, sagt sie. »Aber dann ... wurde es bei der Arbeit einfach zu viel. Sie leitete eine große Studie. Dabei verrannte sie sich irgendwann und entwickelte eine Depression.«

Warum erzählt sie ihm das?

»Über so was hältst du wahrscheinlich deine Vorträge, oder?«, fügt sie hinzu.

Er kratzt sich die unrasierte Wange.

»Und euer Vater? Wo ist der?«

»In Kopenhagen.«

»Ach so?«

»Er hat kurz nach der Scheidung eine Dänin kennengelernt. Wir haben nie mehr Kontakt gehabt.«

Sie sind wieder am Haus. Tomas trägt die Kanister in die Küche, während sie den Leiterwagen an seinen Platz im Schuppen zurückbringt.

Vielleicht hat sie ja doch Glück gehabt. Sie muss nicht mit einer Verwandten leben, die die ganze Zeit mit Selbstmord droht. Und der man dauernd das Leben retten muss.

Sie pflückt auf dem Rückweg ein paar Blaubeeren. Dabei fällt ihr ein, dass sie völlig vergessen hat, Tomas zu erzählen, dass das Boot jetzt im Wasser ist und benutzt werden kann.

1. Juli. Heute sind es 19 Grad. Ungefähr zehn Schwimmzüge insgesamt, einmal geradeaus und wieder zurück. Danach hastig mit dem Handtuch abreiben, wie immer. Arme, Bauch, Beine, Rücken, Nacken.

Nach der morgendlichen Schwimmrunde trinkt sie Tee und isst ein Butterbrot auf der Veranda. Das Haus ist so ruhig wie schon lange nicht mehr. Alle schlafen. Sie wäscht ihre Tasse und den Teller ab. In den Morgennachrichten im Radio hört man, dass es in Indien ein Erdbeben gegeben hat und vier schwedische Frauen um die sechzig immer noch vermisst werden. Vier Frauen, die sich auf einer Rundreise über indische Webkunst informieren wollten, sind momentan nicht aufzufinden. Zwei erwachsene Töchter erzählen, dass sie schon einen Tag und eine Nacht wach sind und auf ein Lebenszeichen warten. Aber bis jetzt ist noch nichts gekommen, und die Hoffnung schwindet. Dann kann die eine der beiden nicht mehr weitersprechen.

Eva bleibt einen Moment so stehen, mit den Händen in der Spülschüssel, dann legt sie die Bürste auf die Arbeitsplatte und geht hinaus, unter die große Eiche bei den Schuppen. Dort lässt sie sich auf den Boden sinken und lehnt sich mit dem Rücken an ihren Baum, spürt die verbliebene Nachtkühle in der Rinde. Ihre Halsmuskeln schmerzen.

Sie drückt die Hände fest gegen die geschlossenen Augen und wünscht sich, wünscht, wünscht, wünscht sich mit aller Kraft, dass die vier Frauen dort auf der anderen Seite der Erde überlebt haben. Dass ihre Töchter sie wieder in die Arme schließen können, ihren Müttern wieder gegenüberstehen können.

Sie nimmt ihr Handy aus der Tasche und öffnet das Adressbuch. Ist es zu früh für einen Anruf? Aber sie hat ja gesagt, dass es okay ist.

Die Pfarrerin ist fast sofort am Apparat. Sie klingt kein bisschen verschlafen.

»Ja, hallo, hier ist Eva Sandgren. Ich weiß nicht, ob Sie sich noch an mich erinnern …?«

»Eva! Hallo. Natürlich erinnere ich mich an Sie. Wie geht es Ihnen?«

»Doch, ganz gut. Aber … ich stehe ein bisschen unter Stress.«

»Unter Stress? Inwiefern?«

Eva zögert wieder. Aber Pfarrer haben Schweigepflicht. Pfarrer sind dazu da, dass man mit ihnen reden kann, wenn man in Schwierigkeiten steckt. Sie hat von vielen Menschen gehört, die nach dem Gespräch mit einem Pfarrer das Gefühl hatten, dass ihnen geholfen wurde. Vielleicht können sie ja doch Wunder wirken, wenn man ihnen nur eine Chance gibt.

»Um ehrlich zu sein, geht es mir gar nicht so toll. Ich bin im Schärengarten mit meinen Geschwistern. Und ich fühle mich ein wenig bedrängt, sozusagen.«

»Geht es ums Erbe?«

Dieses Telefonat war wohl die falsche Idee. Sie hätte nie anrufen sollen.

»Ja, aber das wird sich sicher lösen lassen«, sagt sie. »Im Laufe der Zeit.«

»Haben Sie Schwierigkeiten, sich zu einigen?«

Sie sammelt neue Kraft.

»Sie haben gesagt, dass Sie mir helfen und mir zur Seite stehen würden.«

»Das werde ich auch.«

»Ich dachte nur … ich meine, es kann doch moralisch nicht richtig sein, eine Teilung des Erbes mit Gewalt durchzusetzen und so ein Sommerhäuschen direkt nach einem Todesfall zu verkaufen, bevor man auch nur dazu gekommen ist …«

Sie verliert den Faden.

»Sie haben doch wahrscheinlich mit einem Anwalt gesprochen, oder? Und sind diese Fragen alle durchgegangen?«

»Ja, doch. Aber ich wollte wissen, ob Sie in Ihrer Eigenschaft als Pfarrerin ...«

»Ja?«

»Ob Sie wohl die Anwältin anrufen könnten? Sie heißt Ingela Bratt und hat ihre Kanzlei in der Skeppargatan.«

»Tut mir leid, das kann ich nicht.«

»Aber ich glaube, dass sie auf Sie hören würde. Sie könnte vielleicht eine Art Sonderklausel in die Papiere schreiben. Dass ich noch Bedenkzeit haben muss wegen dieser ganzen Angelegenheit mit dem Sommerhäuschen.«

Sie macht eine Pause, um Luft zu holen.

»Und dann kann ich in der Zwischenzeit vielleicht eine Lösung finden.«

»Eva, darf ich etwas sagen?«

Sie hört, dass die Pfarrerin lächelt und versucht, aufmunternd zu klingen.

»Ja?«

»Ihre Geschwister und Sie wohnen im Moment also alle zusammen, unter demselben Dach?«

»Genau.«

»Könnte es sein, dass das Haus für die Sehnsucht nach Nähe zu Ihrer Mutter steht? Die Sehnsucht, die Sie alle spüren?«

Langes Schweigen. Eva müsste jetzt etwas sagen, aber in ihrem Kopf sind alle Worte zum Stillstand gekommen.

»Haben Sie schon einmal in diese Richtung nachgedacht, dass so etwas dahinterstecken könnte?«

»Nein, aber ...«

»Da haben Sie doch etwas Gemeinsames. Etwas, worauf Sie aufbauen können.«

Und dann, in einem Tonfall, der ihr zu verstehen gibt, dass das Gespräch gleich beendet wird:

»Ich glaube, Sie sollten anfangen zu versuchen, Ihren Geschwistern näherzukommen. Nutzen Sie die Gelegenheit, Sie kennenzulernen, als erwachsene Freunde. Sie brauchen einander, wissen Sie?«

Eva zupft ein Blatt nach dem anderen von der Fliederlaube. Zerdrückt sie in der Hand und wirft sie weg. Sie muss allein zurechtkommen, wie schon so oft. Wie immer.

Sie ist aufgestanden, um den Abwasch zu machen, während die anderen frühstücken. Lieber wendet sie ihnen den Rücken zu, dann muss sie nicht am Tischgespräch teilnehmen. Der Geräuschpegel ist trotzdem hoch. Und als ob ihre Unterhaltung noch nicht reichen würde, ist das Radio an, ohne dass jemand zuhören würde. Katrin hilft Theo, die Rinde von seinem Brot abzuschneiden. Anders fummelt an seiner Kamera herum.

»Wir wollen heute zum Strand«, sagt Maja. »Was hast du vor, Eva? Kommst du mit?«

»Nein.«

Ein richtiger Strand ist es nicht. Nur dieser schmale, kurze Streifen Sand zwischen den beiden Klippen und ein Abschnitt, an dem einem das Wasser bis zum Knie geht und der Grund so langsam abfällt, dass man bis zum Badeberg hinauswaten kann.

Maja war schon früh auf und hat jede Menge Grahambrötchen gebacken, aus denen sie Sandwichs gemacht hat. Sie hat Kaffee und Saft in Thermoskannen gefüllt und noch schnell einen Apfelkuchen mit Makronenmasse in den Ofen geschoben. Wie immer trägt sie Mamas blau gestreifte Küchenschürze, die nach unzähligen Waschgängen völlig verschlissen ist. Ganz kurz sieht Eva ihre Mutter vor ihrem inneren Auge, wie sie unter fließendem Wasser neue Kartoffeln abbürstet. Die Hände, von denen Eva genau weiß, wie sie aussehen. Aussahen.

Aus dem Radio auf der Arbeitsplatte tönt die Stimme des Nachrichtensprechers. Gegen die Stimme kann sie sich nicht wehren, wie angewurzelt bleibt sie in der Küche stehen, obwohl sie schon mit dem Abwasch fertig ist. Die vier schwedischen Frauen in Indien werden immer noch vermisst. Es folgen Beschreibungen von einstürzenden Gebäuden und Panik. Berichte, wie unzählige Menschen verletzt oder lebend begraben wurden. Von den Frauen um die sechzig, die seit dem Erdbeben vermisst werden, gibt es immer noch kein Lebenszeichen. Die Sorge wächst, und ihre Verwandten befürchten das Schlimmste. Eine Tochter wird wieder interviewt und sie berichtet mit stockender Stimme, dass sie langsam die Hoffnung verlieren und ihre Mutter wahrscheinlich nicht mehr lebend wiedersehen werden.

Eva bleibt an der Spüle stehen, während Maja pfeifend ihren ambitionierten Picknickkorb fertig macht.

»Also, die Dusche hinterm Haus«, sagt Maja zu Anders, »ich weiß nicht, aber irgendwie finde ich das ganz schön provisorisch, mit dem Wassereimer und so.«

»Ja?«

Anders sieht müde aus.

»Ich hab gestern Abend geduscht, und tatsächlich hat man da vom Nachbargrundstück aus wirklich Einblick. Und zwar nicht zu knapp.«

Maja schaut aus dem Küchenfenster.

»Vielleicht kann man da mal einen Bretterzaun oder so hinstellen. Verstehst du, wie ich meine? Also, so als Sichtschutz.«

Er nickt stumm.

»Ich schreib es mit auf die Liste«, sagt Maja und greift nach ihrem Block.

Katrin wirft einen Blick in Anders' Richtung. Dann geht sie hinaus.

Tomas erscheint auf der Schwelle. Er hat etwas in der Hand und liest laut vor:

»*Der Lehrer bittet Klein Johan zu schätzen, wie hoch die Schule ist. Johan: So 1,30 Meter ungefähr. Lehrer: Wie kommst du denn darauf? Johan: Na, ich bin 1,50, und die Schule steht mir bis hier.*«

Eva zuckt zusammen. Er hat *Schwedischer Humor* in der Hand, das rote Heftchen.

»Habt ihr die schon gesehen? Echt großartig. Die lagen da drinnen im Regal.«

Er setzt sich an den Tisch und blättert weiter.

»*– Ach, Franz, jetzt sind wir erst sechs Tage verheiratet, und schon liebst du mich nicht mehr. – Aber natürlich liebe ich dich, Clothilde, aber sogar Gott ruhte am siebten Tag.*«

Tomas bricht in Gelächter aus.

»Oder hört euch den hier an: *Sagt der Pfarrer zur Gräfin …*«

»Es reicht!«

Ihre Stimme ist scharf. Verdattert schaut Tomas auf.

»Was denn?«

»Es reicht«, sagt sie. »Leg das zurück.«

Maja baut sich vor Eva auf.

»Jetzt fang nicht auch noch an, auf Tomas rumzuhacken«, sagt sie. »Ich warne dich.«

Eva schubst sie beiseite, wirft das Geschirrtuch weg und verlässt die Küche. Sie rennt die Treppe hoch in ihr Zimmer und schließt die Tür zweimal ab. Dann bleibt sie lange auf ihrem Bett liegen und versucht, wieder zu Atem zu kommen.

Die Sonne scheint, und im Zimmer ist es stickig. Sie macht das Fenster zum Lüften auf. In den nächsten Tagen soll es heiß werden, offenbar ist eine richtige Hitzewelle im Anflug. Und jetzt wollen die anderen auch noch ihren Badestrand in Beschlag nehmen.

Sie beginnt mit energischen Bewegungen ihr Bett zu machen. Sie hebt das Kissen, um es aufzuschütteln, und ist vollkommen verblüfft, als sie das kleine Buch entdeckt, das darunter liegt. *Gesammelte Gedichte* von Dan Andersson. Vorsichtig nimmt sie den Band in die Hand. Ein frisch gepflücktes grünes Kirschbaumblatt steckt irgendwo in der Mitte. Sie schlägt die markierte Stelle auf und liest die kurzen Zeilen.

Ich weiß nicht, ob's größere Wonne gibt
Als dann, wenn die Lippen uns zittern vor Tränen,
Ob wir jemals so grenzenlos leben wie dann,
Wenn wir die Stirne angstschweißnass wähnen.
Und niemand hat je so ganz und rein
Den Salon des Glückes erblickt
Wie der, den einsam und allein
Eine Nacht in bebender Qual erstickt.

Eva schlägt das Buch zu, und ihre Hände zittern. Sie blickt aus dem Fenster.

Maja ist gerade dabei, die Leute aus allen Ecken und Enden des Gartens zusammenzutrommeln. Sie mahnt und erinnert, schickt den einen zum Pinkeln und den anderen, sich etwas Kühleres anzuziehen. Alle sollen mit auf den Badeausflug. Hjalmar und Theo quengeln, dass sie ihr Gummiboot mit Rudern auch mitnehmen wollen. Tomas hat versprochen, es ihnen zu tragen.

Katrin sammelt alles zusammen, was mit auf den Ausflug soll: die aufblasbaren Schwimmflügel der Jungs, ein paar Luftmatratzen mit Pumpe, Handtücher, Bücher, Sonnencreme, Kescher, Wasserbälle, Eimer und Badesachen zum Wechseln.

Dann sind alle bereit zum Aufbruch. Plötzlich hat Eva es eilig, sie fliegt geradezu die Treppe herunter.

Sie reißt ihr rot gestreiftes Badehandtuch, das sie so lange besitzt, wie sie denken kann, von der Wäschespinne. Aus dem Augenwinkel sieht sie die anderen und ihre Blicke. Aber sie sagt nichts und gibt keine Erklärung. Die können sich von ihr aus gerne wundern.

Die anderen gehen in einer Gruppe ein paar Meter hinter ihr her. Sie reden und lachen wie immer. Vera läuft ein Stückchen, bis sie Eva eingeholt hat, sagt aber auch nichts. Sie geht einfach nur neben ihr her und muss sich anstrengen, mit ihr mitzuhalten. Veras kleine, hellgrüne Flipflops machen bei jedem Schritt ein leise klatschendes Geräusch.

Katrin hat seit dem Mittsommerabend immer noch kaum ein Wort zu Eva gesagt. Jetzt beobachtet sie ungnädig, wie Vera neben Eva geht.

Eva verlangsamt ihre Schritte. Sie muss Katrin um Entschuldigung bitten und zugeben, dass sie einen Fehler gemacht hat, als sie Vera von der Festwiese mitgenommen hat. Und sagen, dass es ihr leidtut. Aber da fasst das Mädchen sie fest bei der Hand und die Gelegenheit ist vorüber.

»Wann fahren wir mit dem Boot raus?«

Vera blickt zu Eva auf.

»Tomas hat's mir gesagt.«

Und Tomas kann jedes Wort hören, denn er geht direkt hinter ihnen.

»Es wurde vor fast hundert Jahren geschrieben«, sagt er leise zu Eva, so dass es niemand hört.

Das weiß sie. Und sie will von dem Boot erzählen. Aber bevor sie antworten kann, stößt Hjalmar einen Schrei aus.

»Guckt mal, da sind Walderdbeeren!«

Vera zerrt Tomas am Arm, damit er ihr folgt, und er lässt sich mitziehen. Er geht mit den Kindern am Straßengraben entlang und hilft allen dreien zu ihrer großen Freude beim Pflücken. Tiefrot leuchten die Beeren im Gras. Das war schon immer die Krönung. Früher. Eva kann Elias' begeisterte Ausrufe geradezu hören. Und wie er immer in die Hocke ging und in Windeseile alle pflückte, die er entdecken konnte, obwohl sie doch alle Zeit der Welt hatten.

Beziehungsweise – sie hatten zwar alle Zeit der Welt, aber sie wussten es nicht.

Sie sieht Tomas mit den Kindern im Graben herumklettern und verfolgt jede seiner Bewegungen. Er ist frisch geduscht und trägt ein sauberes, sportliches T-Shirt. Es wirkt an ihm wie frisches, munter perlendes Wasser.

Sowie sie an ihrem Ziel angekommen sind, fängt Maja an, die Handtücher auszubreiten. Sie freut sich, dass sie schön früh da sind, bevor die gesamte Insel hier aufkreuzt. Innerhalb weniger Minuten ist der Strand in ein ausgedehntes Lager verwandelt. Ein Reich, in dem Maja regiert, mit ihrem Picknickkorb als Zentrum.

Eva streift das Sommerkleid ab, das sie über ihren Bikini angezogen hat, wie sie es seit ihrer Kindheit bei fast jeder sommerlichen Schwimmrunde macht. Sie geht zum Wasser und taucht die Füße ins kalte Nass.

Den Schaum auf den Zehen. Der Sand, die Steine. Mama kam immer unglaublich gern hierher.

Sie hatte wohl nicht daran gedacht, dass Evas Leben weitergehen würde. Das hatte sie wohl vergessen. Vergessen. Ihre Kinder.

Anders steht etwas abseits und kramt in einem Korb. Sie geht zu ihm, obwohl es ihr widerstrebt.

»Ich wollte mich entschuldigen wegen Mittsommer«, sagt sie. »Wegen der Sache mit Vera.«

Er sieht auf.

»Das war keine böse Absicht. Ich kann gut verstehen, dass Katrin und du euch Sorgen gemacht habt.«

Er scheint zu zögern, aber dann nickt er und bekommt einen etwas weicheren Blick.

»Ich verstehe selbst nicht, wie ich so was machen konnte«, fährt sie fort. »Es tut mir ehrlich leid.«

»Ist schon okay.«

Er will gerade weiterkramen, da hält er noch einmal inne.

»Ich würde mich gern irgendwann mal mit dir unterhalten«, sagt er. »Über Mama. Wie die letzte Zeit so war. Davor.«

Sie sehen sich an. Die Worte sind so schwer wie Steine.

»Ja. Doch. Klar.«

Katrin kommt, um etwas aus dem Korb zu holen, ihren iPod, und Eva setzt sich auf ihr Handtuch. Sie hat sich ein bisschen abseits hingelegt, aber nicht so weit weg, dass es ein klares Zeichen wäre. Als sie sich bäuchlings aufs Handtuch legt, wird ihr klar, dass sie das wohl seit ihrer Teenagerzeit nicht mehr allzu oft gemacht hat. Jetzt ist es nämlich gar nicht mehr bequem. Es tut im Kreuz weh, und ihr will gar nicht in den Kopf, wie sie früher in dieser Position stundenlang lesen konnte. Also dreht sie sich auf den Rücken und versucht, es ganz unbeschwert aussehen zu lassen.

Dann nimmt sie ihr Buch aus der Badetasche und sieht zu, wie Tomas und Anders mit einem Schrei vom Felsen ins Wasser springen. Aber als Tomas wieder auftaucht, ist er völlig von der Rolle, sowohl über die schockierende Wassertemperatur als auch über die Tatsache, dass er vergessen hat, seine Brille abzunehmen. Jetzt ist sie für immer verschwunden, auf den Meeresgrund gesunken. Anders lacht und schwimmt zur Rückseite des Badebergs, wie er es früher auch immer gemacht hat. Fluchend kommt Tomas an Land und wirft sich auf sein Handtuch. Jetzt schweigt er tatsächlich mal.

Eva schlägt ihr Taschenbuch auf und liest weiter, wo sie aufgehört hat, aber wie immer hat sie keine Ahnung, was auf den letzten Seiten passiert ist. Sie muss kurz zurückblättern.

Maja hält ihr Gesicht mit geschlossenen Augen in die Sonne. Sie versucht offenbar, braun zu werden, ohne eitel zu wirken, aber sie wird sich garantiert einen Sonnenbrand holen. Heute Abend wird sie knallrot sein.

Katrin hat sich auch hingelegt. Sie entwirrt das verhedderte Kabel ihrer iPod-Kopfhörer, legt das Gerät aber kurz darauf beiseite und setzt sich auf. Sie wirkt rastlos. Dann wühlt sie in ihrer Tasche und beginnt mit einem Riesentrara ihre Kinder mit Sonnenschutzfaktor 30 einzuschmieren. Als sie fertig ist, dürfen die drei mit ihren Schwimmflügeln und Wasserbällen zum Wasser rennen.

Maja setzt sich auf. Sie hält eine Hand über die Augen und sieht zu Eva.

»Ich habe mit Ingela Bratt gesprochen«, sagt sie. »Sie hat gesagt, dass der Zwangsverkauf entweder durch eine Auktion oder über einen Makler abgewickelt werden kann.«

Die Sonne ist wirklich intensiv, Eva spürt schon ein Brennen auf den Schultern. Sie nimmt die Sonnencreme, spritzt sich einen weißen Streifen auf die Handfläche und beginnt sich langsam die Beine einzucremen.

»Mit einem Makler erzielt man meistens einen höheren Preis«, fährt Maja fort. »Aber dazu müssen die Eigentümer zusammenarbeiten.«

Eva cremt sich die Arme, die Schultern und den Bauch ein. Am Rücken könnte sie Hilfe brauchen, zwischen den Schulterblättern, wo sie nicht hinkommt. Aber sie schraubt die Flasche wieder zu und legt sie weg. Dann hebt sie das Gesicht zur Sonne, schließt die Augen und sieht auf der Innenseite ihrer Lider ganz deutlich einen Sternenhimmel aus Feuerkugeln.

»Hörst du mir eigentlich zu?«

Eva steckt sich Kopfhörer in die Ohren und wechselt zu Radio P1. Die Nachrichten. Gleich als Erstes kommt die Mitteilung, dass die vier Schwedinnen, von denen man befürchtet hatte, sie könnten bei dem Erdbeben in Indien ums Leben gekommen sein, doch überlebt haben und unverletzt sind. Jetzt sind sie auf dem Heimweg nach Schweden, zu ihren Angehörigen.

Eva vergräbt ihr Gesicht in ihrem zusammengeknüllten Sommerkleid, drückt es sich auf die Augen und entspannt sich. Sie spürt die Erleichterung im ganzen Körper.

Die Sonne brennt so sehr, dass ihr schwindlig wird, und

sie lässt sich zu einem kleinen Nickerchen hinreißen. Das kommt vom fröhlichen Kindergeschrei und dem Rauschen der Wellen. So klingt der Sommer. Sie spürt, dass sie vielleicht sogar ganz einschlummern könnte. Und hinter dem schläfrigen Gefühl: die weißen Strände in der Hanöbucht in Schonen, in Österlen.

Diese kilometerlangen Strände werden ihr immer in Erinnerung bleiben. Als ob in all den Jahren der Sand an ihren Fußsohlen und Handflächen kleben geblieben sei, der weiche Sand, der beim Gehen ein Geräusch unter den Füßen machte, und den man sich immer wieder durch die Finger rinnen ließ. Am Meeressaum grub man tiefe Löcher, die sich bei der nächsten Welle mit Wasser füllten. Während die Sonne herunterbrannte, watete man mit seinem Eimer im knietiefen Wasser und fing kleine Garnelen und Stichlinge.

Weiter oben am Strand lagen kohleartige Ballen aus Tang und Muschelschalen, die von der Sonne getrocknet worden waren und aus der Ferne wie niedergebrannte Lagerfeuer aussahen. Eva weiß noch genau, wie es sich unter den Füßen anfühlte, wie es splitterte und pikste. Sogar die vielen von der See rundgeschliffenen Steine sieht sie noch auf ihrer inneren Leinwand, und auch den hellgraugrünen Strandhafer, der so scharf war, dass man sich an ihm schnitt.

Manchmal gab es Sturm. Zischende, zornige Wellen warfen sich über den Pier. Sie hielt sich an der Hand ihres Vaters fest, und sie gingen ganz bis zum Ende des Piers und ließen sich vom Salzwasser überspülen, so dass sie pitschnass wurden.

Nach diesem letzten Sommer ist sie nie wieder dorthin zurückgekehrt.

Damals war sie dreizehn. Der Sommer nach der Scheidung, als Mama mit den drei Kindern allein in Schonen war. Anders war sechs und Maja vier Jahre alt. Das Haus der Familie sollte verkauft werden, Mama hatte schon ihr eigenes Häuschen auf der Insel im Stockholmer Schärengarten gekauft. Sie versuchte Eva, das Positive dieser Veränderung nahezubringen. Sie gab sich wirklich Mühe.

Doch Eva schlich sich davon und half beim Packen gerade mal mit dem Notwendigsten. Mama musste das Meiste allein erledigen. Wie üblich kapierten ihre kleinen Geschwister gar nichts, die spielten bloß und waren im Weg. Eva kümmerte sich natürlich um sie, wenn sie musste, aber nur widerwillig.

Papas Sportschuhe standen den Großteil des Sommers unbenutzt im Regal. Im August, als das Umzugsauto kam, wurden sie weggeschmissen.

Sie kann sich auch noch an die gefährlichen Unterwasserströmungen erinnern. Auch wenn das Wasser an der Oberfläche ganz glatt war, konnte es sich unten drunter bewegen.

Aber genug damit.

Eva macht die Augen auf und blinzelt ins Licht. Dann wendet sie sich wieder ihrem Taschenbuch zu. Sie hat noch immer die Kopfhörer im Ohr, um zu signalisieren, dass sie sich gerade in ihrem eigenen Universum befindet, in dem niemand anders willkommen ist.

»Du, Anders?«, sagt Maja leise.

Ihre Worte dringen durch die Mauer der Radiostimmen, und Eva merkt an der Stimmlage ihrer Schwester, dass sie ihm etwas besonders Wichtiges sagen will.

Sie blickt diskret von ihrem Buch auf. Maja hat sich im Schneidersitz ganz in ihre Nähe gesetzt, wendet ihr aber den Rücken zu. Anders ist immer noch nass. Keiner der beiden nimmt Notiz von ihr. Anscheinend glauben sie auf Grund der Kopfhörer, dass Eva im Moment nichts von ihrer Umwelt mitbekommt.

»Ja?«, sagt er.

Ganz, ganz vorsichtig dreht Eva den Lautstärkeregler zurück. Die Radioklänge werden leiser, bis sie ganz verstummt sind.

»Ich glaube, je weniger Schrott übrig bleibt, desto mehr Geld kriegen wir«, sagt Maja noch leiser. »Bevor wir das Haus besichtigen lassen, müssen wir diese ganzen Kisten vom Dachboden räumen.«

Anders sammelt seine nassen Haarsträhnen im Nacken zusammen.

»Gibt's da oben irgendwas, was du haben willst?«, erkundigt sich Maja. »Wahrscheinlich nicht, oder?«

»Aber wollen wir denn wirklich ...«

Er verstummt, und Maja ergreift wieder das Wort.

»Scheiß auf sie. Wir haben keine Zeit mehr zum Warten. Wir müssen das Ganze einfach knallhart durchziehen.«

»Und zwar wie?«

»Eine Gelegenheit abpassen, wo sie nicht da ist. Irgendwann wird sie ja wohl auch mal weg sein.«

Eva lässt sich nichts anmerken. Sie wartet einfach nur ab hinter ihrer dunklen Sonnenbrille.

»Sie hat ihre Chance gehabt«, sagt Maja. »Jetzt reicht's.«

Das abgenutzte Rollo schlägt gegen das Fenster, in einem irritierend unrhythmischen Takt. Sie hat das Fenster gekippt, eigentlich müsste sie jetzt hochgehen und es zumachen. Lieber ein bisschen stickige Luft im Schlafzimmer als hören zu müssen, wie sich das Rollo im Wind bewegt.

Sie wirft einen Blick zum Nachttisch auf ihr Handy. Wie sie feststellt, sind erst zwanzig Minuten vergangen, seit sie zum letzten Mal hingesehen hat. Zehn vor vier. Draußen hat schon lange die Morgendämmerung begonnen. Weiches Sonnenlicht dringt seitlich neben dem Rollo ins Zimmer. Heute wird es noch heißer werden als gestern.

Sie steht auf und macht das Rollo hoch, um das Schlafzimmerfenster zu öffnen. Das Dämmerlicht weicht bereits der Helligkeit des Tages, der Tau glitzert im Gras. Sie stellt sich vor, wie es wäre, wenn heute ihr Geburtstag wäre. Es fällt ihr leicht, das Bild einer wunderbaren, großen Familie heraufzubeschwören, die selbstverständlich immer zusammenhält, und die schon die Tage bis heute gezählt hat, bis man sie – die große Schwester Eva, vergöttert von ihren liebevollen kleineren Geschwistern – endlich feiern kann. Der Frühstückstisch ist schon gedeckt, als sie in die Küche kommt, und mitten auf den Tisch hat die fröhliche und höchst lebendige Mutter der Familie ihre selbst gebackene Torte gestellt. Selbstverständlich mit frischen Erdbeeren, die sie heimlich in einem Gewächshaus gekauft hat. Geschenke, nur ein paar, nichts Großes. Aber von jedem etwas ganz Persönliches. Sie stehen alle mit am Küchentisch und wollen gelobt werden, dass sie sich solche Mühe gegeben haben. Sorgfältig eingepackte Geschenke liegen rund um ihren Platz, und alle warten nur darauf, dass sie endlich auspackt und in Begeisterung gerät.

Sie behält dieses Bild im Kopf, während sie in ihren Morgenmantel schlüpft. Als sie langsam die alte Holztreppe hinuntergeht, knarrt es. Sie hält sich am Geländer fest, um das Gewicht ihrer Schritte zu mindern, und tritt ganz vorsichtig auf. Die Fantasiefamilie da unten ist ganz still. Sie stehen schon bereit, machen »pschscht!« und sind voller Vorfreude.

Auf der Schwelle bleibt Eva stehen und blickt in die leere Küche. Natürlich schlafen die anderen alle noch, und so schnell werden sie auch nicht aufstehen.

20 Grad, fast 20,5. Die Holzclogs sind taufeucht, als sie sie auf dem Steg auszieht. Sobald sie auf der dritten Sprosse der Leiter ist, lässt sie sich schwungvoll nach hinten fallen. Sie lässt sich absichtlich bleischwer ins Wasser plumpsen, wie eine dicke alte Frau, zur Abwechslung sozusagen. Es kann sie ja niemand sehen, sie ist ganz allein auf der Welt. Ihr Körper gleitet durchs Wasser, sie macht einen Schwimmzug mit den Beinen und dreht sich um. Dann schwimmt sie geradeaus, streckt Arme und Beine, taucht den Kopf ein und spürt die schmerzhafte Kälte in den Schläfen. Rasch schwimmt sie zurück zum Steg, klettert hoch und greift sich ihr Handtuch. Während sie sich kräftig mit dem Handtuch abrubbelt, blickt sie über die Bucht und atmet den heraufziehenden Tag ein.

Ein neuer Morgen, und danach wieder ein neuer. Und danach noch ein neuer.

Sie macht sich auf den Heimweg. Rundherum leuchten lila die Blaubeeren, und durch die Baumkronen fällt das Licht in schmalen Streifen. Sie pflückt hie und da eine Beere und versucht die Leere zu vergessen, die der kleine Junge mit den blaugefleckten Fingern hinterlassen hat, der jetzt eigentlich neben ihr herrennen sollte. Das Kind Elias, das in den Becher geguckt hätte, um zu sehen, wie viel sie schon zusammen haben, das eifrig versucht hätte, etwas weiter weg noch größere und schönere Beeren zu finden, und ihr zurufen würde, dass sie doch mal zu ihm kommen und sich das angucken soll. Zusammen hätten sie einen Kuchenteig angerührt und einen Blaubeerkuchen gebacken, und er wäre immer wieder zum Ofen gerannt und hätte gespannt reingeguckt. Und dann dickflüssige Vanillesauce und eine Partie Mau-Mau.

Aber jetzt – jeden Tag in eine dunkle Wohnung heimkommen. Sie weiß, dass sie alles vermissen wird, was mit Elias zu tun hat: das Aufräumen zu Hause, das schmutzige Geschirr im Wohnzimmer und neben seinem Computer, die halb leer gegessenen Teller auf der Küchenarbeitsplatte, die überquellenden Abfalltüten, die rauszutragen und durch neue zu ersetzen er »keine Zeit« gehabt hat, die dreckigen Klamotten, die in seinem Zimmer auf dem ganzen Boden verstreut liegen, den wachsenden Berg Wäsche, um die er sich einfach nicht kümmern wollte, bis der absolute Krisenpunkt erreicht war, die leeren Toilettenpapierrollen, die nie gewechselt wurden, außer von ihr, den ehrgeizigen Haushaltsplan, den sie angefertigt hat und von ihm hat absegnen lassen, der aber nie eingehalten wurde, nicht mal ein Viertel von seinen Aufgaben erledigte er – die nassen Handtücher lagen auf dem Badezimmerboden und im Wäschekorb, oder genau daneben, und irgendwo fand sich immer wieder ein abgegessener Apfelbutz ...

Sie weiß, dass sie manchmal Wutanfälle bekam deswegen, aber sie kann jetzt gar nicht mehr nachvollziehen, wie das möglich war. Sie kann sich das Gefühl nicht wieder in Erinnerung rufen, es ist vollständig verschwunden. Jede Spur von Gereiztheit ist wie weggewischt. Sie kann sich noch erinnern, wie sie sich so manches Mal über das ganze Essen beschwerte, das eingekauft und nach Hause geschleppt werden musste, und über die ganze anstrengende Hausarbeit, woraufhin von Elias die scherzhafte Antwort kam: »Wozu hast du dir denn dann ein Kind angeschafft?

Selbst schuld!« Eine Antwort, die sie freute, denn so etwas konnte man nur sagen, wenn man sich voll und ganz geliebt fühlte, vom Scheitel bis zur Sohle, von Geburt an und so lange, wie er sich nur vorstellen konnte.

Sie nimmt einen Umweg und geht an Lisas Haus vorbei. Sie entdeckt sie auf der Rückseite des Hauses, wo sie schon im Bikini herumläuft. Das blonde Haar schaut unter ihrem kleinen Sonnenhut heraus und fällt ihr auf die braunen Schultern. Auf der Terrasse ist ein rot geblümter Sonnenschirm aufgespannt. Lisas Stimme ist zu hören, sie spricht mit irgendjemand, aber Eva kann die Worte nicht verstehen. Eine Familie auf dem Land. Gesunde normale Urlauber. Frühstück und Gartenarbeit. Genügsamkeit.

Eva eilt vorbei, damit man sie nicht sieht, richtet den Blick auf den Boden und geht möglichst schnell. Als sie um die nächste Kurve gebogen ist, entspannt sie sich wieder, weil sie weiß, dass sie jetzt außer Sichtweite ist. Dann geht sie in flottem Tempo nach Hause. Sie stellt sich vor, wie sie sich beeilen, wie sie herumsausen und ihren ganzen Krempel zusammensuchen, Kleider zusammenlegen und alles ein bisschen chaotisch in die Koffer werfen. Um die *Storskär* um 10 Uhr 45 Richtung Stadt noch zu erwischen.

Sie wünschte, es wäre wahr. Dass sie heute heimfahren würden.

Der Speicher ist voller Kisten und Tüten, dazwischen stehen vereinzelte Möbelstücke. Sie zieht den Reißverschluss eines Kleidersacks auf, der an einer Stange hängt. Sie berührt ganze Reihen von Bügeln mit Kleidungsstücken aus den Sechziger- und Siebzigerjahren: eine braune Cordhose mit Schlag, mehrere gerade geschnittene Baumwollkleider in verspielten Mustern, eine lange weiße Strickjacke mit

Zopfmuster mit Gürtel, die Mama immer anhatte, wenn sie bis spät in die Nacht draußen saßen und redeten.

Mamas vertraute, weiche Kleider, in die sie als kleines Kind die Nase beim Einschlafen vergrub. Jetzt hängen sie alle hier.

Eva versucht das Bild von Mamas Gesicht festzuhalten, obwohl es ihr ständig entgleitet. Sie sieht Mama in einem der Bruno-Mathsson-Sessel sitzen, wie immer, in ihrer blauen Cordjacke, neben einer der verstellbaren Bodenlampen von Ateljé Lyktan. Sie ist ganz versunken in einen dicken Papierstapel und macht die ganze Zeit Anmerkungen am Rand. Aus irgendeinem Grund beherrscht sie die seltsamen Korrekturzeichen, die von Verlagslektoren verwendet werden. Sie konnte einfach alles, was mit Lesen und Schreiben zu tun hat. Eva hat nie gefragt, warum. Das war einfach so. Der Alltag war immer von Büchern und Zeitschriften und Schriftstücken verschiedenster Art geprägt. Von eigenen Texten und denen anderer Leute.

Auf dem kleinen Birkenholztisch neben dem Sessel steht ein Keramikkaffeebecher, ein handgefertigtes Einzelexemplar mit einer krakeligen Signatur auf der Unterseite. Ab und zu nimmt Mama einen Schluck, ohne von ihren Papieren aufzublicken. Eva hat keine Ahnung, worum es darin geht, das gehört zum unbegreiflichen Universum der Erwachsenen, in dem alles abstrakt ist, verborgen hinter einem Vorhang aus schwierigen Wörtern.

Eva trägt eine große Kiste in ihr Schlafzimmer, öffnet sie und nimmt Bücher und Notizblöcke heraus. Sie blättert in einem Ordner, in dem lauter maschinengeschriebene Blätter abgeheftet sind, hie und da mit hingeworfenen handschriftlichen Anmerkungen. Rezepte. Plastikmappen, die schon ganz spröde und rissig sind, Arbeitsdokumente neben Zetteln voller schwer zu entziffernder Notizen. Mama schrieb immer schnell und effektiv, als wäre sie in permanenter Eile.

Die Dokumente, die mit der Arbeit zu tun haben, sind säuberlich in Ordnern abgelegt. Chronologisch geordnet. Register mit eingemerkten Zettelchen. Sie blättert darin und taucht ein in Mamas ganz eigene Welt zwischen Aufsätzen, Entwürfen zu Aufsätzen, Vorschlägen für Repliken in irgendwelchen Debatten, allgemeinen Analysen, Auswertungen, historischen Übersichten, Studiendokumenten, Stichpunktlisten für Entwürfe, Mitschriften von Reichstagsdebatten, Plänen, Unterlagen, Zusammenfassungen, Entwürfen zu Weisungen, Berichten …

So eine unglaublich ehrgeizige Mitarbeiterin. Sie strengte sich so ungeheuer an, wollte es ihren Vorgesetzten wirklich recht machen. Hie und da tauchen überraschend persönliche Züge auf, Textpassagen, die von den stressigen Umständen an ihrem Arbeitsplatz geprägt sind.

In einem drei Jahre alten Text, unter der Überschrift *MEINE AUFGABEN*, schreibt Mama an ihre nächsten Vorgesetzten:

Beim Kaffee stellt man mir oft die Frage, wie mein Zeitplan aussieht und wann ich Vorschläge vorlegen werde. Ich antworte dann regelmäßig, dass ich mich vorerst nur damit beschäftige, das Problem zu beschreiben, nicht irgendwelche Lösungsvorschläge zu unterbreiten, und dass ich so schnell arbeite, wie ich kann. Meiner Ansicht nach hat die Problemanalyse an sich bereits einen Wert: Sie kann die Unklarheiten in der Debatte beseitigen und es möglich machen, dass die Diskussion sich wirklich mit den Fragen beschäftigt, die zentral für die Bildungspolitik sind. Da der Bereich sehr weit gefasst ist, muss ich eben entscheiden, worauf ich mich zunächst konzentrieren will.

Und ein paar Monate später, an dieselben Vorgesetzten:

Da sich die Versammlung gestern etwas verzettelt hat und wir uns mit den Anwesenden zu keiner richtigen Entscheidung durchringen konnten, habe ich eine Zusammenfassung geschrieben, aus der ersichtlich wird, wie ich gerne vorgehen würde. Wenn Sie sich nicht melden, gehe ich davon aus, dass es so in Ordnung ist und ich so weiterarbeiten kann. Sollten Sie Einwände haben oder die Vorschläge noch einmal diskutieren wollen, lassen Sie Ihre Sekretärinnen einen neuen Termin machen. Ich kann an jedem Tag, außer am 2. November nachmittags.

Ein Bündel Briefe liegt in einer Ecke der Kiste, sorgfältig zusammengehalten von einem altersmürben Gummiband. Eva schaut nicht hinein. Stattdessen zieht sie ein Foto von Mama hervor, das sie im blaugrünen T-Shirt zeigt. Breites Lächeln. Eva sieht das Foto kurz an, dann legt sie es umgedreht aufs Nachttischchen. Sie muss ein paar Mal tief durchatmen und dagegen ankämpfen. Es wieder runterschlucken.

Bilder. Sie vermeidet sie um jeden Preis, so wie andere Leute Nahaufnahmen von OPs oder gequälten Tieren vermeiden. Direkt in Mamas Augen zu blicken ist so, als würde sie sie noch einmal treffen dürfen und sich im nächsten Moment wieder für immer von ihr trennen müssen. Das Allerschwerste noch einmal erleben.

Sie zieht auf gut Glück irgendeine Mappe aus dem Stapel. Sie enthält ungeordnete Papiere. Eva blättert sie durch, findet aber nichts Interessantes.

Dann hält sie es plötzlich in der Hand. Ein ganz gewöhnliches maschinenbeschriebenes Blatt, eines von Tausenden. Leicht vergilbt und spröde nach ungefähr vierzigjähriger Wartezeit. Mamas vertraute Schreibweise. Worte und Sätze, auf der Schreibmaschine getippt, wie sie es immer am liebsten hatte. Sie schrieb alles mit der Maschine, seien es Weihnachtsgedichte oder Briefe oder so etwas wie das hier: persönliche Überlegungen, die sie nur mit sich selbst anstellte und die nicht für die Augen anderer Menschen gedacht waren.

Der Text ist verblasst, aber immer noch gut lesbar. Hie und da sind Tippfehler korrigiert worden, indem ein X darübergetippt wurde.

Gegenargumente:

- *Es kann sein, dass Gunilla in zwei Jahren aufhört, und dann bekomme ich vielleicht keine gute Hilfe (eventuell erklärt sich ihre Schwester oder jemand anders bereit).*
- *Vielleicht verlerne ich das bisschen Soziologie, das ich gelernt habe (aber Lektüre, um meinen Wissensstand zu halten, schaffe ich auch, wenn ich müde bin).*
- *Ich werde vielleicht nicht genug Mathe und Statistik lernen können und dann durchfallen (aber ich würde wahrscheinlich auch ohne Kind durchfallen, bloß ein bisschen später).*
- *Zwei Kinder sind ein Schock. Ich werde mehrere Jahre wieder Teilzeit arbeiten müssen (aber wenn die Kinder größer sind, können sie sich vielleicht gegenseitig beschäftigen).*
- *Es kann Konflikte zwischen Geschwistern geben (die Wahrscheinlichkeit ist aber größer, dass es positiv für Eva wäre)*
- *Eva ist Erik und mir nicht so allein ausgeliefert.*
- *Obwohl es schade wäre, intellektuell noch mehr ins Hintertreffen zu geraten, gibt es auch viel Positives an Kindern, emotionalen Kontakt.*
- *Meine Konflikte mit Rollen, Identität, was ich kann und nicht kann, wie hoch ich meine Ambitionen ansetze, werden mir umso deutlicher vor Augen geführt, d. h. meine üblichen Probleme werden mir umso deutlicher vor Augen geführt, wenn ich äußeren Herausforderungen gegenüberstehe.*
- *Nach ein paar Jahren sind die Probleme vielleicht vorbei (d. h. ich bin vielleicht mit etwas beschäftigt, was ich als sinnvoll erlebe, und habe eine Hilfe, die sich um Kinder und Haushalt kümmert), und dann ist es vielleicht lustiger mit zwei Kindern.*

- *Ich bekomme vielleicht wieder Depressionen (aber es ist leichter, wenn man vorher weiß, dass sie wieder weggehen).*

Es war mitten in den Sechzigerjahren, und Mama hatte nach vielen Jahren an der Uni ihre erste Anstellung bekommen, eine begehrte Stelle im Ministerium. Gunilla war das Kindermädchen, eine Fünfzigjährige, die sich um Eva kümmerte, seitdem sie fünf Monate war, bis sie in den Kindergarten kam.

Schritte auf der Treppe, auf dem Weg nach oben. Rasch legt Eva das Papier in die Mappe zurück. Dann steht Maja in der Tür.

Gerade aufgewacht, verstrubbeltes Haar, in Mamas Kimono.

»Ich wollte mir gerade ein Glas Wasser holen. Da hab ich gehört, dass du hier rumräumst.«

Majas Blick gleitet über die offene Kiste und den Kleidersack. Sie sieht das Foto, das Eva umgedreht hingelegt hat.

»Was machst du da?«

Sie kommt ins Zimmer und nimmt das Bild in die Hand. Eva hätte gute Lust, es ihr aus der Hand zu reißen, aber sie lässt es bleiben. Stattdessen hält sie ihr das Papier mit den *Gegenargumenten* hin.

Langsam nimmt Maja es entgegen und beginnt schweigend zu lesen. Sie atmet heftig, wirft es dann aber aufs Bett.

Sie geht hinaus und reißt die Tür zum Speicher auf. Eva läuft ihr nach. Als sie an die Tür kommt, erstarrt sie. Maja tritt gegen die gestapelten Kisten, dass sie eine nach der anderen umfallen. Die Verschlüsse gehen auf, die Kisten speien ganze Papierfluten auf, Stapel fallen auseinander. Das Material von Mamas gesamtem Erwachsenenleben wird ein einziger Haufen.

»Hör auf!«

Aber Maja hört gar nicht zu. Sie schubst sämtliche Kisten um, reißt ihren Inhalt heraus und verstreut ihn auf dem Boden. Papiere und Ordner und Mappen, Presseausschnitte und Fotos – alles liegt herum.

Immerhin, dann hört sie auf. Mit herabhängenden Armen steht sie mitten in der Verwüstung, die sie angerichtet hat. Aufs Geratewohl greift sie sich einen Stapel Papier heraus. Blättert ihn durch, überfliegt, wirft ihn weg, dass die Blätter zu Boden segeln.

»Das sagt mir alles überhaupt nichts. Ich weiß nicht mal, was sie eigentlich gemacht hat. Womit sie sich jeden Tag beschäftigt hat.«

Eva macht ein paar Schritte auf Maja zu. Sie hat die überraschende Eingebung, ihre Schwester in den Arm zu nehmen. Die Sechsjährige, die gerade vom Rad gefallen ist und sich den Ellbogen aufgeschlagen hat. Die weint, weil es blutet.

»Maja.«

Maja weicht zurück.

»Lass mich bloß in Ruhe!«

Ihre Augen funkeln.

»Du hockst auf einem Riesenhaufen Geld, an den wir nicht rankommen! Wir sind alle drei Eigentümer von etwas, was du behütest, als wäre es nur deins! Das ist richtiger Diebstahl, was du da treibst!«

Da entdecken sie Anders, der in der Tür steht und die verstreuten Papiere betrachtet.

Maja hat sich wieder gefangen. Mit raschen Schritten geht sie in ihr Zimmer, um wenig später mit dem Zettel mit den Gegenargumenten zurückzukommen.

»Hier.« Sie hält ihn Anders hin.

Er nimmt das Blatt und überfliegt es. Dann blickt er auf.

»Na ja, was soll ich dazu sagen? Mama scheint es nicht so leicht gehabt zu haben. Aber das wussten wir doch schon.«

»Schnallst du eigentlich überhaupt nichts?«, zischt Maja.

Katrin erscheint auf der Schwelle, nur in T-Shirt und Slip.

»Pscht! Ihr weckt die Kinder auf«, sagt sie.

Sie sieht Eva an. Das Chaos. Und die anderen. Maja sieht völlig in sich zusammengefallen aus, als hätte sie das letzte bisschen Kraft verlassen.

Tomas, der schon angezogen ist, kommt die Treppe hoch. Er drängt sich an Eva vorbei in den Speicher. Er nimmt Maja in den Arm und drückt sie fest. Sie legt die Stirn an seinen Hals und schluchzt.

»Wir müssen verkaufen, so schnell es geht«, sagt sie. »Wir müssen die Annonce in die Zeitung setzen. Und die Besichtigung organisieren.«

Katrin seufzt.

»Ist es denn wirklich so eilig?«, fragt sie. »Ich meine ... Eva einfach so rausschmeißen ... und einen Verkauf an irgendeinen Außenstehenden erzwingen ... Vielleicht könnte man ja doch eine andere Lösung finden?«

Sie tauscht einen kurzen Blick mit Anders, der keine Miene verzieht.

»Das sagt ihr so leicht, ihr habt doch Geld«, entgegnet Maja. »Ich habe keine Zeit zu warten.«

»Was meinst du damit?«, will Katrin wissen.

Maja sieht Tomas an, der ihr aufmunternd zunickt. Sie nimmt innerlich Anlauf, bevor sie leise, fast flüsternd zu sprechen beginnt.

»Meine Firma hat vor einem halben Jahr Konkurs gemacht. Ich hatte jede Menge Schulden, auch bei Åsa, und die sind inzwischen noch höher geworden. Ich muss das alles wieder in Ordnung bringen.«

Sie holt hastig Luft.

»Mir bleibt gerade mal das Existenzminimum. Und ich

hab keine Lust mehr, jede einzelne Krone zweimal umdrehen zu müssen.«

Sie blickt auf und begegnet den Blicken der anderen.

»Tomas und ich wollen vielleicht irgendwann mal Kinder. Aber das geht nicht, wenn …«

Sie verstummt. Wahrscheinlich findet sie, dass sie auch so schon zu viel gesagt hat.

Eva streckt den Rücken durch.

»Du bist also der Meinung, das Haus muss verkauft werden, damit du deine Schulden bezahlen kannst? Ich verstehe nicht, warum wir anderen in deine privaten Finanzprobleme mit hineingezogen werden müssen.«

Maja macht sich aus Tomas' Armen los. Ihre resignierte Haltung ist wieder verschwunden.

»Ach Scheiße, stell dich doch nicht dümmer, als du bist. Wie man es dreht und wendet, es ist mein Geld. Und ich brauche es jetzt.«

Eva sucht nach einer passenden Antwort. Die perfekte Replik, die Maja zum Schweigen bringt. Aber ihr will einfach nichts in den Sinn kommen, und um ihren Blicken auszuweichen, bückt sie sich und hebt einen Papierstapel auf, den sie auf einen Karton legt. Als ob das irgendetwas helfen würde.

»Ich will nur sagen, dass ich auf jeden Fall einen größeren Anteil will, wenn wir verkaufen«, sagt sie schließlich. »Ich habe schließlich Arbeit in dieses Haus gesteckt und Geld investiert.«

»Niemand hat dich gezwungen, Geld und Arbeit hier reinzustecken. Das war deine eigene Entscheidung.«

Maja baut sich vor Eva auf.

»Und im Übrigen müsstest du dafür Quittungen für deine ganzen Auslagen vorlegen können. Das muss dir doch wohl klar sein?«

Keiner sagt ein Wort, bis Maja das Schweigen bricht.

»Du hast verloren, Eva. Sieh es endlich ein. Wenn du nicht ausziehst, nachdem wir verkauft haben, wird sich der Käufer an den Gerichtsvollzieher wenden. Dann wirst du ganz einfach rausgeschmissen.«

»Okay, jetzt mal eins nach dem anderen«, mischt sich Anders ein. »Jetzt kommen wir alle mal wieder runter.«

Er deutet mit einem Nicken auf die ganzen Papiere.

»Was machen wir damit?«

»Das verbrennen wir«, sagt Maja. »Ist doch alles egal.«

»Alles?«, fragt Tomas.

»Ja.«

Anders wendet sich zu Eva.

»Was meinst du?«

Schweigen. Man hört nur das Säuseln des Windes im Schornstein.

»Macht, was ihr wollt.«

Sie wendet ihnen den Rücken zu. Als sie den Speicher verlässt und die Treppe hinuntergeht, hört sie das aufgeregte Gemurmel, das sofort hinter ihr einsetzt.

Den schmalen, gewundenen Kiesweg zum Badeplatz ist sie unzählige Male gegangen, aber noch nie so gerannt wie heute. Den Hügel bei der Pumpe hoch, die Kurve und dann wieder bergab. Die lange gerade Strecke durch das Waldstückchen. Vorbei an der Wiese.

Ihr Hals brennt. Sie spürt einen leichten Würgreiz.

Sie steigert das Tempo, als sie an dem Plateau vorbeikommt, auf dem Magnussons immer ihre Gartenmöbel aufstellen, obwohl die Wiese allen gehört. Unebener Boden, kleine Steinchen. Das Wegstück bei Hedströms vorbei, deren Streitereien auf der Terrasse man immer bis hierher hören kann. Aber jetzt ist alles still. Vielleicht sind sie auf dem Festland.

Als sie klein war, gab es zwei Dinge, vor denen sie sich am meisten fürchtete. So sehr, dass sie den Gedanken höchstens ganz kurz streifen konnte. Erstens: dass Mama verrückt werden könnte. Zweitens: dass Mama sterben könnte.

In einer Fernsehserie hatte sie gesehen, wie jemand den Verstand verlor, ein Mädchen, das geisteskrank wurde und völlig durchdrehte. Sie fand nie wieder in die Wirklichkeit zurück. Da öffnete sich einfach ein Riss in ihrem Wesen. Unglaublich, dass man sich selbst und den Menschen um sich herum völlig fremd werden konnte. Sich seltsam benehmen und sich nicht mehr beherrschen konnte. Dass ein geliebter Mensch einem verloren gehen konnte, obwohl er rein körperlich noch da war.

Jetzt ist sie am Wasser angekommen. Sie rennt vorbei an den kleinen Booten und Kajaks, die auf den Strand gezogen worden sind, und an Wiklunds umgedrehtem Kanu. Sie rennt über die höchste Stelle der Klippen und weiter zum Strand. Dort überquert sie die rutschigen, mit Algen überwachsenen Steine und läuft weiter zu dem kleinen Pfad, den man kaum erahnen kann. Sie allerdings kann den Zugang deutlich zwischen den Blättern erkennen.

Gegenargumente. Sie weiß es ja. Sie versucht sich gegen den Gedanken zu wehren, denn er ist falsch. Aber sie kann die Logik trotzdem nicht von der Hand weisen. *Gegenargumente.* Die endgültige Bestätigung, dass Mama, mehrere Jahre nach der Geburt ihrer ersten Tochter, im Großen und Ganzen nicht der Meinung war, dass es eine überwiegend positive Erfahrung war, Kinder zu haben.

Sie läuft weiter, geradewegs ins Dunkel, und folgt dem Pfad durchs raschelnde Laub. Sie spürt ihn unter den Füßen. Vorsichtig weicht sie Wurzeln und Steinen aus. Hände und Unterarme hat sie vorgestreckt, um Äste und Zweige abzuhalten. Trotzdem spürt sie, wie sie ihr ins Gesicht peitschen, wie zur Strafe.

Große, sich drehende Räder, die immer mächtiger werden, bis sie sie brutal überrollen. Rasselnd, donnernd, ohrenbetäubend. Wie damals auf den Reisen nach Schonen, als sie von Mama auf dem Arm durch die lauten Übergänge von einem Waggon in den nächsten getragen wurde. Sie klammerte sich immer fest an ihre Mutter und schmiegte sich an ihren Hals. Erst wenn sich die schwere Schiebetür wieder hinter ihnen geschlossen hatte und der grässliche Lärm hinter ihnen lag, gedämpfter, leiser, konnte sie sich langsam losmachen und wieder normal weiteratmen.

Im Moment befindet sie sich wieder zwischen zwei solchen Waggons, der Zug rast über die Schienen, aber ihre Mama ist nicht da. Niemand, der Leben und Wärme atmet, der die Tür zum lärmenden Übergang schließen kann.

Der Weg nach oben fühlt sich diesmal länger an, der Berg kommt ihr viel steiler vor als vorher. Als der Wald sich endlich lichtet und sie auf die Klippe tritt, bleibt sie stehen. Sie steht ganz still, blickt übers Meer, bis zum Horizont und atmet tief durch.

Zwei Schwäne mit graubraunen Hälsen schaukeln in

Strandnähe auf dem Wasser, zwischen den runden grauen Steinen. Ein bisschen weiter draußen taucht ein einsames Entenweibchen und streckt das Hinterteil gen Himmel. Ihre schwarzen, gummiartig blanken Schwimmfüße streckt sie hilflos zitternd nach hinten. Sie gründelt da unten herum, kommt wieder hoch und frisst auf, was sie gefangen hat, bevor sie wieder von vorne anfängt. Das Wasser ist trüb braun und voll weicher kleiner Fransen, die verspielt hin und her wedeln. Wie Eva seit Kindertagen weiß, verwandeln sich die hellgrünen Bänder sofort in dunklen Schleim, wenn man sie aus dem Wasser hochholt.

Heute weht hier oben ein stärkerer Wind als beim letzten Mal. Die Klippe fällt steil ab zum Wasser, das in der Sonne glitzert und funkelt. Dort draußen ist das Meer, das große Lebewesen, das sich die ganze Küstenlinie entlang am Land festsaugt.

Es gibt auch andere Orte. Andere Inseln. Aber diese hier gehört ihr.

Als Mama aus der Klinik anrief, redete sie von der Arbeit, ein unzusammenhängendes, fragmentarisches Palaver in Bürokratensprache. Das anschließend überging in eine Schilderung ihrer Arbeitstherapie, in der sie ein Schneidebrett gemacht hatte und jetzt an einem hölzernen Hahn für Ostern arbeitete. Mama fragte Eva, in welcher Farbe sie ihren Hahn gerne hätte, denn es standen mehrere Farben zur Auswahl, und man konnte eine für den Körper und eine andere für die Schwanzfedern wählen. Eva versuchte das Thema zu wechseln, aber Mama redete nur von den verschiedenen Farben für die Hähne. Wenn man wollte, konnte man den ganzen Hahn auch in einer einzigen Farbe anmalen, aber am schönsten war doch wohl ein grüner Körper und gelber Schwanz. Oder umgekehrt. Das waren doch richtige Osterfarben.

Eine ganze Weile versuchte Eva, an sie heranzukommen, aber vergeblich. Sie hielt sich den Hörer ans Ohr, während ihre Wangen immer nasser wurden.

Die Unterwasserströmungen. Im letzten Sommer in Österlen. Sie kann sich noch erinnern, wie sie in der Abenddämmerung am Strand auf und ab lief und Mamas Kopf ganz weit draußen zwischen den Wellenkämmen sah, immer weiter und weiter draußen, bis er nur noch stecknadelkopfgroß war. Eva musste den Blick fest darauf heften, um den schwarzen Punkt nicht aus den Augen zu verlieren. Sie kann sich noch an das Geräusch erinnern, mit dem ihre nackten Füße im Sand versanken und sich wieder lösten und wieder versanken.

Sie erinnert sich, wie Mamas Rufe vom Wind an den Strand getragen wurden und wie Eva plötzlich mit eisiger Sachlichkeit aufging, dass sie den Strand verlassen und den Grashang hinauflaufen musste, zu den einzigen Menschen, die in der Nähe waren. Es handelte sich um eine Gruppe Jugendlicher, die gerade Feuer in einem Ring aus großen Steinen machen wollten. Als sie begriffen, was los war, zögerten sie keine Sekunde. Zwei von ihnen rannten los und konnten sich glücklicherweise ein kleines Boot mit Außenborder beschaffen, das sie ins Wasser schoben und starteten. Eva selbst rutschte wieder den Hang zum Strand hinunter. Dort blieb sie stehen, während die jungen Männer weit draußen Mama schließlich mit vereinten Kräften ins Boot bekamen.

Der Wasserball, Evas Wasserball, den sich ihre Geschwister nie ausleihen durften, weil er Löcher hätte bekommen können, der Wasserball, wegen dem Mama überhaupt hinausgeschwommen war, trieb endgültig aufs offene Meer hinaus und war für immer weg.

Sie erinnert sich noch, wie Mama, nachdem sie im

kniehohen Wasser aus dem Boot geklettert war, sich auf alle Viere auf den Sand fallen ließ. Diese Fremdheit in ihren Augen. Das nasse Haar, das so seltsam quer über ihrem Scheitel klebte. Als die Jugendlichen ihr auf die Füße halfen, hatte sie eine ganz heisere Stimme und eiskalte Arme.

Auf den Sanddünen waren Leute zusammengelaufen. Die Sonne war schon fast untergegangen und am Himmel flossen pfirsichfarbene Wolken ineinander. Der ganze Strand war in ein traumartiges Licht getaucht.

Anders war nicht da, er spielte mit anderen Jungs im Garten eines Kameraden. Er erfuhr es erst hinterher. Von jemand anders.

Und Eva kümmerte sich um Maja, hielt sie im Arm und wickelte sie in ihr Badehandtuch. Und schaffte es, dass ihre kleine Schwester irgendwann aufhörte zu schreien.

Auf dem Rückweg kommt sie an Rogers und Kias Haus vorbei. Auf dem Platz neben der Veranda, wo sonst immer der Welpe lag, ist es leer. Sie späht durch die Zaunlatten, sieht aber nichts. Die Leine, die immer an der Wäscheleine festgemacht war, liegt zusammengerollt auf dem Gartentisch. Kein Winseln ist zu hören.

»Hallo, Eva.«

Kia ist herausgekommen.

»Wo ist der Hund?«

»Weg.«

»Weg?«

Kia nickt. Sie sieht bekümmert aus und streicht sich über die Oberarme. Dann kommt Roger auch heraus.

»Eva fragt gerade nach dem Welpen.«

Sie sehen sich an. Roger wendet sich an Eva und errötet leicht, wie immer.

»Wir mussten ihn einschläfern lassen. Gestern.«

Eva legt die Hand auf den Pfosten neben dem Gartentor. Er fühlt sich feucht an, als hätte es geregnet. Aber heute hat es nicht geregnet. Sondern gestern. Oder vielleicht vorgestern.

Sie hält sich fest, und Moos und Erde und Nadeln bleiben ihr an der Handfläche kleben. Und zwischen den Fingern.

»Warum?«

»Sie war krank. Und sie hat gehinkt.«

Eva fährt sich mit der Hand über die Wange und merkt, wie sie den Schmutz vom Gartentor im Gesicht verschmiert, aber es ist ihr egal, wie sie aussieht.

»Aber Eva, bitte ...«

Kia ist ans Tor gekommen, geht hinaus und nimmt Eva in den Arm.

»Sie war zu schwach«, sagt sie. »Verstehst du? Es gab keine Hoffnung.«

Kia versucht, ihr ein paar Haarsträhnen aus dem Gesicht zu streichen, und tut, was sie kann, um ihr in die Augen zu sehen. Aber jetzt haben die Tränen sich Bahn gebrochen. Eva leistet nicht mal mehr Widerstand.

Der 3. Juli. Soll sie wirklich bleiben? Wo doch alle Hoffnung verloren scheint? Sie lehnt die Stirn an die Fensterscheibe. Sie mustert diese Individuen, die unverbrüchlich zu ihr gehören, aber eben auch wieder nicht. Sie tut so, als wären es Forschungsobjekte, die sie für einen Auftrag katalogisieren und beschreiben muss.

Weiter hinten kann sie den Hügel ausmachen, wo man munter weiterbaut. Wo der achteckige kleine Pavillon aus dem Boden wachsen soll. Aber über einen Bretterboden und ein paar verloren aussehende Pfeiler sind sie noch nicht hinausgekommen. Tomas kniet zwar auf dem Boden und nagelt irgendetwas zusammen, aber langsam sieht das Ganze ziemlich trostlos aus.

Anders baut heute nicht mit. Er ist damit beschäftigt, alte, trockene Zweige in der rostigen Blechtonne zu verbrennen, die er auf die Wiese gerollt hat. Wahrscheinlich darf man Anfang Juli gar kein Feuer machen, aber darum schert er sich nicht. Katrin hilft ihm, indem sie fuderweise Papierstapel und Ordner vom Dachboden bringt. Sie schmeißt alles auf einen Haufen neben Anders, bevor sie wieder ins Haus geht, um eine neue Ladung zu holen.

Sie bleibt kurz bei ihm stehen, und Eva hört durchs Fenster ihre Frage:

»Hast du was gesagt wegen dem Haus?«

»Da gibt es nichts zu sagen.«

»Doch, allerdings. Du kannst doch zumindest mit ihnen reden. Es sind deine Geschwister, nicht meine.«

»Ja, ja. Nerv mich nicht. Jetzt machen wir erst mal das hier fertig.«

Katrin verschwindet zähneknirschend wieder im Haus.

Maja geht unten im Kräuterbeet herum und schneidet mit einer Schere Kräuter ab. Sie trägt wieder Mamas gestreifte Schürze. Dabei hält sie sich das Handy ans Ohr und redet mit Ingela Bratt. Eva kann jedes Wort hören.

»Okay, abgemacht. Sie übergeben die Angelegenheit jetzt gleich dem Gericht. Ich werde alle Beteiligten informieren. Vielen Dank für Ihre Hilfe.«

Maja beendet das Gespräch. Dann beobachtet sie kurz die Bauarbeiten am Pavillon. Zufrieden, aber gleichzeitig auch wieder nicht.

Mamas Schlafzimmertür ist nur angelehnt. Sie stupst die Tür ganz leicht an, so dass sie aufgeht. Die Betten sind ungemacht, überall liegen Kleider und Sachen verstreut. Unordentlich, aber eine ästhetischere Unordnung als im Gästehäuschen. Hier sieht es bloß nach sommerlicher Bohème aus, als wäre ein glücklich verheiratetes Pärchen aufs Land gefahren, um dort seinen Urlaub zu genießen. Unkompliziert und entspannt.

Auf Anders' Nachttischchen steht ein gerahmtes Portrait von Mama. Eva erkennt das Bild wieder, es ist in den Achtzigern aufgenommen worden, irgendwo hier auf der Insel. Mama lächelt in die Kamera. Glitzerndes Wasser, kahle Kiefern und Klippen im Hintergrund. Anders hat dieses Bild also rahmen lassen – vielleicht sogar schon vor Mamas Tod? Und jetzt hat er es mit hergebracht. Er trauert, wie sich das gehört. Macht alles richtig. Wahrscheinlich hat er auch bei sich zu Hause überall Fotos von Mama aufgestellt. Und ab und zu bleibt er vor einem stehen, zögert ein wenig bei einer Portraitaufnahme, vielleicht streichelt er ihre Wange unter der Glasscheibe. Es sollte sie nicht wundern.

Bilder. Das ist doch, als würde man ständig in seinem Schmerz herumwaten. Wieder neu Abschied nehmen, und dann gleich noch einmal. Und immer und immer wieder.

Sie will gerade die Tür wieder zuziehen, da entdeckt sie ein großes Blatt, das unter einem Stapel Bücher hervorschaut. Es ist eine sorgfältige Skizze des ganzen Hauses mit genauen Maßen und weiteren Informationen. Ein Plan für eine grundlegende Renovierung, in Katrins Handschrift. Sie ist dabei wirklich gründlich vorgegangen. Stellt sich nur die Frage – wozu, wenn es doch sowieso schon egal ist?

Sie legt das Blatt wieder genau dahin zurück, wo es lag.

»Was machst du da?«

Vera steht an der Tür.

»Nichts. Ich hab mir bloß diese Zeichnung hier angeguckt.«

Das Mädchen folgt ihrem Blick.

»Darüber streiten Mama und Papa dauernd«, sagt sie.

»Ja?«

»Ja.«

»Aber doch wohl nicht die ganze Zeit?«

»Wenn sie glauben, dass ich sie nicht höre.«

Mehr wird nicht gesagt. Sie gehen zusammen hinaus, um nach dem Käfergrab zu sehen.

Inzwischen ist Nachmittag, und Anders verbrennt immer noch Mamas Papiere. Kein Nachbar hat reagiert und aufs Feuerverbot hingewiesen, wofür Eva trotz allem dankbar ist. Katrin schleppt weiterhin den Kisteninhalt vom Dachboden an. Der mittlerweile nichts anderes mehr ist als brennbarer Müll.

Eva konzentriert sich darauf, den Dornenbusch zu beschneiden. Sie streckt die Unterarme weit ins Gestrüpp, um an die richtigen Stellen zu kommen, obwohl sie sich dabei lange Kratzer zuzieht. Ab und zu wirft sie einen verstohlenen Blick zu den beiden.

Tomas zimmert am Pavillon. Allein. Er schlägt seine Nägel ein, Brett um Brett landet da, wo es hinsoll. Es sieht aus, als würde er über etwas nachdenken. Das ist ihr schon vor ein paar Tagen aufgefallen. Und sie sieht sein Handy, das sich durch die Jeans abzeichnet. Das hat er wirklich immer dabei.

»EVA!«

Sie wendet den Kopf. Hjalmar ist auf den großen Stein an der Grundstücksgrenze geklettert und hat den uralten Kescher in der Hand, der schon dem vorherigen Eigentümer des Hauses gehört und jahrelang an einem Nagel im Werkzeugschuppen gehangen hat.

»Also, du hörst ja echt gar nichts! Ich schrei und schrei und schrei ...«

»Was ist denn?«

»Glaubst du, dass ich von hier oben mit meinem Fallschirm runterspringen kann?«

Er wedelt mit dem Kescher und hält ihn über seinen Kopf.

»Ja.«

Er zieht einen Schmollmund. Sie besinnt sich und schüttelt den Kopf, schlägt die Hände vor den Mund und zieht eine erschrockene Miene.

»Nein, mein Gott, das kannst du auf keinen Fall. Das ist viel zu hoch. Komm, ich werd dir da runterhelfen.«

Sie macht einen Schritt auf ihn zu, und im nächsten Augenblick reckt er den Kescher in die Luft und springt ins Gras. Er landet weich und stützt sich mit den Händen ab.

»Haha! Was sagst du jetzt?«

Sie spielt großes Erstaunen.

»Mann, das sah echt gefährlich aus. Fallschirmspringen ist gar nicht so einfach. Hast du dir wehgetan?«

Er ist zutiefst zufrieden mit seinem Erfolg. Seine kleine Welt ist voll guter Dinge. Sie würde wirklich alles geben, um mit ihm zu tauschen. Und sei es auch nur für fünf Minuten.

»Und jetzt schau mal. Ich werd den Boden nicht mit den Händen berühren.«

Hjalmar klettert erneut auf den Stein, wobei er sich das Schienbein ein bisschen aufschürft, aber er lässt sich nicht beirren. Aufgeben käme ihm gar nicht in den Sinn.

»Springst du jetzt noch mal?«, fragt sie. »Traust du dich das wirklich?«

»Jetzt guck!«

Er springt noch einmal. Landet und strahlt sie an.

»Neiiiin!«

Das ist Majas Stimme, die da übers ganze Grundstück schallt. Alle unterbrechen ihre Tätigkeit, um nachzusehen, was passiert ist. Maja steht vorm Plumpsklo, dessen Tür weit offen steht.

»Wer hat die Tüte da rausgenommen, ohne eine neue reinzutun?«

Sie ist aufrichtig verzweifelt.

»Die Tonne ist voll!«

Sie mustert die anderen. Keiner sagt einen Ton.

»Kapiert ihr nicht? Die Tonne ist voll! Das ist die absolute Katastrophe!«

Anders seufzt und stochert in der rostigen Eisentonne, wo die Flammen gerade den nächsten großen Papierstapel verzehren.

»Jetzt beruhig dich doch erst mal«, meint er. »Da findet sich schon eine Lösung.«

Jetzt wird Maja noch lauter.

»Wie – eine Lösung? Was für eine Lösung soll sich da denn bitte finden?«

»Wir haben schließlich noch eine Extratonne im Schuppen.«

»Ja, aber was sollen wir mit der hier anfangen? Die Latrinenabholung ist eingestellt worden! Die holen die Tonnen nicht mehr ab. Jetzt muss alles in den Kompost.«

»Ja, aber ...«

Anders weiß nicht mehr, was er sagen soll.

»Vielleicht können wir sie ja vergraben?«, schlägt er vor.

»Vergraben?«

Maja schnaubt verächtlich.

»Sicher, bitte schön. Das machst dann aber du.«

Sie deutet auf die Wiese. Sie ist voller Steine und Wurzeln, es ist völlig ausgeschlossen, dass man dort eine Grube ausheben könnte. Nirgends auf dem Grundstück gibt es so weiche Erde, außer im Gemüsegarten. Und da auch bloß eine dünne Schicht.

»Dann stellt sie doch so lange beim Nachbarn ab«, meint Katrin. »Später finden wir dann schon eine Lösung.«

»Beim Nachbarn?«, wiederholt Maja. »Nie im Leben.«

Katrin legt sich mit geschlossenen Augen auf einen Liegestuhl. Sie ist fertig mit ihrer Arbeit.

Tomas kommt vom Hügel herunter. Den Hammer hat er noch in der Hand.

»Kann man die nicht einfach hinters Gästehäuschen stellen und eine Plane oder so was drüberdecken?«, sagt er.

Maja schüttelt den Kopf.

»Nein, auf keinen Fall. Wir können doch keine proppenvolle Scheißtonne da abstellen. Das geht nicht. Hier soll demnächst eine Hausbesichtigung stattfinden! Stell dir vor, da hebt so ein Kaufinteressent die Plane hoch.«

»Dann versenk sie doch im Meer«, sagt Anders. »Mit dem Boot.«

»Bist du bescheuert? Was sollen denn da die Nachbarn sagen? Die sehen, wie wir eine Latrinentonne zum Bootssteg schleppen und damit rausfahren, und dann kommen wir ohne zurück. Super.«

»Und stell dir vor, wenn die am Ende schwimmt?«, kommt es von Tomas. »Vielleicht schippert die dann die Schäreninseln entlang, und am Ende wird sie hier angespült und man kann sie zu uns zurückverfolgen? An DNA dürfte es kaum mangeln ...«

Katrin kichert. Maja verzieht keine Miene, sondern sieht Anders an.

»Du musst sie mit in die Stadt nehmen. Das ist die einzige Möglichkeit. Die *Västan* geht in einer halben Stunde.«

»In die Stadt? Wozu das denn?«

»Zum Wertstoffhof. Du stellst sie ins Auto und gibst sie da einfach ab.«

»Da gibt es doch Wachleute«, erwidert Anders gereizt. »Die würden mich aufhalten.«

»Du machst das schon. Ist doch auf jeden Fall umweltfreundlicher, als sie im Meer zu versenken, oder?«

Anders' Gesicht verfinstert sich, aber er trottet prompt zum Plumpsklo. Katrin, die deutlich verärgert aussieht, läuft ihm hinterher.

»Musst du immer alles machen, was sie sagt?«

»Wir sprechen nachher drüber.«

»Nachher? Es geht aber um Jetzt. Maja hat eine ihrer Ideen und schickt dich einfach mal so in die Stadt, und du sagst keinen Piep! Was ist denn mit uns, bitte?«

»Ihr kommt hier doch wohl prima ohne mich zurecht«, antwortet Anders. »Wenn nötig, hilft dir doch auch jemand mit den Kindern.«

»Ja, aber du bist ihr Vater. Falls du dich noch erinnern solltest.«

Anders ignoriert sie. Tomas und er befestigen den Pappverschluss auf der Tonne und heben sie in einen schwarzen Plastiksack, der anschließend mit alten Zeitungen und Lumpen ausgestopft wird, damit er nicht gar so verräterisch nach Latrinentonne aussieht. Zusammen heben sie den Sack auf die Schubkarre.

Die ganze Zeit steht Katrin daneben und sieht ihnen zu. Sie bebt geradezu vor lauter Frust.

»Ich fasse es nicht, wie du das tun kannst«, sagt sie.

Anders seufzt.

»Trägst du nicht ein bisschen dick auf? So dramatisch ist das doch jetzt wirklich nicht.«

Er schiebt die Schubkarre durchs Gartentor und macht sich auf den Weg zum Fähranleger. Katrin geht ins Haus und knallt die Tür hinter sich zu.

Eva, die immer noch vor dem Dornbusch kniet, steht jetzt auf und streckt den Rücken. Sie sieht Anders davongehen. Er muss jetzt irgendeinen Ort finden, wo er dieses eklige Ding loswerden kann.

Ihr Blick schweift suchend übers Grundstück und bleibt an Vera hängen, die auf einer Decke unter dem Kirschbaum sitzt und ein altes Comicheft liest, das sie in einem Bettkasten in ihrem Zimmer gefunden hat. Sie hat die Kopfhörer ihres iPod in den Ohren und scheint kein Wort vom Streit ihrer Eltern mitbekommen zu haben.

Eva sieht, wie das Mädchen umblättert, und auf einmal ist ihr klar, dass Weggehen völlig ausgeschlossen ist. Sie wird bleiben.

Langsam wäre es Zeit fürs Essen. Eva bleibt an der Küchentür stehen, um zu sehen, ob sie etwas helfen kann. Aber irgendetwas ist geschehen, was die bisherige gemütliche Ferienstimmung in gereizte Atmosphäre hat umschlagen lassen. Weder Maja noch Katrin scheinen geneigt, heute Essen zu kochen. Stattdessen haben sie sich in der Küche an eine umfassende Aussortieraktion gemacht. Sie öffnen Tüten und Pakete, stecken die Nase hinein und ziehen angeekelte Grimassen. Sie werfen ihre Funde in schwarze Müllsäcke, knallen Schranktüren zu, ziehen Schubladen auf und zu.

»Kräuter von 1998«, stellt Maja fest. »Ketchup, das seit März abgelaufen ist. Jahre alte Brühwürfel.«

Im Regal findet Katrin eine offene Chipstüte mit weichen Chips.

»Die liegen anscheinend schon seit letztem Sommer hier.«

Das kann gut sein, aber Eva sagt nichts. Als sie herkam, hatte sie sich auch vorgenommen, ein paar Tage die ganze Küche durchzugehen und überall schön sauber zu machen. Um quasi in aller Ruhe einen Neuanfang einzuleiten und das Haus zu ihrem zu machen. Es sollte nach Seife und Putzmittel riechen, sie wollte das Radio dazu anschalten und ab und zu eine Kaffeepause in der Sonne einlegen.

Es kommt ihr vor, als wäre das schon ewig her.

»Morgen rufe ich das Gericht an«, erklärt Maja. »Ich werde mitteilen, dass die Anzeige in die Zeitung gesetzt werden soll, mit einem Termin für die Besichtigung. Das muss drei Wochen vor der Versteigerung passieren.«

Katrin sagt gar nichts, sondern räumt nur weiter das Regal auf.

Eva deckt den Tisch für ihr eigenes Essen. Einen Teller Sauermilch, Müsli und einen Becher Blaubeeren. Sie ist nicht besonders hungrig.

Maja hält in ihrer Arbeit inne. In ihrem Gesicht spiegelt sich eine Mischung aus Überlegenheit und Verachtung.

»Ich dachte, du würdest dich schon auf den Heimweg machen? Nachdem ich mit Ingela Bratt telefoniert habe, damit sie dem Gericht Bescheid gibt.«

»Nein. Ich bleibe.«

Eine klare Aussage ohne weiteren Kommentar. Im selben Moment ist die Haustür zu hören, und kurz darauf ruft Anders vom Flur:

»Ich hab frisches Essen und eine Zeitung mitgebracht!«

Er ist von seiner Latrinentonnenmission zurück. Jetzt kommt er mit zwei vollen Einkaufstüten in die Küche, legt vier Liter Milch in den Kühlschrank und wirft die aktuelle Ausgabe von *Dagens Nyheter* auf den Tisch.

»Diese verdammte Scheißtonne. Das war vielleicht ein Terz.«

Er lacht und beginnt die Tüten auszupacken. Katrin sieht fröhlicher aus als vorher.

»Wie lief es denn?«

»Ich hab sie mit auf die Fähre genommen und unter das Gepäckregal gestellt. Dann hab ich sie an Land getragen und ins Auto verfrachtet, und dann ab zum Wertstoffhof. Aber da wurde ich dann nach dem ganzen Aufstand in letzter Sekunde von so einem Wachmann aufgehalten. Der wollte den Sack aufmachen und kontrollieren, ob da wirklich was Brennbares drin ist. Der hat sich sogar mein Kennzeichen aufgeschrieben. Tja, da konnte ich nur wieder abziehen und zur Fähre zurückfahren. Aber wisst ihr, was ich dann gemacht habe?«

Er macht eine kurze Pause und sieht unheimlich zufrieden mit sich selbst aus.

»Ich bin einfach nur an Bord gegangen und hab die schwere Tonne ins Gepäckregal gestellt. Dann hab ich mich wieder an Land geschlichen und Björns Boot-Taxi angerufen.«

Maja, die gerade eine zerknitterte Tüte Haferflocken in der Hand hat, hält in ihrer Tätigkeit inne und sieht ihn an.

»WAS hast du gemacht?«

»Das Problem gelöst.«

»Du hast eine volle Latrinentonne auf der Fähre gelassen?«

»Ja, was hätte ich denn machen sollen?«

»Aber wenn dich jetzt jemand gesehen hat? Wenn sich das hier auf der Insel herumspricht? Wenn das einem von den Kaufinteressenten zu Ohren kommt?«

Anders' Augen verfinstern sich. Von seinem Lachen ist nichts mehr zu sehen.

»Warum hast du die Sache dann nicht selbst geregelt, wenn deine Spekulanten so schrecklich wichtig sind?«

Maja sieht Eva an.

»Das Ganze ist deine Schuld. Wir hätten eine Humustoilette kaufen sollen, dann hätten wir diese ganzen Probleme erst gar nicht gehabt.«

»Kannst du jetzt endlich mal aufhören, ständig auf Eva rumzuhacken?«

Maja starrt Anders an. Der starrt zurück.

»Du machst ja nichts anderes mehr«, fährt er fort. »Immer nur das Haus, das Haus, das Haus.«

Maja wendet sich noch einmal an Eva.

»Apropos. Vielleicht interessiert dich ja, wann die Hausbesichtigung stattfindet? Wir haben inzwischen Datum und Zeit festgesetzt.«

Eva stellt ihren Teller auf die Arbeitsplatte und wendet sich zum Gehen. Sie hat keinen Hunger mehr.

»Der Makler kommt am 9. Juli, damit wir alles einmal zusammen durchgehen können«, sagt Maja. »Mit Fotos und so. Und dann wird die Anzeige in die Zeitung gesetzt.«

Am 9. Juli. In einer knappen Woche.

»Anders, wäre es jetzt nicht langsam Zeit, es ihnen zu sagen?«

Katrin hat lange geschwiegen. Jetzt klingt sie gestresst und sieht Anders an.

»Ich meine ... wie lange wollen wir denn noch damit warten?«

»Jetzt nicht.«

»Warum nicht?«, fragt sie. »Langsam wird die Zeit knapp.«

Anders sieht verärgert aus.

»*Was* sagen?«

Maja blickt von Katrin zu Anders.

»Was wolltet ihr sagen?«

Katrin holt tief Luft.

»Dass wir vielleicht mit der Besichtigung warten sollten«, sagt sie. »Weil Anders und ich überlegen, ob wir euch zwei ausbezahlen. Und in dem Fall wäre ja auch keine Auktion nötig.«

Stille. Bis Anders auf einen Stuhl schlägt und flucht.

»Na, was denn?«, sagt Katrin. »Wie lange sollen wir denn noch warten? Du sagst doch nie was.«

Er antwortet nicht. Stattdessen schlägt er die *Dagens Nyheter* auf.

»Selbstverständlich wird es eine Auktion geben«, sagt Maja. »Daran könnt ihr nichts mehr ändern.«

»Warum nicht?«

Eva denkt an die detaillierte Renovierungsskizze, die im Schlafzimmer der beiden lag. Katrin muss das Ganze schon lange geplant haben. Aber Anders wirkt nicht sehr interessiert. Offenbar versucht sie diese Idee gegen seinen Willen durchzuboxen.

Maja macht einen Küchenschrank auf und nimmt die nächsten Pakete mit Nudeln, Reis und Zucker heraus.

»Ach so, dann wollt ihr wohl Geschwisterrabatt?«, meint sie. »Aber wieso sollte ich ausgerechnet euch das Haus billiger verkaufen? Damit eure Kinder es später teuer verkaufen können?«

Vor dem Fenster sehen sie Tomas aufs Haus zukommen. Er trägt Jogginghose und T-Shirt und schaut in die Küche.

»Kann ich irgendwie helfen?«, fragt er.

Maja wirft Weizenmehl und Nudeln direkt in den Müllsack, ohne auch nur einen Blick aufs Haltbarkeitsdatum zu werfen. Sie wirft einen Blick auf die Plastikkanister neben der Spüle. Das Wasser ist alle, wie immer.

»Hol Wasser«, sagt sie.

Unbekümmert pfeifend nimmt Tomas die beiden Kanister in die Hand und geht hinaus. Maja sieht Eva wütend an.

»Und du? Warum machst du nie was? Hilf zumindest mal beim Wasserschleppen. Ich will noch mit Anders und Katrin reden.«

Anders hebt den Blick von seiner Zeitung. Katrin macht eine abwehrende Geste und geht zur Tür.

»Nein, danke. Redet ihr nur, ich kümmer mich um die Kinder«, sagt sie. »Wie immer.«

Sie verschwindet. Anders und Maja sehen sich schweigend an.

»Die ist doch die ganze Zeit bloß am Meckern«, sagt Maja. »Willst du dich nicht mal wehren?«

Eva wendet ihnen den Rücken zu und hört Anders' Antwort nicht mehr. Sie ist schon draußen in der Sonne und sieht, wie Tomas die Kanister in den Leiterwagen legt und damit davonschlurft. Als er merkt, dass sie ihm nachkommt, sagt er zwar nichts, aber seine Miene hellt sich auf.

Als sie an der Pumpe sind, helfen sie sich gegenseitig. Eva hält den Kanister unter den Hahn, während er das Pumpen übernimmt.

»Ich dachte, die Stimmung würde sich im Laufe der Zeit ein bisschen bessern«, sagt er.

»Falsch gedacht.«

Er lacht kurz auf.

»Scheint so.«

Dann hört er auf zu pumpen.

»Mach weiter«, sagt sie.

»Nur, wenn du erzählst, was damals passiert ist. Als ihr euch zerstritten habt.«

»Wann?«

»Tja ... gab es da etwa mehrere Vorfälle?«

Er sieht ihr tief in die Augen.

»Damals, vor dreizehn Jahren oder so. Als Maja von zu Hause ausriss und nicht zurückkam. Als sie beschloss, dass sie weder dich noch ihre Mutter je wiedersehen will.«

»Da scheinst du ja schon das meiste zu wissen.«

Er schüttelt den Kopf.

»Ich kenne nur Majas Version.«

»In der ich das Monster bin?«

»So was in der Art.«

»Und wenn sie recht hat?«

Wieder eine kurze Welle von Übelkeit. Er lacht, als ob das alles nur komisch wäre.

»Na ja, dann wird deine Version nur noch interessanter.«

Sie deutet mit einem Nicken auf den Pumpenschwengel. Aber er verschränkt die Arme auf der Brust und weigert sich weiterzumachen.

»Erzähl. Ich sag Maja auch nichts.«

Sie mustert ihn genau. Jetzt ist er ganz ernst.

»Ich verspreche es. Von Geheimnissen versteh ich was.«

»Was willst du wissen?«

»Ich will nur wissen, wie Maja vorher war. Damals. Und was passiert ist.«

Sie betrachtet den halbvollen Wasserkanister. Im Grunde gibt es nicht viel zu sagen.

»Wir hatten uns eigentlich schon damals ziemlich auseinandergelebt. Ich war mit 18 von zu Hause ausgezogen und hatte mit 21 ein Kind bekommen. Ich hab studiert, nebenbei gejobbt und hatte mein eigenes Leben. Und Maja war schlecht in der Schule. Unkonzentriert. Ziemlich aufsässig. Mama hatte Probleme mit ihr.«

»Das weiß ich schon. Und dann?«

»In der Neunten hat sie trotzdem recht gute Noten gekriegt und kam dann auf die Oberschule. Da ist sie aber nach einem halben Jahr abgegangen. Na ja, und dann hat sie Gelegenheitsjobs gemacht und Ausbildungen abgebrochen und so. Ich glaube, es ging ihr nicht besonders gut.«

Tomas fängt wieder an zu pumpen und wartet darauf, dass sie weitererzählt.

»Und dann haben wir einfach den Kontakt abgebrochen.«

»Ohne Grund?«

»Es gab Streit. Ich weiß nicht mal mehr, worum es da ging.«

Sie weicht seinem Blick aus.

»Aber das muss doch was Ernstes gewesen sein, oder nicht?«

»Nicht, dass ich wüsste.«

Sie nimmt den Wasserkanister, schraubt ihn zu und stellt ihn auf den Leiterwagen.

»Maja ist tatsächlich nie ein besonders wichtiger Mensch für mich gewesen«, erklärt sie. »Wir sind so verschieden. Ich weiß nicht mal, was sie die ganzen Jahre gemacht hat. Warum soll man sich mit Leuten abgeben, mit denen man nichts gemeinsam hat?«

Tomas schnaubt.

»Das ist doch Blödsinn.«

Sie geht nicht weiter auf seinen Einwand ein. Er kann seine Meinung haben, und sie hat eben ihre.

»Vielleicht weiß ich sogar mehr über Maja als du?«, meint er.

»Bestimmt.«

Und während der zweite Kanister vollläuft, erzählt er alles, was er über Majas Erwachsenenleben weiß, obwohl Eva gar nicht gefragt hat. Er weiß so einiges, obwohl sie sich erst seit zwei Monaten kennen. Sie hört ihm aufmerksam zu.

Tomas erzählt, dass Maja irgendwann Mitte zwanzig angefangen hat, Kurse an der Uni zu besuchen. Bei einem BWL-Kurs bekam sie Lust, sich selbstständig zu machen, und besuchte andere Kurse über persönliche Entwicklung und Führungsqualitäten. In einem davon lernte sie Åsa kennen, die sich auf Konfliktmanagement spezialisiert hatte und Beraterin werden wollte. Sie empfahl Maja einen Kurs, und die beiden wurden Freundinnen. Åsa war beeindruckt von Majas Energie. Und eines Tages schlug sie ihr vor, dass sie gemeinsam ein Unternehmen gründen sollten, eine Consultingfirma.

»Das war ein paar Jahre, bevor wir uns kennenlernten«, sagt Tomas. »Maja war überglücklich. Aber dann ging das Ganze ziemlich schnell in die Binsen. Ihr fehlte das Know-How, und Åsa war immer unzufriedener mit ihr. Und dann machte die Firma Konkurs.«

»Und sie sind immer noch Freundinnen?«

Sie ist überrascht. Er lacht.

»Sie machen beide gute Miene zum bösen Spiel. Bis Maja ihre Schulden bezahlt hat.«

Sie schlägt mit dem Leiterwagen den Nachhauseweg ein. Tomas geht neben ihr.

»Dann kam die Sache mit eurer Mutter«, sagt er. »Maja hat es sehr zugesetzt, dass eure Mutter so viel gearbeitet hat … beziehungsweise, dass dann alles angefangen hat. Sie hat es ja selbst schon zu spüren bekommen.«

Eva spürt ein Drücken in der Magengrube. Die Angst, den Erwartungen nicht gerecht zu werden, nicht mal richtig zu wissen, was eigentlich gefordert wird und wer überhaupt fordert, oder in welchem Moment die Erwartungen erfüllt werden sollen. Die Angst, dass man die Kontrolle verliert, dass einem der Boden unter den Füßen schwindet.

Sie weiß genau, was er meint.

»Dann hatte sie ja Glück, dich zu treffen«, meint sie. »Wo du doch Experte für Ruhe und Gelassenheit bist.«

Er nickt, sieht aber nicht ganz überzeugt aus. Eher bekümmert.

Die Kinder schlafen schon seit ein paar Stunden. Anders und Katrin sind gerade beim Pavillon, wahrscheinlich, um ungestört zu sein. Obwohl ihre Stimmen gedämpft sind und man nicht jeden Satz versteht, dringt doch genug von ihrem Gespräch bis zur Veranda, auf der Eva sitzt. Sie versucht, das unsägliche Buch zu lesen, mit dem sie wohl nie fertig werden wird. Aber man hört Katrin zu deutlich.

»Ich hab es so unglaublich satt, dass du dich ständig von ihr rumkommandieren lässt.«

Eva hebt den Kopf und blickt zum Hügel und der Baustelle. Die Fenster, die inzwischen wohl schon eingesetzt sein sollten, lehnen immer noch an einem der Pfosten.

Anders sagt etwas, aber er spricht so leise, dass man ihn kaum hört.

»Dann tu doch was!«

Eva kann sich noch erinnern, was sie vor langer Zeit einmal über Katrins Hintergrund gehört hat. Dass sie ohne Geschwister bei einem alleinerziehenden Vater aufgewachsen ist. Dass ihr Vater schwerer Alkoholiker war. Und ihre Mutter? Das weiß Eva nicht mehr. Sie weiß auch nicht, warum ihr das gerade jetzt einfällt.

Ein Krachen lässt sie zusammenzucken. Anders schreit auf.

»Verdammt noch mal!«

Eva legt ihr Lesezeichen ins Buch. Katrin klingt wütend, fast schon hysterisch.

»Das war der letzte Versuch! Das wusstest du! Diesen Sommer wollten wir mit der ganzen Familie auf dem Land verbringen. Aber du lässt dich ständig von ihr rumkommandieren, statt dich richtig um uns zu kümmern. Wie immer. Du warst die ganze Zeit hier oben und hast dieses Ding gebaut! Nur weil Maja es so wollte.«

Eva reckt den Kopf und späht hinauf. Eines von den

schönen Sprossenfenstern ist kaputt. Sie sieht, wie Anders versucht, Katrin festzuhalten, damit sie nicht noch mehr anrichtet mit der Brechstange, die sie in der Hand hält.

»Wie viele Jahre willst du Maja noch anrufen und um Rat fragen, sobald es irgendein Problem gibt? Wann gedenkst du dich endlich von deiner alten Familie zu lösen? Und zu kapieren, dass du eine eigene hast? Statt dich permanent hinter deiner Kamera zu verstecken.«

Maja kommt aus dem Gästehäuschen. Sie geht an Eva vorbei, sieht sie gar nicht, und steuert direkt auf den Hügel zu.

Anders entdeckt sie und sieht besorgt aus, wie immer, wenn Maja unzufrieden ist. Katrin legt das Brecheisen aus der Hand.

»Du wirst mich hier nicht mehr zu sehen kriegen«, sagt sie zu Anders. »Morgen früh nehme ich die Kinder und fahre mit ihnen in die Stadt zurück. Denn du ziehst es ja vor, mit deinem Schwesterchen zusammen zu sein.«

»Du weißt genau, dass das nicht so ist«, wendet er ein.

»Gut. Dann komm mit. Und sieh zu, dass du das Haus kaufen kannst, so dass deine Kinder hier ihre Sommer verbringen können. Wenn du ganz ehrlich bist, willst du dieses Haus doch auch behalten.«

Anders antwortet nicht. Inzwischen ist Maja bei ihnen. Sie betrachtet die Glasscherben auf dem Boden, bleibt aber ruhig.

»Was hattest du denn gedacht, wie die Sache vor der Besichtigung gelöst werden soll?«, wendet sie sich direkt an Katrin.

»Der Makler kommt in ein paar Tagen hierher und inspiziert das Haus. Auch wenn der Pavillon bis dahin noch nicht fertig ist, sieht man ja, dass die Bauarbeiten im Gange sind. Und dass wir Fenster bestellt haben und alles.«

»Seht ihr doch selbst zu, wie ihr eure Besichtigung über

die Bühne kriegt«, sagt Katrin. »Ich hoffe, es wird ein Schlag ins Wasser.«

Sogar von der Veranda aus sieht Eva, wie es Maja für den Bruchteil einer Sekunde die Sprache verschlägt.

»Tja, du scheinst wohl die Einzige zu sein, die hier verkaufen will«, fährt Katrin fort. »So sieht es nämlich aus, auch wenn du dir vielleicht was anderes einbildest.«

Anders schweigt. Maja kann sich nicht mehr beherrschen und macht noch einen Schritt auf Katrin zu.

»Du .... kommst einfach hierher und randalierst. Gegen das Eigentum unserer Familie!«

Wie immer, wenn sie in Fahrt ist, dringen die Äußerungen anderer gar nicht zu ihr durch. Anders stellt sich zwischen die beiden.

»Ich kümmer mich drum«, sagt er zu Maja. »Ich bring das in Ordnung. Tomas und ich können die Glasscheibe noch vor der Besichtigung austauschen. Das klappt schon.«

Es ist schon fast Nacht. Anders macht immer noch im Pavillon sauber, mithilfe der größten Taschenlampe, die im Haus aufzutreiben war. Er sammelt Glasscherben auf, legt die größeren auf einen Haufen und die kleineren auf einen anderen. Und er stapelt die chaotisch herumliegenden Bretter, damit das Ganze ein bisschen ordentlicher aussieht.

Eva sagt nichts, sie geht einfach zu ihm. Er hält kurz inne, als er sie entdeckt. Ihm ist klar, dass sie alles mitgehört hat.

»Katrin kapiert das nicht.«

»Was?«

»Dass Maja mir die ganzen Jahre geholfen hat. Mit guten Ratschlägen für die Arbeit. Mit allem Möglichen.«

Er wirft ein Brett zu Boden. Es landet auf einer großen Glasscherbe, die noch einmal in zwei Teile zerbricht.

»Katrin behauptet ständig, dass Maja mich total im Griff hat. Aber ist es denn so seltsam, dass man zusammenhält, wenn man ...«

Er bringt den Satz nicht zu Ende. Er hebt bloß die beiden Scherben auf und wirft sie auf den Haufen. Eva hebt das Brett auf und lehnt es an eine Wand.

»Wenn man sonst niemanden hat?«, sagt sie.

Er geht in die Hocke, lehnt sich mit dem Rücken an den Pavillon und mustert seine Hände.

»Vielleicht. Ich hab immer total zu Maja aufgeblickt. Ich habe ihren Drive bewundert und mir gewünscht, ich hätte ihre Energie. Katrin hat immer gemeint, dass ich von ihr abhängig bin, aber darum geht es gar nicht. Maja hat so eine mitreißende Art. Du kennst sie. Du weißt doch, wie sie ist.«

Eva nickt im Dunkeln, aber er sieht es nicht.

»Dann hatte Maja ja auch so einige Probleme mit dem Job und miesen Typen. Sie brauchte auch jemand, der für sie da ist. Wir haben uns einfach gegenseitig geholfen.«

Anders redet jetzt mit ihr. Er, der doch immer so verschlossen war. Der entweder mit seinen Freunden verschwand oder sich in sein Zimmer verzog. Ihr kleiner Bruder, den sie nie so richtig verstanden hat. Und bei dem sie nie richtig versucht hat, mal zu ihm durchzudringen.

»Als Maja Single war, war ich für sie da. Ich habe sie zu Weihnachten und Neujahr und Ostern eingeladen. Ich hab sie am Wochenende im Gästezimmer schlafen lassen, damit sie nicht so einsam ist. Und ich hab ihr Geld geliehen, wenn sie welches brauchte. Das macht man doch so, wenn man sich für jemand verantwortlich fühlt, oder? Aber Katrin kapierte überhaupt nichts. Und wenn sie nicht akzeptieren kann, dass Maja da ist, dann ... tja, dann muss sie wohl fahren. Und sich einen anderen suchen. So einfach ist das. Denn Maja ist meine Schwester.«

Er seufzt.

»Katrin findet, ich hätte damals Mamas Partei ergreifen müssen. Als Maja durchdrehte.«

Er steht auf und klopft sich die Sägespäne von der Jeans.

»Es ist wohl sowieso vorbei mit Katrin. Leider.«

»Glaubst du denn, dass es völlig verfahren ist?«

Er lacht auf, ein kurzes, trauriges Lachen.

»Das ist es schon lange. Wir hatten schon vor dem Sommer beschlossen, uns zu trennen. Aber dann ist Mama gestorben, und es kam die Sache mit dem Haus auf. Katrin hat quasi einen neuen Kick gekriegt, als sie hierherkam. Auf einmal glaubte sie, dass wir es doch wieder hinkriegen. Sie war fest überzeugt.«

Er verstummt. Und räumt wortlos weiter auf.

Am Morgen danach nieselt es, der Himmel ist diesig. Eva steht auf dem Fähranleger in ihrer gelben Regenjacke mit hochgeschlagener Kapuze. Sie sieht, wie das Boot anlegt und die Gangway ausgebracht wird und die Passagiere Schlange stehen, um mit ihren Anhängern und Taschen und Tüten zusteigen zu können.

Sie wäre nicht mitgekommen, hätte Vera sie nicht darum gebeten. Hjalmar hat Theo in eine Ecke zwischen dem Geländer der Gangway und dem Briefkasten gedrängt. Jetzt steht er mit dem Rücken zu seinem Bruder und boxt sehr effektiv mit den Ellbogen nach hinten. Theo schreit und versucht, die Schläge abzuwehren. Katrin schiebt die beiden geduldig auseinander und nimmt sie mit. Dann entdeckt sie, dass Theo am kleinen Kieselstrand war und die Konsistenz des Blaulehms untersucht hat. Der getrocknete Lehm geht ihm bis zu den Ellbogen. Katrin stellt fest, dass sie ihn waschen müssen, sobald sie an Bord sind.

Sie geht mit Hjalmar und Theo an der Hand auf die Gangway. Außer der Sporttasche, die sie an einem Riemen über der Schulter trägt, hat sie kein Gepäck. Sie dreht sich um und hält nach Vera Ausschau.

Und jetzt muss Eva Veras Arme, die ihre Taille umschlungen halten, behutsam lösen. Sanft flüstert sie dem Mädchen ins Ohr:

»Wir sehen uns wieder.«

»Wann denn?«, fragt Vera und sieht zu Eva auf.

»Ich weiß nicht. Nicht so bald.«

»Wir wollten doch eigentlich noch mit dem Boot rausfahren.«

»Das machen wir auch noch. Ein andermal.«

Katrin kommt mit den Jungs im Schlepptau zu ihnen. Hjalmar zupft Eva am Hosenbein.

»Ich hab einen Zahn verloren!«, verkündet er. »Jetzt ist das da wie so'n Kissen.«

Er zeigt ihr die Lücke, während Theo sie am Ärmel zieht und verkündet, dass er jetzt bis hundert zählen kann.

»Aber nicht bis zweihundert, das kann ich nämlich noch nicht.«

Sie berührt sein Haar.

»Doch, kannst du schon. Zuerst hunderteins. Dann hundertzwei. Und dann hundertdrei. Und hundertvier. Verstehst du? So geht das dann weiter bis zweihundert.«

Theo ist völlig perplex. Doch dann hellt sich seine Miene ganz langsam auf.

»Guck mal!«, sagt Hjalmar.

Er streckt eine Hand aus. Auf der Handfläche liegt ein winzigkleiner Milchzahn.

»Den schenk ich dir«, sagt er.

Und bevor sie weiß, wie ihr geschieht, hat er ihr die Hand in die Tasche ihrer Regenjacke geschoben. Sie ist dankbar, dass es keine Schnecke war.

»Was ist das denn?«

Hjalmar zieht einen Gegenstand heraus, den er in ihrer Tasche gefunden hat. Den zerknitterten Flyer des Parktheaters. Den hat sie von einer Tasche in die nächste gesteckt. Sie nimmt den Zettel und glättet ihn, so dass man das Bild erkennen kann.

»Ein Theaterstück«, sagt sie.

Hjalmar hört gar nicht zu, er hat es schon wieder vergessen. Stattdessen übt er mit Theo Kung-Fu-Tritte in der Luft.

Katrin fasst Vera an der Schulter.

»Kommst du, mein Schatz?«

Vera, die gerade eine Haarsträhne mit den Fingern zwirbelt, dreht sich herum. Sie hält Evas Arm fest.

»Bitte, Vera, kommt jetzt. Die Fähre legt gleich ab.«

»Nein!«

Vera presst die Lippen zusammen. Katrin scheint der

Schweiß auszubrechen. Sie blickt zur Fähre, wo bereits alle Passagiere an Bord gegangen sind. Der Mann an der Gangway wartet nur noch auf sie. Theo und Hjalmar sind ganz in ihr Spiel vertieft, sie stecken gerade mitten in einem Fernsehfilm voller Wumm und Peng und Rums.

Katrin fängt Evas Blick auf.

»Du kannst uns doch mal besuchen, oder? Zum Abendessen vorbeikommen oder so?«

Eva ist überrascht, nickt aber.

»Gut, abgemacht.«

Veras finstere Miene hellt sich etwas auf. Als Katrin ihre Hand nimmt, blickt das Mädchen noch einmal zu Eva auf.

»Du musst ab und zu nach dem Käfer gucken«, bittet sie. »Damit das Grab nicht aufgeht, wenn es regnet.«

»Werd ich machen. Ganz bestimmt.«

Vera lässt sie los. Die kleinen roten Gummistiefel steuern auf die Gangway zu, und Katrin hält ihre Tochter bei der Hand und schiebt sie vor sich her, während sie gleichzeitig Hjalmar und Theo einfängt. Alle vier gehen an Bord. Die Motoren dröhnen, die Fähre legt ab und dreht der Insel das Heck zu.

Eva klappt das metallene Signal für die Fähre wieder runter und macht sich auf den Rückweg.

Die Erinnerungen kommen wieder hoch, obwohl sie nichts von ihnen wissen will. Wie sie schreit, um sich schlägt und beißt. Wie sie zum Schluss vom Kindermädchen und ihrem Freund festgehalten wird. Wie Mama auf die Waxholm-Fähre steigt, fortfährt und verschwindet. Wie Eva dann den Großteil der Woche apathisch auf dem Bett liegt. Nicht zum Baden mitkommen mag, nicht Beerenpflücken gehen, nicht Krocket oder Badminton spielen. Die ganze Woche nicht. Bis Mama wieder zurückkommt.

Und die anderen Male. Wenn Eva am Morgen in Mamas Schlafzimmer gehen und in ihr Bett krabbeln will, wie sonst auch. Um bei ihr zu liegen, zu reden und zu lachen, Dinge zu erzählen. Aber das Kindermädchen hält sie mit festem Griff fest und sagt, dass sie nicht darf. Mama muss schlafen, man muss sie ausschlafen lassen, damit sie die ganze Arbeit schafft. Aber Eva hört nicht zu, sie kämpft gegen den Griff des Kindermädchens. Es geht um Leben oder Tod. Und zum Schluss gelingt es ihr auch, sich loszureißen, sie ist frei und stürzt zu Mamas Schlafzimmertür, wo die Rettung wartet, wo Mama liegt und auf sie wartet und sich genauso nach ihr sehnt wie Eva nach ihr.

Und dann muss sie entdecken, dass die Tür abgeschlossen ist. Sie rüttelt immer wieder an der Klinke, aber die Tür bleibt verschlossen und stumm.

Schließlich sackt sie auf den Boden und bleibt sitzen, ein jämmerliches kleines Häufchen Elend, bis das genervte Kindermädchen ihren schlaffen Körper ins Erdgeschoss verfrachten kann. Dort – so teilt man Eva mit – darf sie weinen und schreien, so viel sie will, ohne Mama damit zu wecken.

Als Eva wieder zu Hause ist, macht sie sich ans Unkrautjäten und entfernt Laub vom Vorjahr. Sie arbeitet so hart, dass sie trotz des bewölkten Tages ins Schwitzen kommt. Ab und zu meint sie die Stimmen der Kinder aus dem Garten oder aus dem Haus zu hören, aber sie weiß, dass es nur Einbildung ist. Später geht sie zum Badesteg hinunter und schwimmt weit ins kühle Wasser hinaus, viel weiter als sonst.

Der Abend hat sich über die Insel gelegt. Tomas und Maja sind zu ein paar neuen Nachbarn rübergegangen, die Maja an der Müllsammelstelle getroffen und angesprochen hat, was dazu führte, dass Tomas und sie auf ein Glas Wein eingeladen wurden. Der Fernseher im Wohnzimmer ist an. Anders liegt auf dem Sofa und zappt im Sekundentakt von einem Kanal zum nächsten. Eva geht an ihm vorbei, während sie alle möglichen Spuren beseitigt, die Katrin und die Kinder im Haus hinterlassen haben. Sie findet ein Spielzeugauto unter dem Rattansessel und legt es Anders auf den Wohnzimmertisch.

»Ich hab versucht, Katrin anzurufen«, sagt er. »Aber sie geht nicht ran.«

»Vielleicht möchte sie erst mal ein bisschen allein sein.«

Einer von den Filzstiften der Kinder liegt auf dem Bücherregal, ohne Kappe. Sie nimmt ihn an sich, um ihn wegzuwerfen. Anders folgt ihr mit den Blicken.

»Katrin hat recht«, sagt er. »Sie hat absolut recht.«

Sie hält inne und sieht ihn an.

»Maja hat mich irgendwie die ganzen Jahre herumgescheucht«, sagt er. »Diesmal war es genau dasselbe. Sie war diejenige, die Mamas Haus unbedingt schnell verkaufen, das Haus schätzen lassen und einen Makler hinzuziehen wollte. Nicht ich.«

»Du nicht?«

Er schüttelt den Kopf.

»Ich hab einfach mitgemacht, aus alter Gewohnheit.«

Eva macht sich wieder ans Aufräumen. Als Nächstes hebt sie eine einzelne Sandale hinter der Küchentür auf.

»Ich hab versucht, dich anzurufen und zu warnen, als sie den Makler kontaktierte«, sagt er. »Aber du hast nie zurückgerufen. Warum eigentlich nicht?«

Unter dem Rattansessel, unter dem anscheinend niemand nachgesehen hat, liegt eine Handvoll Legosteine.

Eva geht in die Hocke und fischt sie unter dem Stuhl hervor, während sie die Frage sacken lässt. Ja, warum eigentlich nicht?

»Das hätte ich vielleicht tun sollen«, gibt sie zu.

Sie geht mit der Sandale in den Flur, wo das zweite Exemplar liegt. Als sie beide nebeneinander auf das Schuhregal gestellt hat, betrachtet sie sie einen Augenblick. So verlassen ohne ihren Besitzer, so ganz ohne ihren natürlichen Zusammenhang. Sie geht weiter in die Küche, diese Höhle, in der immer irgendwelche entspannenden Tätigkeiten warten. Das Geschirr vom Küchentisch abräumen, die Arbeitsplatten abtrocknen, den Boden fegen, Mülltüten zuknoten.

Am Ende ist alles blitzeblank, und sie setzt sich mit dem Kreuzworträtsel aus einer Wochenzeitschrift an den Tisch. Die alte Siebzigerjahre-Lampe verbreitet ein warmes Licht, und kurzfristig fühlt sich alles fast so an wie früher.

Die Erkennungsmelodie der Nachrichten tönt aus dem Wohnzimmer. Sie steht auf und stellt sich an die Tür. Anders hat aufgehört zu zappen. Als Erstes kommt ein Bericht über die Ankunft der geretteten Frauen aus Neu Delhi in Arlanda, wo sie von einem großen Medienaufgebot empfangen werden.

Mitten in den zuckenden Kamerablitzen steht die kleine Gruppe. Die Tränen laufen ihnen über die Wangen, aber ihre sonnengebräunten Gesichter strahlen. Mehrere Töchter und Söhne werfen sich ihnen um den Hals und drücken sie fest an sich.

Eine Tochter, die noch ganz feuchte Augen hat, wird interviewt. Sie steht neben ihrer Mutter und bekommt kaum ein vernünftiges Wort heraus, nur ein paar abgerissene Seufzer, woraufhin ihre Mutter sie wieder in den Arm nimmt. Die Kamera zoomt auf ihre fest ineinander verschränkten Hände.

Eva wendet sich wieder ihrem Kreuzworträtsel zu und starrt auf die Kästchen, bis alles ineinanderläuft. Sie hört den Geräuschen vom Fernseher zu, obwohl sie nicht genau mitbekommt, was eigentlich gesprochen wird. Es sind Wirtschaftsnachrichten und Sport und Wetter, und alles bildet einen einzigen gleichförmigen Geräuschbrei.

Mama hatte ihre eigene Art fernzusehen. Sie schaute immer nur ganz ernste Spielfilme, deren Qualität allgemein anerkannt war, etwas anderes kam gar nicht infrage. Fassbinder, Fellini, Bergman, Herzog. Frauenschicksale, lange Schweigepausen, Kriegsszenen, Einstellungen, die ganze Ewigkeiten dauerten, schweres Atmen, Angstschreie, tödlich rasselnder Husten.

Mama saß in einem Sessel, der direkt vor dem Bildschirm stand. Für sie waren es besondere Anlässe, sie wollte sich dem Fernsehen richtig widmen. Von Zerstreuung konnte gar nicht die Rede sein. Die Lichter im Zimmer waren aus, alle Konzentration galt der Handlung auf dem Bildschirm. Als Eva klein war, durfte sie sich – unter der Bedingung, dass sie ganz still war – dazusetzen und mitgucken, sobald ihre Geschwister eingeschlafen waren. Sie saß in der Sofaecke, umgeben von pechschwarzer Stille. Es gab nur das kalte Licht und die schrecklichen Geräusche des Fernsehers.

Manchmal krabbelte sie auf Mamas Schoß. Bei besonders gefühlsintensiven Szenen rollten Mama unter ihren Brillengläsern Tränen über die Wangen. Vor allem bei Szenen, bei denen es um Mutter-Tochter-Beziehungen ging. Eva war dann immer ganz verzweifelt und nahm Mama die Brille ab, um ihr die Tränen abzutrocknen. Dann lächelte Mama sie an, machte freundlich »pscht« und schaute weiter.

Eva kann sich noch an einen Bergman-Film erinnern. Ein Paar Frauenbeine ragte von der einen Seite ins Bild, man hörte Gestöhne und ab und zu erstickte Schreie. Das Zimmer, in dem das geschah, war kalt und weiß. Außerdem kann sie sich noch gut an die Szene erinnern – ob im gleichen Film oder in einem anderen, weiß sie nicht mehr –, in der Liv Ullmann eine ganze Ladung Tabletten mit einem Glas Wasser herunterspülte. Davor hatte sie noch eine Nachricht auf eine Kassette gesprochen. Eva kapierte das Ganze nicht und bestand darauf, aufgeklärt zu werden. Mama machte eine Ausnahme von der Regel des absoluten Schweigegebots und erklärte kurz, dass die Frau sterben wollte, dass sie dabei war, Selbstmord zu begehen. Eva fragte warum, kann sich aber nicht erinnern, ob sie eine Antwort bekam, und wenn ja, was für eine.

Der Schlaf will einfach nicht kommen. Nachdem er so lange ihr Freund gewesen ist, beginnt er sie jetzt zu verraten. Die Gedanken schwirren davon. Sie spürt, dass sie schon kurz vorm Einschlafen ist, bemüht sich aber, das nicht aktiv zu registrieren, sonst sabotiert sie das endgültige Einschlafen. Aber nachdem sie erst mal so weit gedacht hat, ist es schon zu spät.

Jetzt ist sie wach. Dann kann sie es genauso gut gleich aufgeben.

Das Licht macht sie lieber nicht an. Sie will Dunkelheit, wenn sie sich ans offene Fenster stellt und ins Nichts hinausblickt. Es ist, als würde man direkt in einen Sack hineingucken. Pechschwarz, abgesehen von ein paar winzigen Lichtpunkten irgendwo weit in der Ferne, wo jemand anders anscheinend auch noch wach ist.

Die einsam brennende Lampe. Wie ein Gruß aus der Kindheit, aus der Zeit, als sie schon groß genug war, um keine Aufsicht durch die Tagesmutter mehr zu brauchen wie ihre kleinen Geschwister, und nach der Schule jederzeit zum Spielen zu ihren Freunden gehen durfte. Wenn es dunkel wurde, verlief sich die Freundesschar, weil alle zum Essen nach Hause mussten. Sie sah, wie die anderen ihre Räder abstellten und in die Häuser mit den erleuchteten Fenstern gingen. Dort duftete es nach selbstgekochtem Essen, und hinter den Fenstern bewegten sich Menschen. Eva hingegen näherte sich ihrem Haus, einer Fassade, an der kein einziges Fenster erleuchtet war. Nicht ein einziges Licht war an. Nicht das geringste Anzeichen von Leben war zu sehen.

»Ist bei dir denn niemand zu Hause?«, fragte ihre Freundin, die sie begleitete, dann jedes Mal verwundert.

»Doch«, musste Eva notgedrungen antworten.

Denn zu Hause war ja jemand.

Sie erinnert sich, wie sie dann die Haustür mit ihrem eigenen Schlüssel aufsperrte und in den dunklen, stillen Flur trat, wo ihr kein Hauch von Essensduft entgegenkam. Aus dem Arbeitszimmer hörte man das ununterbrochene Geknatter der Schreibmaschine. Da drin saß ihre Mutter, beleuchtet von der Schreibtischlampe. Die einzige Lampe, die im ganzen Haus brannte. Sie schrieb schnell und konzentriert auf ihrer Schreibmaschine, inmitten griffbereit aufgeschlagener Bücher, Zeitschriften und Notizen. So hatte sie schon stundenlang völlig absorbiert dort gesessen. So lange, dass sie gar nicht gemerkt hatte, wie es um sie herum dunkel wurde.

Geräusche vor dem Fenster. Sie lauscht. Stimmen und Schritte, das Quietschen des Gartentors.

Sie sieht Tomas und Maja über den Kiesweg zum Gästehäuschen gehen. Maja ist betrunken. Sie hängt an Tomas wie ein unförmiger Sack, murmelt etwas vor sich hin und scheint völlig weggetreten. Er stützt sie, trägt sie fast zum Gästehäuschen und die paar Stufen nach oben. Eva lehnt sich ein bisschen hinaus, um besser zu sehen. Die beiden verschwinden im Häuschen, und dann ist wieder alles still. Wahrscheinlich ist Maja ins Bett gefallen und war sofort weg.

Dann geht die Tür aber wieder auf, und Eva weicht schnell ein Stück zurück. Doch Tomas bemerkt sie gar nicht, er geht nur zur Bank unter dem Kirschbaum. Dort setzt er sich hin, streckt die Beine aus und atmet tief durch, als hätte er gerade eine Trainingseinheit absolviert. Wie sie jetzt sieht, hat er eine Flasche Whisky dabei und ein Glas. Er schraubt die Flasche auf, gießt sich einen guten Schuss ein und trinkt ein paar Schlucke, während er in den dunklen Garten blickt. Dann holt er sein Handy hervor und fängt an, darauf herumzutippen.

Sie betrachtet ihn von oben. Sieht seinen Scheitel, das zerstrubbelte braune Haar. Es sieht so weich aus.

Eva tritt vom Fenster zurück, zieht sich Shorts und ein Top an und darüber eine Strickjacke. Dann geht sie barfuß die Treppe hinunter, ganz vorsichtig auf dem glatten, alten Holz. Tastet sich durchs Wohnzimmer und schlüpft in Mamas Holzclogs, die vor der Verandatür stehen.

Tomas blickt auf, als er hört, wie die Tür aufgeht, und steckt das Handy rasch wieder in die Tasche. Sie geht zu ihm und setzt sich neben ihn. Spürt die Wärme seines Oberarms, der nur wenige Zentimeter von ihrer Schulter entfernt ist.

Die Nacht ist dunkel und still. Tomas sagt gar nicht. Sachte schwenkt er den Whisky in seinem Glas.

Es ist eiskalt auf der Bank, Hochsommer hin oder her. Sie fröstelt und zieht die Strickjacke etwas fester zusammen. Tomas hält ihr sein Glas hin. Der Alkoholdunst steigt ihr in die Nase, und sie schüttelt den Kopf. Nein danke.

Er nimmt selbst einen Schluck.

»Maja ist total fertig«, sagt er. »Wegen diesem Zettel, den eure Mutter da geschrieben hat. Ob sie sich noch mehr Kinder anschaffen soll. Das kriegt sie einfach nicht aus dem Kopf.«

Er späht nach vorne, zur schwarzen Silhouette des Waldes, der sich gegen den Himmel abzeichnet wie eine gezackte Linie.

»Es ist schwer«, fährt er fort. »Aber es kommt schon in Ordnung. Irgendwann.«

»Ich weiß.«

»Ich weiß, dass du das weißt.«

Sie sieht ihn an.

»Ist deinem großen Bruder eigentlich nie geholfen worden?«, fragt sie.

Nachdenklich nimmt er noch einen Schluck.

»Doch. Wir standen in engem Kontakt mit der Psychiatrie. Aber manchmal hörte er einfach auf, seine Tabletten zu nehmen, ohne etwas davon zu sagen. Mama schlief überhaupt nicht mehr, zum Schluss wurde sie vorzeitig pensioniert. Dann konnte sie endlich nach Hause gehen und seine Tabletten zählen und dafür sorgen, dass er sie wirklich nahm. Das macht sie immer noch. Und er ist einfach nur stinksauer, dass man seine Selbstmordversuche die ganze Zeit verhindert. Er läuft rum und ist wütend, dass wir ihn nicht verschwinden lassen. Und wir hassen ihn dafür.«

Sie bleiben eine Weile stumm nebeneinander sitzen.

»Wie war deine Mutter denn, als sie gesund war?«, will er wissen.

»Sie war lieb. Sie hat quasi dafür gesorgt, dass ich überlebt habe. Ich meine, dass ich ihren Selbstmord überlebt habe.«

»Wie das?«

»Sie war viel weg, als ich klein war, aber wenn sie zu Hause war, dann war sie die beste Mutter der Welt. Sie gab mir eigentlich alles, was man braucht. All das, was Kinder brauchen, wenn man sie nicht total …«

»Verkorksen will?«

Sie kann sich ein halbes Grinsen nicht verkneifen.

»Ich meine nur, dass ich das alles hier ohne sie nicht geschafft hätte.«

Das entspricht voll und ganz der Wahrheit.

»Das hat sie dann ja gut hingekriegt«, sagt er und lächelt. »Könnte man sagen.«

»Ja.«

Eva lächelt zurück.

»Das ist wohl so eine Art Mindestanspruch an Eltern«, meint sie. »Wenn man mit der ersten Aufgabe scheitert, nämlich seinen Kindern zu zeigen, wie man lebt, muss man zumindest die zweite erfüllen, nämlich den Kindern das nötige Rüstzeug mitzugeben, um so was hier durchzustehen.«

»Ja, so was sollte verpflichtend festgelegt sein. Dass man ihnen zumindest solche Dinge mit auf den Weg gibt.«

Er sieht sie forschend von der Seite an.

»Apropos Eltern. Wer ist eigentlich der Vater deines Sohnes?«

»Ganz ehrlich – ich habe keine Ahnung.«

Er hebt eine Augenbraue, und sie muss lachen. Diese Stimmung zwischen Ernst und Spaß, Weinen und Kichern ist so seltsam, dass sie angespannt ist bis in die letzte Muskelfaser.

»Ich habe ihn in über zwanzig Jahre kaum zu Gesicht

bekommen«, sagt sie. »Aber damals war er ein ziemlich erbärmlicher Typ. Er träumte davon, Kunstfotograf zu werden, hatte aber nicht genug Talent. Außerdem war er wohl auch ziemlich faul. Er hatte sich ein eigenes Studio gemietet, das er sich überhaupt nicht leisten konnte. Und irgendwann haben wir dann Schluss gemacht.«

Er fragt nicht weiter nach. Auch nicht, wie ihr Liebesleben in den zwei Jahrzehnten ausgesehen hat, die seitdem vergangen sind. Und sie ist ihm dankbar dafür, denn im Großen und Ganzen gibt es da gar nichts zu erzählen. Vereinzelt mal ein flüchtiger Flirt und hinterher betrunkenes Rumgemache auf der einen oder anderen Lehrerkonferenz – das macht nicht gerade viel her. Auch nicht dieser nette, aber total nichtssagende Mann, der eines Sommerabends vor ein paar Jahren auf Södermalm Kontakt mit ihr aufnahm. Sie war mit Stina dort, um ein Bierchen zu trinken, und ihre Freundin ermutigte sie, auf seine Annäherungsversuche einzugehen. Tatsächlich küsste er sie, bevor sie um drei Uhr morgens auseinandergingen. Sie weiß noch, dass sie ganz glücklich war über so viel Aufmerksamkeit. Und er blieb auch monatelang dran und rief an und simste und schrieb lange Mails, die er mit »für immer Dein« unterschrieb, aber irgendwie konnte sie nie wirkliche Gefühle für ihn aufbringen. So nett er auch war.

Sie hat Elias niemals einen ernst zu nehmenden Freund vorgestellt, geschweige denn jemand einziehen lassen. Es waren immer nur sie zwei. Und Mama natürlich.

Tomas, der neben ihr im Dunkel sitzt, schaut sie immer noch an, wie ihr bewusst wird. Seine Augen glänzen auf eine Art, die sie noch nie zuvor gesehen hat. Plötzlich ist auch die Luft zwischen ihnen wie aufgeladen, und sie weiß nicht, wie sie verhindern soll, was da auf einmal zu passieren scheint.

Er legt seine Hand auf ihre. Sie ist warm.

Eva bewegt sich nicht. Sie gleitet nur in einen gesetzlosen Raum. Gleitet davon.

Da legt er den Arm um sie und zieht sie an sich. Langsam lässt sie sich weiter nach unten gleiten, lässt zu, dass sie sich innerlich auflöst. Und dann küsst er sie. Noch einmal. Und dann noch einmal.

Er hält immer noch ihre Hand, als sie aufstehen und in die Fliederlaube gehen, wo keiner sie sehen kann. Der Abendhimmel wölbt sich über ihnen mit all seinen leuchtenden Sternen, und sie denkt an nichts anderes mehr, nur noch daran, wie warm seine Hand ist.

Sie küssen sich in der Dunkelheit der Blätter, und jetzt kann sie sich wieder daran erinnern, wie es sein konnte. Damals. Als alles noch schön und voller Hoffnung war.

»Du warst so schön neulich«, flüstert er. »In dem blauen Kleid.«

Er fährt ihr mit der Hand über den Rücken, zieht ihr die Strickjacke von den Schultern, schiebt ihr Top hoch und beginnt sie überall zu berühren. Jetzt geht alles viel zu schnell, es wird zu ungeschickt und zu hitzig und zu viel, und sie entzieht sich seinen Händen.

Majas blaues Kleid.

Tomas versucht sie wieder an sich zu ziehen, aber sie schiebt ihn weg. Auf einmal ist sie hellwach. Und will ganz bestimmt nicht mehr, was hier geschieht.

Da kommt auch er wieder zur Vernunft und zieht sich die Kleider zurecht.

»Entschuldige.«

Sie nickt und hat nichts hinzuzufügen.

Die verzauberte Stimmung ist plötzlich einer schalen Peinlichkeit gewichen. Sie zittert in der Nachtkühle und begreift gar nicht, wie sie so dünn bekleidet überhaupt so lange draußen sein konnte.

»Lass uns morgen reden«, sagt er.

Erneut nickt sie, und er verlässt mit raschen Schritten die Laube. Sie bleibt noch einen Augenblick stehen, hört ihn ins Gästehäuschen gehen und die Tür hinter sich zuziehen.

Die Sonne ist schon lange aufgegangen, und Eva schläft. Sie steckt gerade mitten in einem Traum, als sie von Majas lauter Stimme geweckt wird:

»Dann hau doch ab, zum Teufel! Mach doch. Hau ab!«

Sie stehen vor dem Gästehäuschen, und Eva hört jedes

Wort durch ihr halboffenes Fenster, trotz des heruntergezogenen Rollos.

»Maja … es hat keinen Sinn, dass wir weitermachen. Es funktioniert nicht mit uns, so einfach ist das.«

Nach diesem Satz von Tomas herrscht Stille. Nur Majas Schluchzen ist zu hören.

Eva schiebt das Rollo einen Tick beiseite und schielt hinaus. Sie sieht Tomas auf dem Rasen mit seiner großen Tasche in der Hand. Maja steht an der Tür des Gästehäuschens. Sie hat verheulte Augen und ist ganz blass. Ihr dunkles Haar ist zerstrubbelt und strähnig.

»Es ist Evas Schuld, stimmt's? Wegen ihr hältst du es nicht mehr aus.«

»Ich muss jetzt los. Wir reden später noch mal.«

»Na, dann hau doch endlich ab! Was stehst du hier noch rum?«

Er wendet sich zum Gehen.

»Ich weiß, worum es geht«, schnieft Maja hinter ihm. »Es ist, weil ich gesagt habe, dass ich Kinder mit dir will.«

Er hält inne, und sein Blick bekommt etwas Festes.

»Das war dein Projekt. Nicht meins«, sagt er. »Was bildest du dir eigentlich ein – nach zwei Monaten? Kinder? Das ist doch völlig wahnwitzig.«

Maja verbirgt das Gesicht in den Händen.

»Außerdem hatte ich nie vor, länger als eine Woche oder so hier draußen zu bleiben«, fährt er fort. »Das habe ich von Anfang an gesagt. Aber es ist ja wohl deutlich mehr als eine Woche geworden.«

Jetzt hebt Maja den Kopf.

»Ich war überhaupt nie verliebt in dich! Und es ist mir scheißegal, wohin du gehst!«

Er antwortet nicht. Er geht einfach nur durchs Gartentor und nimmt den Weg Richtung Fähranleger.

Eva wirft einen Blick auf ihr Handy. Die Waxholm-Fähre geht in zehn Minuten. Die wird er wohl schaffen, aber es ist knapp.

Eine wilde Sekunde lang will sie nach unten rennen, durch den Vordereingang hinaus und ihm nachlaufen. Aber der Anleger wird natürlich voller Menschen sein. Es gibt keinen Grund, sich vor der ganzen Insel zum Narren zu machen.

Da fällt ihr Blick auf Maja. Sie ist auf der Treppe zum Gästehäuschen zusammengesunken. Ein Bündel graue Einsamkeit.

Die Treppe hinunter, den Vordereingang hinaus. Sie eilt ungesehen quer durch die Sommerwiesen, geht hinter Büschen und Bäumen in Deckung, schneidet Kurven. Und die ganze Zeit läuft sie ein scharfes Tempo.

Am Ende steht sie völlig außer Atem vor ihm. Das zweite Mal innerhalb kürzester Zeit, dass sie hier steht.

»Musst du wirklich weg?«

Die Fähre liegt mit brummendem Motor am Kai. Noch ist die Schlange der einsteigenden Passagiere lang. Die Leute unterhalten sich und lachen. Keiner scheint Notiz von ihnen zu nehmen.

»Warum fragst du?«

Er schaut ihr direkt in die Augen.

»Weil ... Maja ...«

Sie holt tief Luft. Sie muss sich erst einmal wieder beruhigen.

»Maja?«

»Ja. Du kannst nicht einfach aus ihrem Leben verschwinden.«

Sie atmet tief durch.

»Wenn du zu ihr zurückgehst ... Ich bin sicher, dass ihr alles klären könnt. Und wieder zueinanderfindet.«

»Du verstehst das nicht«, sagt er. »Ich wollte wirklich bloß eine Weile meinen Spaß haben. Nichts weiter.«

Spaß haben. Nein, das versteht sie tatsächlich nicht.

»Als eure Mutter starb, tat mir Maja schrecklich leid«, sagt er. »Wir hatten uns gerade erst kennengelernt, und sie war so fertig. Sie bat mich, zur Beerdigung mitzukommen, das hab ich dann auch gemacht. Und dann wollte sie, dass ich mit hier rauskomme. Ich hatte mir so eine Art Mini-Urlaub vorgestellt, und da hätten wir auch leichter mal in Ruhe drüber reden können, was das mit uns werden soll.«

Er macht eine Pause.

»Ich hätte schon vor einer guten Weile fahren sollen. Aber irgendetwas hat mich festgehalten.«

Er fährt ihr mit dem Finger am Unterkiefer entlang und den Hals hinunter. Sie spürt nichts anderes als einen schwieligen Finger, der über ihre zarte Haut kratzt. Der Finger hätte genauso gut einem x-beliebigen Mann gehören können, alles andere ist verschwunden. Sie versteht nicht, wie es überhaupt jemals etwas anderes gegeben haben kann.

»Wenn nicht so viele Leute hier wären, würde ich dich küssen«, sagt er leise.

»Diese Sache gestern ist nie passiert«, sagt sie. »Okay?«

»Doch. Und ob die passiert ist.«

Er wirft einen Blick zur Fähre, wo gerade die letzten Passagiere an Bord gehen.

»Wie heißt es immer so schön ... das ist alles schrecklich kompliziert. Diese Insel macht mir bloß das Leben schwer. Noch schwerer, als es sowieso schon ist.«

Sie will nachfragen, was er meint, lässt es dann aber.

Bevor er an Bord geht, beugt er sich vor und gibt ihr einen kleinen Kuss auf die Wange, kurz vorm Ohr.

Draußen regnet es. Ein richtiger Sommerregen, der aus dem stahlgrauen Himmel strömt und an den Fensterscheiben herabfließt. Maja hat sich im Gästehäuschen eingeschlossen und den ganzen Tag nicht blicken lassen.

Eva steht auf der verglasten Veranda im ersten Stock und blickt hinaus. Der Horizont ist nur so gerade eben zwischen den Bäumen auszumachen. Sie glaubt einen Schwarm Kormorane auf einer Felseninsel zu erkennen. Sie sitzen auf toten Zweigen, die sich schwarz vor dem Himmel abzeichnen, und sehen aus, als hätte man sie in pechschwarzes, dickflüssiges Öl getaucht.

Regen und Gewitter. Wie damals, als sie zu dritt allein am Strand in Schonen waren und badeten. Als der Himmel auf einmal ganz schwarzgrau wurde und der Regen völlig unerwartet über sie hereinbrach. Es schüttete wie aus Kübeln, und ein paar heftige Donnerschläge ließen Maja laut aufschreien. Damals war sie noch ganz klein, mollig und weich. Der zwei Jahre ältere Anders fürchtete sich überhaupt nicht, der rannte herum und sammelte Badesachen und Handtücher und Schuhe zusammen, während Eva Maja im Arm hielt, ihr über Haare und Rücken strich und beruhigend auf sie einredete. Sie wickelte ihre kleine Schwester in ein Badehandtuch und setzte sich mit ihr in den Sand, drückte sie an sich und wiegte sich vor und zurück, wozu sie eine selbst ausgedachte Melodie summte. Als Anders fertig war, nahm Eva die beiden rechts und links an die Hand, und sie rannten alle drei zusammen nach Hause. Sie lachten darüber, wie pitschnass sie geworden waren, als hätten sie gerade geduscht.

Als sie heimkamen, wartete Mama schon. Sie aßen zu Abend, und die kleinen Geschwister wurden zu Bett gebracht. Wie immer blieben Mama und Eva noch im Wohnzimmer. Sie lasen und unterhielten sich, während Eva ein Bild nach dem anderen malte. Und dann las Mama ihr vor dem Einschlafen noch etwas vor. Obwohl sie schon elf und eigentlich zu alt dafür war, hingen beide an dieser Gewohnheit. Oft waren es Erwachsenenromane, manchmal auch Lyrik. Niemals etwas Triviales, denn so etwas fand Mama langweilig. Ohne Sinn, ohne Anliegen. Sie wünschte sich, dass ihr ganzes Dasein nur mit wirklich sinnvollen Beschäftigungen und Gedanken ausgefüllt war.

Zusammen arbeiteten sie sich durch ganze Stapel von Literatur. Mamas Lesestimme. Besonders, wenn sie aus dem *Buch der Gedichte* vorlas, der hellblauen Anthologie, in dem auch Evas Lieblingsgedicht stand, das traurige *Der Rote Eemeli* von Elmer Diktonius. Und der *Maschinengesang: Orlodoffa doschkoff, orlodoffa doschkoff. Ich bin die Maschine – ich.*

Mama hatte eine ganz bestimmte Stimmlage, wenn sie laut vorlas, und sie rollte das R immer ganz besonders. *Orlo, orlo.*

Aber als sie Astrid Lindgrens Geschichte *Goldkind* vorlas, musste sie so sehr weinen, dass sie eine Pause einlegen musste. Sie konnte kaum fertig lesen.

Jetzt erinnert sich Eva an immer mehr. Und immer klarer. Sie erinnert sich auch an Maja als Teenager, als Eva schon von zu Hause ausgezogen war und selbst ein Kind bekommen hatte. Majas nervige unterschwellige Galligkeit, ihre ganze ätzende Attitüde. Ihre grundlosen Wutausbrüche. Wie auch das eine Mal, das letzte Mal, als es zum Bruch zwischen den Geschwistern kam.

Eva ist mit ein paar Kommilitonen von der Pädagogischen Hochschule weggegangen, erst ins Kino und dann noch zum Essen. Zum ersten Mal seit langer Zeit. Manchmal wird sie ein bisschen nervös, wenn sie daran denkt, dass sie tatsächlich schon 28 ist, bald 30. Sie kommt so selten mal raus, wie soll sie da jemand kennenlernen? Unter den

Kommilitonen ist keiner, der sie auch nur im Mindesten interessieren würde. Na ja, doch, einer vielleicht, der mit den dunklen Haaren. Der war an dem Abend auch dabei. Aber es ist nichts passiert, sie muss mal sehen, wie sich das weiter entwickelt.

Dass sie an diesem Abend ausgehen konnte, hat sie dem glücklichen Umstand zu verdanken, dass es ihr tatsächlich mal gelungen ist, Maja zu überreden, mit Mama auf den kleinen Elias aufzupassen. Anders ist wie immer mit seinen Kumpels unterwegs, und Eva will nicht, dass Mama allein ist, weil sie in letzter Zeit immer so niedergeschlagen war. Sie ist immer stiller geworden, und wenn Eva fragt, wie es ihr geht, bekommt sie kaum eine Antwort.

Es wird spät. Es ist schon nach Mitternacht, als sie in Mamas Flur tritt. Sie zieht die Jacke aus, während sie ins Wohnzimmer schaut, wo Maja auf dem Sofa liegt und fernsieht. Mama ist nirgends zu sehen.

»Schläft Elias?«

»Ja. Ging alles ganz prima.«

»Und Mama? Schläft die auch schon?«

»Sie ist rausgegangen.«

Maja wendet den Blick immer noch nicht vom Bildschirm.

»Wohin?«

Jetzt wendet Maja den Kopf, sieht Eva aber nur mit leerem Blick an.

»Wohin wollte sie denn?«

Eva wirft einen Blick auf die Uhr. Halb eins. Ein metallischer Geschmack breitet sich in ihrer Kehle aus.

»Keine Ahnung.«

Ganz ruhig bleiben jetzt. Keine Überreaktion. Eva wirft ihre Jacke auf den Stuhl im Korridor und geht ins Wohnzimmer, wo sie sich auf die Sofakante setzt und Maja ansieht.

»Wann ist sie gegangen?«

Maja seufzt, als wäre Eva unglaublich nervig. Mitten im Spielfilm.

»Vielleicht so gegen acht. Ich hab grade Elias ins Bett gebracht.«

»Gegen acht? Es ist jetzt halb eins! Ist sie seit viereinhalb Stunden weg?«

Maja bleibt schweigend liegen und starrt immer noch auf den Bildschirm. Eva steht auf und schaltet das Gerät aus. Maja schießt hoch, aber sie sagt nichts.

»Wo ist sie? Maja, wo ist sie hin?«

»Ich weiß es nicht, hab ich dir doch schon gesagt.«

»Sie muss doch was gesagt haben. Wann wollte sie zurück sein?«

»Sie hat nichts gesagt. Ich weiß es nicht. Hörst du mir eigentlich zu?«

Majas wütender Ton reißt die letzten Dämme ein. Eva packt ihre kleine Schwester bei den Schultern und umklammert sie mit eisernem Griff. Dann zischt sie ihr jedes Wort einzeln ins Gesicht.

»Jetzt. Erzählst du. Verdammt noch mal. Wo Mama. Hingegangen ist.«

Keine Antwort. Eva kann sich überhaupt nicht mehr beherrschen.

»Wie zum Teufel konntest du sie bloß gehen lassen? Wie kann man so blöd sein? Ich hab dir doch gesagt, dass du sie im Auge behalten sollst! Ich hab's dir gesagt! Sogar mehrmals. Aber du scheißt einfach drauf, was andere sagen! Mal was für jemand anders tun, so was gibt's für dich gar nicht. Hast du überhaupt irgendwas im Kopf? Außer dir selbst?«

Maja reißt sich los. Sie schlägt ihre Schwester so heftig gegen den Brustkorb, dass Eva einen Schritt zurück machen muss. Es tut nicht besonders weh, aber die Kraft in diesem Schlag lässt keinen Zweifel daran, wie ernst es ist. Sie haben sich noch nie geschlagen. Nicht richtig.

Sie sehen einander an, zwei Fremde, zwischen denen allzu viele Jahre liegen. Jede in ihrer eigenen Altersphase, voll eigener Probleme, kaum bereit, sich dem anderen mitzuteilen oder einen Versuch zu machen, sich in ihn hineinzuversetzen.

Eva wird ganz schlecht. Sie muss die Polizei anrufen. Irgendwas muss passiert sein.

Da. Das kleine, subtile Geräusch vom Flur, als ein Schlüssel ins Schloss geschoben wird. Eva springt auf, rennt auf den Korridor. Und da steht Mama, in ihrer praktischen Freizeitjacke, blass und steif und mit dieser ausdruckslosen Maske, die sie in letzter Zeit statt eines Gesichts trägt. Die Maske, die nicht lächeln kann. Und mit ihrer seltsamen, angespannten Stimme und der ganz neuen, trägen Sprechweise sagt sie zu Eva, dass sie unter vier Augen mit ihr sprechen möchte.

Maja rennt an den beiden vorbei und schnappt sich ihre Jacke. Ihr Gesicht ist vom Weinen verzerrt, und die Tränen tropfen ihr auf den Pulli.

»Woher hätte ich das denn wissen sollen?«, schreit sie.

Dann läuft sie aus dem Haus. Eva hat weiß Gott weder Zeit noch Lust, sie aufzuhalten oder ihr nachzulaufen. Maja ist 19, die kommt schon zurecht.

Und dann setzt Eva ihre Mutter an den Küchentisch. Sie macht ihr eine Tasse Tee mit Honig, die natürlich nicht angerührt wird, und setzt sich ihr direkt gegenüber. Wie sie schon unzählige Male zusammengesessen, geredet und gelacht haben. Jetzt natürlich nicht, wenn diese fremde Maske da ist. Die nicht mal ansatzweise den Mund zu einem Lächeln verziehen kann. Die manchmal versucht hatte zu lachen, aber eher eine Grimasse zog.

Mama beginnt mit tonloser Stimme zu sprechen, und ab

und zu legt sie eine von diesen enervierenden Pausen ein, die sie sich neuerdings angewöhnt hat. Sie erzählt, dass sie mehrere Stunden durch dunkle Straßen gewandert ist. In der U-Bahn-Station war sie auch, und dort stand sie lange auf dem Bahnsteig und schaute auf die Gleise hinunter. Sie überlegte, ob sie springen sollte, aber am Ende entschied sie sich dagegen und ging nach Hause.

Eva hört einfach nur zu. Ihre Halsmuskeln zittern, aber sie schluckt und gibt ihrer Mutter so viel Unterstützung, wie sie nur kann.

Am nächsten Morgen fängt sie an herumzutelefonieren. Sie führt eine Menge Gespräche. Mama wird in einer psychiatrischen Klinik aufgenommen, in der man sie drei Wochen behält. Dann kommt sie nach Hause. Am Anfang ist Eva ihr gegenüber fast schüchtern, obwohl sie ihre Mutter ja mehrmals besucht hat. Mama ist abgemagert, sie sieht aus wie ein völlig anderer Mensch. Sie hat sie die Haare anders frisiert als sonst und ist kaum wiederzuerkennen, mit ihren eingefallenen Wangen und dem matten Blick. Ihre Augen scheinen irgendwie gar nicht zum restlichen Gesicht zu gehören. Aber sie lebt. Und im Laufe der Zeit erholt sie sich immer mehr.

Maja kommt nicht zurück. Jedes Mal, wenn Eva sie anzurufen versucht, legt ihre Schwester sofort auf. Und am Ende gibt Eva auf. Sie muss sich um Elias kümmern und tief in ihrem Innersten ist sie fast froh, Maja los zu sein. Die kleine Schwester, die nur lästig ist und bloß an sich selbst denkt.

Einmal, während Mamas dreiwöchigem Klinikaufenthalts, taucht Anders in der Schule auf, in der Eva ihr Referendariat macht. Er wartet auf dem Korridor auf sie, als sie am Ende der Stunde die Tür aufmacht, um die Schüler hinauszulassen. Er ist 22, sieht ungewöhnlich gut aus und trägt eine Lederjacke. Er hat gerade einen Job als Laufbursche in einer TV-Produktionsfirma bekommen. Er hat schon einiges erreicht und ist sehr beliebt. Anders ist auf dem Weg nach vorn, nach oben. Sein Ziel ist es, demnächst die Verantwortung für die Statisten zu übernehmen und dann Regieassistent zu werden. Das ist ein wichtiger Schritt auf dem Weg zu seinem Ziel: selbst Regie zu führen. Er ist total auf sein eigenes Leben fixiert und wirft ständig mit Fachbegriffen und Jargonausdrücken aus der Filmwelt um sich. In Evas grauem Schulmilieu fühlt er sich gar nicht wohl. Ihm will nicht in den Kopf, wie sie freiwillig einen Fuß hier reinsetzen kann.

»Ich hab mit Maja geredet«, sagt er.

Erst glaubt sie, dass er gekommen ist, um zwischen ihnen zu vermitteln. Aber als die Schüler alle weg sind und der Korridor ganz leer ist, erklärt Anders, dass Maja niedergeschlagen ist und gekränkt von der ungerechten Behandlung durch Eva. Sie fühlt sich unverstanden und nicht respektiert. Ihrer Meinung nach hat Eva schon immer versucht, sie unterzubuttern. Eva will argumentieren, aber Anders scheint einen ganz anderen Standpunkt zu haben. Ihm tut Maja leid, er fühlt sich verantwortlich für sie und kann sich mit ihr identifizieren. Er ergreift ohne Wenn und Aber Majas Partei.

»Irgendjemand muss sie auch haben«, meint er.

Sie hebt die Stimme und erklärt Anders, dass sie ihn ja nicht mal richtig kennt. Dass er immer so zurückgezogen und abwesend war und ständig nur mit seinen Kumpels zusammen. Dass er sie an ihren Vater erinnert, der vor Problemen immer nur davonläuft. Dass er oberflächlich und kindisch ist. Dass er niemals ein guter Regisseur werden wird, weil er überhaupt keine Tiefe besitzt.

Natürlich gehen sie dann im Streit auseinander.

In dem neu entstandenen Vakuum vergeht die Zeit, und allmählich wird Mama immer normaler. Fröhlich, sogar richtig glücklich. Euphorisch, weil sie wieder auf der hellen Seite des Lebens steht. Und tatsächlich bleibt sie mehrere Jahre gesund. Vorbei die Zeiten, in denen sie ewig schwieg, nicht antwortete, wenn man sie ansprach, und leer in die Ferne starrte. Eva traut sich immer mehr zu entspannen.

Doch Maja und Anders lassen immer noch nichts von sich hören. Keiner von beiden. Und je mehr Zeit vergeht, umso stärker ist Eva davon überzeugt, dass es an den Geschwistern wäre, die Hand zur Versöhnung auszustrecken. Die schließlich zu zweit sind. Nicht wie sie, die ganz allein dasteht.

Schließlich verlässt sie die verglaste Veranda, wo sie stand und in den Regen hinausgeblickt hat. Sie geht hinunter in den Korridor und steigt in ihre Gummistiefel.

Einen Augenblick erwägt sie, hinunterzugehen und an die Tür des Gästehäuschens zu klopfen. Aber Maja wird ja doch nicht aufmachen. Und was kann Eva schon ausrichten? Gibt es irgendetwas, was sie tun könnte?

Ja. Solange Menschen am Leben sind, solange kann man auch die Wirklichkeit noch verändern. Erst wenn sie tot sind, ist alles zu spät.

Es kommt überhaupt nicht infrage, darauf zu warten, dass Anders oder Maja die Initiative zur Versöhnung ergreifen. Sie hat schon viel zu viele Jahre darauf verschwendet zu glauben, dass so etwas geschehen könnte. Sie hat die Verantwortung ihnen zugeschoben, wo es doch gleichzeitig nur eines zu tun gab. Sie muss durch Taten zeigen, dass sie auf ihrer Seite steht. Vielleicht geben sie dann nach und ändern ihre Meinung.

Wenn Maja die Dinge mit Tomas wieder in Ordnung bringen würde, wäre das auf jeden Fall schon mal ein Anfang.

Eva steckt die Hand in die Strickjackentasche und fühlt den zusammengefalteten Zettel, den sie aus ihrer anderen Jacke herausgenommen und hier reingesteckt hat. Den Zettel von der Theatervorstellung im Parktheater. Eigentlich Abfall, sie hätte ihn schon lange wegwerfen sollen. Sie will gerade ins Wohnzimmer gehen, um das Papier in den offenen Kamin zu werfen, wo früher oder später ein Feuer angezündet wird. Aber dann lässt sie es und behält es in der Tasche, es stört ja nicht weiter.

Im Flur hängt auf einem Bügel immer noch die Jacke aus dunkelblauem Cord. Eva tritt an die Garderobe und berührt mit ihrem Gesicht den Stoff. Sie atmet Mamas Duft ein, der noch ganz schwach darin hängen geblieben ist, und hört, wie Mama ihren Namen sagt, den Namen ihrer ersten, ältesten Tochter. Auf diese ganz besondere Weise.

Sie zieht die Jacke nicht an, das wäre zu viel. Das wäre so, als würde man die Dunkelheit umarmen.

»Wo willst du hin?«

Anders steht an der Küchentür.

»Spazieren.«

»Kann ich mit?«

Man sieht ihm an, dass er das »wichtige Gespräch« jetzt führen will. Genau jetzt, nicht später.

»Du hast doch auch mit der Klinikchefin geredet, oder? Und mit der Polizei.«

Sein Blick hängt an ihr, während er wartet.

»Ja. Aber da gibt es nichts zu erzählen. Nicht mehr als das, was ihr schon wisst.«

»Mama und ich hatten in letzter Zeit wieder ein bisschen Kontakt«, sagt er. »Hat sie was darüber gesagt?«

Eva schüttelt den Kopf und verbirgt ihre Überraschung.

»Ich hab sie im Krankenhaus besucht.«

Eva war dieses Mal gar nicht im Krankenhaus. Erst hinterher, als sie die Klinikchefin traf und Mamas Koffer abholte. Sie waren sorgfältig gepackt, die Reißverschlüsse zugezogen. Alle Kleider fein säuberlich zusammengelegt.

»Sie wollte doch keinen Besuch«, sagt sie.

»Ich bin trotzdem hingefahren. Maja wusste nichts davon.«

Er fährt sich mit der Hand durch die Haare und sieht ihr in die Augen.

»Hat sie irgendwann mal über uns gesprochen? Hat sie was über mich gesagt? Oder über Maja?«

Es wird Zeit zu gehen.

»Ich komme gleich.«

Sie nimmt die Regenjacke vom Haken und eilt hinaus.

Als sie einen Blick auf die Fliederlaube wirft, kann sie sich gar nicht mehr vorstellen, was gestern Nacht dort passiert ist. Das existiert alles nicht mehr.

Sie geht mit kräftigen, zielstrebigen Schritten über den nassen Kies. Sie ist auf dem Weg zum Festland. Zu Tomas. Immer und immer wieder sagt sie es sich im Geiste vor. Sie ist dafür verantwortlich, dass die Dinge wieder in Ordnung gebracht werden. Sie muss ihm verständlich machen, dass er wirklich zu Maja gehört.

Sie mag Regen, besonders im Sommer, und am allermeisten, wenn es richtig heftig regnet. Wie ein heftiger Weinkrampf, der alles in Stücke schlägt, aber auch versucht, die Welt wieder ganz sauber zu waschen. Alle Wunden zu reinigen, damit sie heilen können.

Die Luft ist lau, der Regen auch. Der Himmel ist wie ein aufgespanntes Dach über ihrem Kopf. Große, glänzende Tropfen hängen an den Zweigen. Die Abenddämmerung bricht langsam herein, aber es wird wohl noch eine ganze Weile nicht dunkel werden. Der graue Himmel hat sich etwas aufgelockert und lässt das letzte Tageslicht durch. Rosig-goldenes Licht funkelt durch den Regen, spiegelt sich in den Fenstern der roten Holzhäuser am Weg, so dass sie aussehen wie glitzernde Schmuckstücke.

Sie hält nach einem Regenbogen Ausschau und findet ihn an der üblichen Stelle am Horizont, wenn auch kaum zu sehen. Um sie herum steigt der Duft von Erde und verrottenden Blättern herauf. Ein leichter Windstoß kommt vom Wasser her. Sie fröstelt, als sie ihn am Hals spürt und zieht den Kragen ihrer Strickjacke noch ein Stück höher. Eine einsame Möwe lässt ihren Schrei über der Bucht ertönen, herzzerreißend oder vielleicht auch spöttisch, je nachdem, wie man es interpretieren will.

Es ist schön, in Gummistiefeln herumzustapfen. Mit raschen Schritten geht sie an der großen Wiese vorbei, an Nilssons Hof und den ganzen Häusern dort, wo die Leute unabhängig von der Tageszeit gerne stehen und hinter ihren Gardinen hervorspähen, wie Eva weiß. Sie pfeift auf sie, sie hat die Kapuze ihrer Regenjacke über den Kopf gezogen, so dass sie nicht in ihre Richtung gucken und nicken oder winken muss.

Nach dem Waldrand biegt sie auf das Gelände des Segelclubs und nimmt Kurs auf den Platz, wo das Boot früher immer gelegen hat. Mamas und Evas Segelboot.

Sie springt über eine Pfütze. Es gelingt ihr nicht ganz, sie spürt, wie der braune Matsch ihr ans Hosenbein spritzt und die Feuchtigkeit durch den Stoff dringt. Es wird kalt, aber seltsamerweise bekommt sie davon bessere Laune. Sie kann Kälte und Wärme spüren, Trauer und Glück.

Dieser Ort gehört ihr. Er gehört ihr, und keiner kann ihn ihr wegnehmen, egal ob sie hier ein Haus hat oder nicht. Sie trägt ihn in sich. Genau wie Österlen.

Das Clubhaus der Bootsbesitzer ist eine heruntergekommene Baracke, die so aussieht, als könnte sie einen Anstrich vertragen. Eva versucht im Vorübergehen durch die Fenster zu sehen, aber sie ist zu weit weg. Bestimmt ist es immer noch dieselbe Einrichtung wie in den Siebzigerjahren. Mama und sie und noch ein paar andere Bootsbesitzer saßen dort immer in der kleinen Küche zusammen. Dort roch es nach Kaffee und Bootsfarbe und Teer und feuchtem Masonit. Auf dem Tisch stand immer eine Plastikbox mit Lebkuchen, die aussah, als stünde sie schon seit letztes Jahr Weihnachten dort. Einer von den Bootsbesitzern servierte Mama immer Kaffee und Eva verdünnten Saft in Pappbechern.

Mittlerweile ist sie fast am Anleger und geht langsamer, je näher sie kommt. Sie passiert die Stelle, wo ihr Boot im

Winter immer lag. Sie weiß nicht warum, aber sie hat sich vorgestellt, dass dieses kleine Plätzchen leer und verlassen sein müsste. Das ist es aber nicht. Dort thront jetzt nämlich ein breites, überdimensionales Trumm mit mehreren Geschossen und achtern zwei Riesenmotoren. Offenbar noch nicht so weit, dass man es zu Wasser lassen könnte, obwohl schon der 7. Juli ist. Zwei fremde Männer in Segelstiefeln und Regenausrüstung – eine gelb, eine orange – sind gerade dabei, die Persenning vom Boot zu ziehen. Sie müssen kräftig zupacken. Auf der alten Bank daneben – auf Mamas und Evas Bank, die immer noch aus denselben ramponierten zwei Brettern besteht, die auf zwei Böcken ruhen – steht eine Thermoskanne neben einem Sandwichpaket.

Die Männer machen eine Pause und sehen sie an. Sie nickt ihnen leicht zu und geht weiter zu den Stegen. Dort sieht sie auf Nummer 5 ihr eigenes kleines Boot liegen und auf dem Wasser schaukeln.

Die Erinnerungen drängen sich in ihr Bewusstsein. Tagesausflüge. Übernachtungen auf abgelegeneren Schäreninseln. Wie sie gegen Abend das Boot an einer mattgrauen, zerklüfteten Klippe vertäuten, aus deren Felsspalten kleine gelbe Blumen wuchsen. Wie die Wolken im Sonnenuntergang ineinanderflossen. Babyblau, kaugummirot. Die Geschwister langweilten sich meistens und stritten und quengelten um mitgenommene Spielsachen und Comichefte. Mama und Eva segelten. Sie halfen sich gegenseitig.

Sie geht an Bord, zieht den Zündschlüssel aus der Tasche und versucht den Motor zu starten. Er tuckert kurz ein bisschen, kommt dann aber ins Husten. Man hört, dass er bockig ist. Sie versucht es erneut, dreht den Schlüssel immer wieder und zieht am Gasregler. Aber er will nicht. Es ist irgendwas mit dem Choke, das weiß sie, aber was? Wenn bloß Mama hier wäre, die hätte das in Ordnung gebracht. Mama, die wie immer allen Dingen auf den Grund ging und sich selbstverständlich auch die Grundlagen des Bootsmotorenbaus angeeignet hatte. Nur zur Sicherheit. Eva unternimmt einen letzten Versuch, aber der Motor stirbt ihr schon nach ein paar Sekunden ab.

Inzwischen hat es wieder angefangen zu regnen, und jetzt fällt ihr auf, wie kalt es geworden ist. Sie friert und macht sich wieder auf den Heimweg. Mit jeder Minute spürt sie, wie ihr die Nässe noch tiefer unter die Kleider kriecht. Auf dem kleinen Strand liegt ein neues Kunststoffboot mit Außenbordmotor, etwas größer als ihre alte Jolle, aber ansonsten ziemlich ähnlich. Genauso schmutzig und zerkratzt.

Sie bleibt auf dem Kiesweg stehen. Dann macht sie kehrt und trabt zurück zu dem kleinen Boot. Sie hat richtig gesehen, es ist nicht abgeschlossen. Keine Kette, kein Vorhängeschloss, gar nichts.

Sie schiebt es ins Wasser, klettert hinein und setzt sich nach achtern auf die Ducht. Schon nach ein paar Versuchen springt der Motor an und gibt sein vertrautes Tuckern von sich. Eva steuert direkt in die dunkle Bucht hinaus. Ohne Schwimmweste. Wenn Mütter erst mal tot sind, sehen sie ja nicht mehr, was ihre Kinder machen.

Jetzt wird es wirklich Nacht, aber die Sicht ist immer noch gut genug, dass sie den Kurs nach dem Seezeichen auf der anderen Seite der Bucht ausrichten kann, dem riesigen weißen Kreuz auf der Felswand. Hier ist sie schon viele Male mit dem Boot entlanggefahren. Sie macht sich keine Sorgen, obwohl sie keine Laternen dabeihat und zunehmende Dunkelheit sie umfängt. Die Leuchtboje der Nachbarinsel blinkt auf, als würde sie sie grüßen. Weiter draußen sieht Eva das Leuchtfeuer, auf das sie Kurs nimmt, wie immer.

Das Boot ist klein, aber es hält ein gutes Tempo, und schon bald ist sie mitten auf dem Wasser. Der Wind ist bedeutend stärker, als sie gedacht hatte, und der Regen scheint auch zugenommen zu haben. Eine Welle bringt das Boot kurz ins Schlingern, aber sie kann den Stoß parieren. Sie steuert mit sicherer Hand. Sie spürt, wie sie alles in der Hand hat, und singt ein improvisiertes Lied, das vom Wind und vom Motorengeräusch übertönt wird, aber das ist egal, denn damit unterdrückt sie das kleine Rinnsal von Angst, das aus ihr hervorsickern will.

Sie beschließt, dass der Wind und der Regen und die Wellen ihre Freunde sind. Die sich nur auf bestmögliche Art um sie kümmern wollen.

Die Sicht verschlechtert sich rapide, wie sie geahnt hat. Eva erreicht das Festland, als die weiße Markierung auf der Felswand im Dunst verschwunden ist. Eine diffuse Linie aus Lichtpunkten in der Schwärze zeigt ihr an, wo der kleine Ort liegt. Den Hafen will sie vermeiden, denn es könnte sein, dass ihr dort jemand über den Weg läuft. Stattdessen sucht sie sich eine Stelle an der Seite, und tatsächlich findet sie ein Schilfdickicht, in das sie ihr Boot hineingleiten lässt. Für das letzte Stück benutzt sie ihr Paddel.

Es gibt dumpfe Geräusche von unten, als der Bootsrumpf gegen ein paar Steine auf dem Boden stößt, aber sie versucht trotzdem, so nah wie möglich ans Ufer zu kommen. Am Ende ist sie bloß noch einige Meter entfernt, und sie steigt in das schwarze Wasser, das haargenau über den oberen Rand ihrer Gummistiefel reicht, so dass die Stiefel mit Wasser volllaufen. Es schmatzt leise, als sie durch den Matsch stapft. Bei jedem Schritt steigt ihr ein feuchtmodriger Geruch in die Nase. Sie zieht ihr Boot auf den Strand und macht das Tau an einer stabilen Baumwurzel fest.

Dann geht sie ein Stück die große Straße entlang, sieht Autos und Busse vorbeifahren, bis irgendwann der Bus mit der richtigen Nummer auftaucht. Sie hat Glück, kann ihn noch einholen und einsteigen. Sie holt ihre Fahrkarte aus der Tasche und stempelt einen Streifen ab. Dann lässt sie sich auf einen Sitz sinken und versucht, wieder zu Atem zu kommen, während der Bus Fahrt aufnimmt. Sie schwitzt und spürt ihren Pulsschlag im ganzen Körper. Fast dasselbe Gefühl wie damals im Theater, unten in dem kleinen engen Kellerlokal. Andererseits aber wieder überhaupt nicht.

Sie zieht ihr Handy aus der Tasche, das glücklicherweise trocken geblieben ist. Sie wählt die Nummer der Auskunft und lässt sich verbinden. Keine Antwort. Sie ruft noch einmal an und lässt sich Tomas' Adresse geben.

Sie muss ihn noch heute zu fassen bekommen. Nicht morgen, sondern jetzt sofort.

Die Adresse ist ganz leicht zu finden. Die Straße ist bekannt in der Gegend, es ist die feinste, in der man hier nur wohnen kann, wie ihr der Taxifahrer in einem so prahlerischen Ton erklärt, als hätte er selbst dort gewohnt. Die Nummer steht deutlich auf dem Briefkasten und am Pfosten des Gartentors. Sie bittet den Fahrer, schon ein bisschen früher zu halten, weil sie sich ein wenig die Beine vertreten müsse. Als sie bezahlt hat und das Taxi davongefahren ist, fühlt sie sich schon ruhiger. Das hier ist eine Sache zwischen Tomas und ihr. Davon muss keiner etwas wissen.

Sie ist überrascht, wie geräumig er wohnt. Die gepflegte Villa ist ein funktionaler, moderner Bau, wenn auch nicht sonderlich schön. Gelb verputzte Fassade mit weißen Details, eine Dachterrasse im Obergeschoss, Balkon in eine andere Richtung, und auf einer Seite hat es noch eine Gartenterrasse. Ansehnlicher Garten mit Freisitz und Grill, schöne Beerensträucher und ein gepflegter Rasen.

Sie bleibt eine ganze Weile vor dem Haus stehen, nimmt den Anblick in sich auf und wartet, bis sich ihre Nervosität gelegt hat. Dann geht sie durchs Gartentor, das nur angelehnt ist, und steuert auf die Vortreppe zu.

Sie muss ihn davon überzeugen zurückzukommen. Für Maja.

In einem Fenster brennt Licht. Sie sieht Tomas. Er scheint frisch geduscht zu sein, seine Haare sind noch nass. Er trägt ein knittriges Hemd, das ihm lose aus der Jeans hängt. Er sitzt in einem Sessel und blättert in einer Zeitschrift. Ihm gegenüber steht derselbe Sessel noch einmal.

Eva tritt näher ans Fenster, um hineinzuspähen. In dem anderen Sessel sitzt eine Frau, schön, mit langem hellbraunen Haar, die offenbar genauso entspannt ist wie Tomas.

Von drinnen hört man schwache Töne. Jazz von der soften Sorte.

All seine leisen Telefonate von der Insel. Die ganzen SMS, die er geschrieben hat.

Panisch dreht sie sich um und läuft zurück zum Eingang. Sie stolpert über den Kies und merkt zu spät, wie laut sie ist. Als sie den Kopf wendet, sieht sie, wie Tomas im Wohnzimmer aufgestanden ist und aus dem Fenster schaut.

Rasch versteckt sie sich hinter einem Baumstamm, der eigentlich zu schmal ist, aber es ist der einzige, der in der Nähe steht. Mit klopfendem Herzen drückt sie sich an den Baum. Sie wartet.

Sekunden später geht die Tür auf. Eva sieht ihn mit der Hand an der Klinke dastehen. Die Lampe über dem Eingang wirft ihren Schein über sein Haar.

»Hallo?«, ruft er in den Garten hinaus. »Ist da jemand?«

Sie bleibt reglos und still hinter dem Baum stehen. Wenn jemand sie jetzt so sehen könnte. Die hochqualifizierte Gymnasiallehrerin, deren strähniges Haar noch nicht richtig getrocknet ist, in schmutzigen Kleidern und matschbeschmierten Gummistiefeln.

Nach einer Weile wagt sie, seitlich am Baum vorbeizuspähen. Tomas steht immer noch an der Tür.

»Was ist denn los?«

Ein kleiner hellblonder Junge, vielleicht drei Jahre alt, schaut neugierig an ihm vorbei.

»Nichts.«

Tomas schiebt den Kleinen wieder hinein und schließt die Tür. Eva beobachtet durchs Fenster, wie er wieder ins Wohnzimmer geht, sich in seinen Sessel sinken lässt und zu seiner Zeitschrift greift. Der Junge klettert ihm auf den Schoß und steckt den Daumen in den Mund. Sein hellblondes Köpfchen lässt er auf Tomas' Brust sinken.

Sie verlässt ihr Versteck. Ein paar Sekunden bleibt sie noch auf dem Kiesweg stehen und starrt auf das Fenster, auf die drei Menschen, die sich dort drinnen bewegen.

Dann schleicht sie sich vorsichtig davon. Nach jedem Schritt auf dem Kies wartet sie übertrieben lang, um sicherzugehen, dass sie nicht das geringste Knirschen verursacht.

Als sie wieder an der Straße ist, läuft sie ins Zentrum des wohlhabenden Vorortes, wo sie einen Taxistand gesehen hatte. So ist sie schon lange nicht mehr gerannt.

Es ist Nacht. Sie weiß, dass immer noch Nacht ist, obwohl sie die Augen noch nicht aufgemacht hat. Sie spürt es an der Schwere ihres Körpers. Der Schlafschwere. Aber sie schläft unruhig und wirft sich im Bett hin und her. Sie wacht wieder auf und schläft wieder ein.

Das Tier ist da, es fällt sie an und beißt.

Als sie wieder erwacht, hat sich das schweißnasse Laken um ihren Körper gewickelt. Sie blickt an die Decke, und ihr wird klar, dass es Morgen ist, und dass sie zu Hause in ihrer eigenen Wohnung in der Stadt ist.

Donnerstag, der 8. Juli. Gestern hat sie die Insel verlassen, morgen soll Mamas Sommerhäuschen vor dem Zwangsverkauf besichtigt werden. Und dann soll die Anzeige in die Zeitung gesetzt werden. Noch ein Tag.

Die Klaviertasten sind kühl und glatt, ihre Hände finden sich sofort zurecht. Diese Melodie haben sie ganz oft gespielt. Anders saß neben ihr auf dem Klavierhocker, und sie gab ihm Unterricht. Ganz pädagogisch brachte sie ihm bei, wo er die Finger hinlegen musste und wie er die Tasten bei einem schwierigen Akkord am besten anschlug, und wie er die schnellen Lagenwechsel am geschicktesten anstellte. Wenn es ihm gelang, waren sie glücklich, und wenn er danebengriff, mussten sie beide kichern.

Dieses Stück kann sie auswendig. Sie muss die Hände und Finger einfach nur machen lassen, ganz ohne Anstrengung. Es reicht, dass sie auf die Musik hört und darin aufgeht, in den Tönen verschwindet.

Er wollte immer bei ihr sein. Sobald sie ihn fragte, ob sie zusammen Klavier spielen wollten, ließ er alles stehen und liegen und kam angerannt. Manchmal waren ihm die Strümpfe heruntergerutscht, und bevor sie anfingen zu spielen, legte sie sich seinen kleinen Fuß aufs Knie und zog ihm den Strumpf wieder hoch und zupfte Ferse und Spitze an die richtige Stelle. Dabei kitzelte sie ihn auch jedes Mal an der Fußsohle, dass er quietschte und den Fuß zurückzog. Doch im nächsten Moment rief er schon wieder: »Noch mal!« Er hätte beliebig lang so weitermachen können. Dann saßen sie ewig zusammen am Klavier und spielten und vergaßen die Welt rundherum.

Sie beendet das Stück und lässt den kurzen letzten Ton effektvoll ausklingen.

Als sie lautes Telefonklingeln hört, erstarrt sie. Bei Signaltönen aller Art bekommt sie regelmäßig Angst wie ein verschrecktes Reh. Sie nimmt den Hörer ab.

»Was machst du?«

Elias klingt aufgeregt. Im Grunde fast böse. Es ist lange her, dass sie ihn so gehört hat, wahrscheinlich schon mehrere Jahre.

»Nichts Besonderes. Ich bin zu Hause.«

»Ja, das weiß ich jetzt, danke auch. Warum bist du in die Stadt gefahren?«

Schweigen. Sie hat keine gute Antwort.

»Du hättest den anderen wenigstens Bescheid geben können, wo du hinfährst. Anders hat mich angerufen, der hat sich solche Sorgen gemacht. Du bist nicht ans Handy gegangen.«

Das steckt in ihrer Regenjacke. Jetzt fällt ihr auch wieder ein, dass der Akku am Vortag so gut wie leer war.

»Bist du völlig verrückt geworden?«, sagt er. »Was denkst du dir eigentlich? Meinst du, du bist allein auf der Welt? Dass du keinen Gedanken an irgendjemand anderes verschwenden müsstest?«

»Der Akku muss wohl leer sein«, antwortet sie.

»Und das ausgerechnet von dir! Wie oft hast du mich deswegen schon angepflaumt?«

Jetzt klingt er nicht mehr so wütend. Nur noch ein bisschen verschnupft.

Das Ladegerät liegt auf dem Nachttisch in ihrem kleinen Schlafzimmer in den Schären.

Elias' Name steht mit rotem Filzstift auf einem Zettel, der mit Tesa über dem Briefschlitz festgemacht ist. Das ist jetzt also das Zuhause ihres Sohnes. Hier wohnt er.

Sie klingelt, und er macht ihr fast sofort auf. Er schaut sie immer noch ein bisschen mürrisch an. Als sie ihm ihr mausetotes Handy reicht, nimmt er es schweigend und steckt es an sein eigenes Ladegerät.

»Tut mir leid«, sagt sie.

»Mann, du musst dich echt mal zusammenreißen.«

Er hat recht. Sie sieht sich um. In der Ecke der kleinen Einzimmerwohnung steht sein Bett. Mit einem neuen Überwurf und neuen Kissen. Er hat sogar Gardinen aufgehängt. In der anderen Ecke steht sein Schreibtisch mit dem PC, darüber hängt ein Regal an der Wand, auf dem seine Bücher aufgereiht sind. Die Kommode hat er neben das Bett gestellt. Sie erkennt die Deckenlampe und die Schreibtischleuchte wieder, aber er hat noch zwei neue Lampen, die sie noch nie gesehen hat.

»Hanna und ich waren bei IKEA«, sagt er.

Hanna. Stimmt, so heißt seine Freundin.

Sie wirft ihm einen verstohlenen Blick zu. Ihr ist unwohl zumute. An diesem Ernst, dieser kleinen Falte zwischen seinen Augenbrauen ist sie schuld. Er soll sich keine Sorgen um seine Mutter machen müssen. Er soll sich nicht um sie kümmern müssen, weil sie nicht selbst auf sich aufpassen kann. Das kann sie nämlich sehr wohl.

»Bist du immer noch böse?«

»Ja.«

Aber sie hört ihm an, dass es schon nicht mehr so schlimm ist. Sie boxt Elias leicht gegen den Oberarm, was fast sofort mit einem Griff um ihre Schultern beantwortet wird, und im nächsten Moment wirft er sie aufs Bett, dass sie fast gegen die Wand knallt. Sie muss laut loslachen und setzt sich mit zerzausten Haaren auf. In ihrer Brust spürt sie ein warmes Ziehen.

»Wie sieht denn deine kleine Küche aus? Kochst du dir überhaupt was zu essen?«

»Nein. Ich ess einfach auf der Arbeit.«

In dem Restaurant, in dem er arbeitet, bekommt er gratis zu essen. Trotzdem wirft Eva einen Blick in seine Küche. Sie ist sehr ordentlich, im Abtropfregal stehen saubere Gläser, und das Spültuch hängt über dem Wasserhahn. Sie inspiziert den Kühlschrank. Leer bis auf eine große Plastikflasche Cola. So richtig erwachsen ist er dann wohl doch noch nicht.

Als sie den Kühlschrank wieder zumacht, sieht sie ein Foto, das er mit vier Magneten an der Tür befestigt hat. Es ist ein Foto von ihr. Aufgenommen im letzten Sommer, auf den Schären, an der Südseite des Häuschens. Die Sonne flutet durch das Bild, und die Frau mittleren Alters, Eva Sandberg, schenkt der Kamera ein breites Lächeln. Sie sieht sommerlich aus. Schön. Ihrer Mutter gar nicht so unähnlich.

»Anders ist nett.«

Elias ist neben sie getreten und lehnt sich an den Türrahmen.

»Ja. Das ist er wohl.«

»Wohl? Er ist dein Bruder.«

»Ich weiß.«

»Und ich habe zwei Cousins und eine Cousine«, fährt er fort. »Die ich bisher so gut wie nie gesehen habe.«

Sie will gerade nach Argumenten suchen, als es kurz an der Wohnungstür klopft.

»Das ist nur Hanna.«

Er geht in den Flur und lässt Eva in der Küche stehen. Sie

hört, wie er die Tür aufmacht. Dann eine Mädchenstimme. Lachen.

Eva zieht ihre Kleidung zurecht und geht zurück ins Zimmer. Seine Freundin kommt gerade herein. Die kleine Blonde, für die sie sich nie genug interessiert hat, um sie richtig kennenzulernen.

»Hallo. Ich heiße Eva. Wir haben uns ja beim Umzug neulich irgendwie verpasst.«

Sie streckt ihr die Hand hin.

»Nein, stimmt«, erwidert Hanna und gibt ihr die Hand. »Schön, dich zu sehen.«

Eva sieht jetzt, dass Hanna ein sympathisches Lächeln hat und kleine Silberohrringe und lebhafte Augen und einen Eckzahn, der ein ganz klein wenig schief steht. Sie ist sehr süß. Hanna hat eine Papiertüte von Seven Eleven in der Hand. Wie sich herausstellt, hat sie Kaffee und Zimtschnecken gekauft, denn Elias hatte ihr gesagt, dass seine Mutter gleich vorbeikommt.

21 Jahre alt und auf dem Weg zum Erwachsenwerden. Sie kann sich noch an den Abend erinnern, als sie mit dem Mann, der der Vater ihres Kindes werden sollte, in seiner kleinen Küche saß und Abendbrot aß. Sie hatte ein ganz besonderes Gericht gekocht, nachdem sie vorher ein kompliziertes Rezept studiert und extra eingekauft und alles vorbereitet hatte. Er trank Wein, sie Wasser. Das Essen war gelungen, und ihr war ganz leicht zumute, wie schon die ganze Zeit, seitdem der Schwangerschaftstest ein positives Ergebnis gezeigt hatte. Sie war durch die Stadt gelaufen und hatte aus dem Augenwinkel ihr Spiegelbild in den Schaufenstern betrachtet. Hier kommt eine werdende Mutter.

An diesem Abend lag das Leben vor ihr wie eine Autobahn. Bis er das Weinglas abstellte und sagte, wie sich die Dinge verhielten. Er wollte, dass sie abtreiben ließ. Weil er Schluss machen musste. Neulich war er nämlich seiner Ex-Freundin auf der Straße begegnet, und da sie sich drei Jahre nicht gesehen hatten, waren sie einen Kaffee trinken gegangen, und in diesem Augenblick, als er seiner Ex-Freundin am Cafétisch gegenübersaß, war ihm klar geworden, wie unglaublich falsch die Dinge gelaufen waren. Denn er liebte ja immer noch diese Frau.

Er bat sie Millionen Mal um Verzeihung. Er stand auf, ging auf ihre Seite des Tisches, zog sie vom Stuhl hoch und umarmte sie. Drückte sie fest an sich und meinte, es sei doch besser, es direkt auszusprechen, als die ganze Zeit rumzuschleichen und zu warten. Denn er hatte einfach keine andere Wahl.

Vielleicht hatte er die wirklich nicht. Aber sie hatte die Wahl.

Elias' Ankunft veränderte alles und ließ ihr Leben erst richtig anfangen. Und der Vater ihres Kindes übernahm seine Verantwortung, so gut er konnte. Er bezahlte Unterhalt und ließ Elias jedes zweite Wochenende bei sich übernachten. Die beiden trafen sich immer noch regelmäßig. Mehr Kinder hat er nicht mehr bekommen. Allerdings hat er sich noch mehrfach verliebt, in eine ganze Reihe von Frauen.

Als Kaffee und Zimtschnecken alle sind, sitzen sie noch lange zusammen und unterhalten sich. Über Elias' Pläne für den Herbst, seinen Job im Restaurant, die Kollegen, seinen Chef, über Hanna und ihre Eltern und ihren Job und Hobbys und Zukunftspläne. Und darüber, dass Elias und Hanna gerade eine Last-Minute-Reise nach Griechenland gebucht haben und übermorgen wegfliegen.

Dann muss Eva wirklich gehen. Sie spürt, dass ihre Wangen ganz rosig glühen. Eigentlich hatte sie gar nicht so lange bleiben wollen.

»Willst du vielleicht noch bleiben und mit uns Mittag essen?«, bietet Elias an. »Wenn du dich allein fühlst oder so?«

»Nein, nein«, sagt sie. »Ganz bestimmt nicht.«

»Sicher?«

»Natürlich. Ich komm schon klar.«

Sie schaut auf die Uhr und fügt ohne nachzudenken hinzu: »Stina und ich sind zum Mittagessen verabredet. Ich muss mich beeilen.«

Elias umarmt sie zum Abschied. Er ist sonnengebräunt und sieht gesund aus. Stark und klug und tüchtig.

»Schickt mir eine SMS, wenn ihr in Griechenland angekommen seid«, bittet Eva. »Ich hoffe, ihr amüsiert euch gut.«

Hanna winkt ihr zum Abschied, während sie im Zimmer die leeren Papierbecher zusammenräumt.

Es war ein spontaner Einfall, aber irgendwie ist es jetzt wie ein Versprechen, das sie halten muss. Sie denkt gar nicht mehr groß darüber nach, sondern wählt einfach die Nummer und wartet. Als sie die Stimme am anderen Ende der Leitung hört, kommt es ihr vor, als wäre eine halbe Ewigkeit vergangen, seit sie sie zum letzten Mal gehört hat.

»Hallo? Wer ist denn da?«

»Hallo«, sagt Eva und räuspert sich. Sie klingt ein bisschen heiser. »Ich bin's.«

Sie hat sich ganz umsonst Sorgen gemacht. Denn Stina wird gar nicht sauer, sie klingt furchtbar froh, als sie hört, wer spricht.

»Kannst du mir verzeihen, dass ich dich nicht zurückgerufen habe?«, fragt sie. »Ich kam mir so blöd vor.«

Eva geht durch die Stadt und spricht gedämpft, damit niemand anders mithören kann. Sie erzählt Stina alles. Dass Maja verschuldet ist und Anders sich wahrscheinlich scheiden lässt und dass sich die Dinge ganz anders entwickelt haben, als sie gedacht hätte, und dass sie den Herbst wahrscheinlich zum Großteil damit verbringen wird, sich einen neuen Job zu suchen. Und was Mamas Sommerhäuschen angeht …

Stina fällt ihr ins Wort:

»Aber Eva, du hast deine Stelle doch noch. Wenn du sie noch haben willst.«

Und dann erzählt Stina, was vor einem Monat passiert ist, kurz vor Schuljahresende. Wie verzweifelt sie war, als sie hörte, dass Eva gekündigt hatte, und wie sie da geradewegs zu Pia, der Direktorin, gegangen war, die zunächst sehr skeptisch reagierte, dann aber Verständnis für die besonderen Umstände zeigte. Und meinte, dass Eva im Herbst natürlich gerne zurückkommen dürfe, wenn sie diese schwierige Zeit überstanden habe.

»Bleib doch«, sagt Stina. »Geh nicht einfach weg.«

Eva bleibt vor einem Schaufenster stehen und betrachtet Kleider, Schuhe, Ketten.

»Hast du Zeit, dass wir uns kurz treffen?«, fragt sie.

Sie treffen sich in einem Café mit Terrasse. Dort sitzen sie sich gegenüber, wie es Freundinnen so machen, mit ihrem Salat und ihrem Glas Rosé. Genau wie all die anderen vergnügten Menschen in Sommerkleidern, die sie überall in der Stadt gesehen hat, die alle Rosé trinken und plaudern, plaudern, plaudern. Fast ist sie eine von ihnen.

Stina hat ein paar Wochen in Bohuslän verbracht, bei ihrer einsamen Tante, der sie die Bitte um einen Besuch nicht abschlagen kann, aber bei der es ihr eigentlich nie sonderlich gefällt. Weder mit dem Oberklassenmilieu noch mit der Tante.

Jetzt ist sie für ein paar Tage zurück in der Stadt, um ihren Dachboden aufzuräumen und sich um die Balkonblumen zu kümmern, und dann kommen ihre zwei Kinder, die neun und zwölf Jahre alt sind und die erste Hälfte der Sommerferien mit ihrem Papa verbracht haben. Stina ist noch auf der Suche nach irgendeiner Charterreise.

Und dann erzählt Eva zu Ende, was seit ihrer letzten Begegnung so alles passiert ist.

»Maja hat also für morgen den Makler zur Inspektion bestellt«, sagt sie. »Vor der offiziellen Hausbesichtigung.«

Stina spießt mit der Gabel ein Salatblatt auf. Kaut und schluckt.

»Tjaa«, meint sie. »Dann soll das wohl so sein.«

»Wie meinst du das?«

Stina legt die Gabel aus der Hand.

»Deine Geschwister haben jeweils ein Drittel von eurer Mutter geerbt. So ist das eben.«

Eva legt ihre Serviette auf den Tisch. Ihr Essen hat sie kaum angerührt, aber jetzt mag sie gar nichts mehr.

»Ich muss jetzt gehen«, sagt sie.

»Hast du nicht noch Zeit für einen Kaffee?«

»Nein.«

Sie steht auf und greift nach ihrer Handtasche. Stina wirkt enttäuscht.

»Denk drüber nach wegen deiner Stelle im Herbst«, sagt sie. »Du wirst gebraucht. Besonders jetzt, wo Ylva weg ist.«

Eva bleibt stehen und fummelt am widerspenstigen Verschluss ihrer Handtasche herum.

»Ja, sie ... ist zu weit gegangen.« Stina beißt kleine Stückchen von ihrem Brot ab, ohne sie zu essen. »Moralisch, sozusagen.«

Keine nähere Erklärung, in welcher Hinsicht. Kein Wort darüber, was passiert ist.

Stina ergreift Evas Hand mit beiden Händen.

»Pia hat mich gebeten, mit dir zu reden. Es gab viele Lehrer, die deine Klasse anstrengend fanden, da warst du nicht die einzige. Und im Herbst bekommst du eine neue.«

Eva zieht den Schulterriemen ihrer Tasche zurecht.

»Ich weiß nicht«, sagt sie. »Ich glaube, eher nicht.«

Stina steht jetzt auch auf. Sie versucht, Eva in die Augen zu sehen.

»Du sollst nur wissen, dass es nicht um dich ging. Du bist eine gute Lehrerin. Eine ehrgeizige Lehrerin. Eine von den besten, sagt Pia.«

Stina umarmt sie hastig, und Eva weiß nicht, wie sie reagieren soll, ob sie die Umarmung erwidern oder einfach teilnahmslos dastehen soll. Es wird ein ungeschicktes Mitteldig.

»Wenn du aufhörst, werde ich dich vermissen.« Stina flüstert fast. »Ganz schrecklich.«

Was hatte sie sich eigentlich gedacht, als sie kündigte? Sie weiß es nicht. Es will ihr nicht gelingen, sich ihre Gedanken und Gefühle vom Juni wieder zu vergegenwärtigen. Ihr Beruf als Lehrerin war zwar hart und anstrengend, aber er stellte auch eine Aufgabe dar, die jeden Tag auf sie wartete. Menschen, die wegen ihr kamen. Wenn sie nicht kam, fragten sie nach ihr.

Stina mustert sie schweigend.

»Du kannst nicht so alleine bleiben«, meint sie. »Das geht nicht. Du musst dich da mal drum kümmern. Vielleicht lernst du ja im Internet jemand kennen? Das machen doch jetzt viele.«

»Im Internet?«

Das ist nicht ihr Ding. Und das weiß Stina auch sehr gut. Beide müssen über den absurden Gedanken lächeln.

»Ja, wieso nicht?«, sagt Stina.

Eva umarmt sie und drückt sie an sich. Richtig fest.

»Wir hören uns«, sagt sie.

Als sie um die Ecke gebogen ist, zieht sie den inzwischen schwer mitgenommenen Flyer aus der Tasche. Sie liest den Namen des Stücks noch einmal und mustert das Bild mit den verkleideten Leuten. Sie erkennt ihn kaum wieder auf dem Bild, mit der ganzen Schminke und dem Tropenhelm auf dem Kopf.

Auf großen Plakaten in der Gegend ist dasselbe Bild mit demselben Text abgebildet wie auf ihrem Flyer. Ein paar Leute haben sich bereits mit ihrem Picknick aufs Gras gesetzt und auf den Bankreihen in der Zwischenzeit Jacken ausgebreitet, um die besten Plätze zu besetzen. Sie geht zur Bühne, die von hinten mit einem hohen Metallzaun umgeben ist. Er ist mit Plastikplanen verhängt, damit niemand dahinterschauen kann. Auf der Bühne ist ein Wohnzimmer aufgebaut, mit schrill gemustertem Sofa und Couchtisch und Stehlampe und einer ganzen Esszimmergarnitur.

Aus einer Öffnung im Zaun kommen drei Leute, dort hängt eine Art Vorhang, den sie beiseiteschieben. Diesen Eingang hat sie gar nicht gesehen. Die Leute gehen zum Würstchenkiosk, und sie läuft ihnen hinterher.

»Entschuldigen Sie?«

Sie bleiben stehen und sehen ihr in die Augen. Was soll sie sagen? Sie weiß ja nicht mal, wie er heißt.

»Ich suche ...«

Sie überlegt. Den Nachnamen sollte sie eigentlich wissen.

»Eine Toilette? Fragen Sie einfach im Restaurant.«

Einer von ihnen deutet mit einem Nicken auf ein Gebäude in der Nähe und geht dann weiter.

Sie wartet, bis die drei verschwunden sind. Dann schiebt sie den Vorhang beiseite. Keiner zu sehen. Sie geht hindurch und lässt den Vorhang wieder hinter sich fallen. Dort stehen ein paar wacklige Plastikmöbel mit schmutzigen Kaffeebechern. Ein paar Spiegel, diverse Requisiten, Bierkästen.

Weiter hinten, in der Ecke eines kleines Zeltes, steht jemand und hängt Theaterkostüme auf eine Kleiderstange. Jemand, dem ein langer Pony über das eine Auge hängt.

Aus einem Impuls heraus will sie weglaufen, aber Gustavs Vater hat sich schon umgedreht und sie entdeckt. Erst schaut er verblüfft, dann hellt sich seine Miene auf.

»Ach, hallo!«

Die Stimme eines geschulten Schauspielers. Dieselbe Art von Intensität wie damals in dem kleinen Kellertheater auf Södermalm, wenn auch nicht ganz so laut. Eine Vibration, die ihr bis ins Brustbein geht.

Man sieht ihm an, wie überrascht er ist. Er streicht sich das Haar nach hinten und sieht sie an. Und sie ist gar nicht mehr nervös.

»Ich wollte einfach mal vorbeischauen«, sagt sie.

Einer von seinen Kollegen kommt herein, holt etwas und geht wieder hinaus. Sie schweigen, bis er wieder weg ist.

»Sie sind einfach verschwunden«, sagt er.

»Ja. Kurz vor Schuljahresende.«

»Ich dachte, dass Sie vielleicht …«

Er fummelt an den Kleidern herum.

»Nein, das hatte überhaupt nichts mit Gustav zu tun«, erklärt sie. »Es ging mir nicht so gut.«

Erleichterung in seinen Augen. Dann deutet er mit einem Nicken auf die Bühne.

»Wollten Sie sich die Vorstellung ansehen? Die geht erst um halb acht los.«

»Ich schaffe es leider nicht, ich muss noch eine Fähre zum Schärengarten erwischen.«

»Okay.«

Das folgende Schweigen macht sie wieder nervös. Bis er sie anlächelt.

»Vielleicht können wir uns ja mal wiedersehen? Wenn Sie irgendwann mal mehr Zeit haben?«

Er kritzelt ein paar Zahlen auf einen Zettel, seine Telefonnummer, und sie nimmt sie und stopft sie in ihre Handtasche. Der Verschluss macht wieder Zicken, aber das passt jetzt ganz gut, so kann sie ihren Atem wieder unter Kontrolle bekommen.

»Ich fände es schön, wenn Sie mich anrufen«, sagt er.

Dieser Pony über seinem Auge. Sie nickt und spürt ihren Puls am Hals. Sie wird sich bei ihm melden, ganz bestimmt.

Die Waxholm-Fähre vom Strömkai schenkt sie sich, das wird zu stressig. Stattdessen nimmt sie einen späteren Bus als sonst zu einem kleinen Ort auf dem Festland, an dem die Fähre vorbeikommt, kurz bevor sie ihre Insel ansteuert. Der Bus, der in Schleifen den ganzen Weg an der Küste entlangfährt und an jeder winzigen Haltestelle hält. Ihr Entschluss stellt sich jedoch als unklug heraus. Es hilft nichts, dass sie vom Bus zum Kai rennt, sie verpasst die Fähre, die gerade ablegt und nun ohne sie zur Schäreninsel fährt.

Es wird dunkel. Der Wind frischt auf, und der Regen ist kalt. Das fühlt sich alles gar nicht nach Juli an. Und jetzt noch einmal zwei Stunden warten bis zur nächsten Fähre, der letzten an diesem Tag.

Sie lässt den Blick über den kleinen Schärenort gleiten. Das Café hat geschlossen. Und im Zeitungsladen kann sie schlecht zwei Stunden mit ihrem Pappbecher Kaffee rumstehen und sich aufwärmen. Dann muss sie wohl in die Pizzeria.

Das Lokal hat sich nicht groß verändert. Die dunkelbraunen Holzvertäfelungen, die sich über alle Wände erstrecken, die geblümten Rüschengardinen, die lackierten Holztische, die Stühle mit den Armlehnen. Sogar die mintgrün karierten Sitzbezüge, die so typisch Achtzigerjahre aussehen, sind noch dieselben. Auf eine Art ist es ganz heimelig. Aber normalerweise ist das nicht die Art Restaurant, die sie besucht. Auch früher nicht. Sie hat sich zwar manches Mal auf dem Heimweg eine Pizza gekauft, aber sie hat sich noch nie hingesetzt, um hier zu essen. Besonders nicht in die Ecke beim Fernseher. Die Ecke mit der ›coolen Clique‹ war das damals. Eva hat nie zur coolen Clique gehört.

Sie nimmt einen Schluck Weißwein, spürt die Erleichterung darüber, dass sich die Clique aufgelöst hat und verschwunden ist und die Ecke leer ist. Sie spürt, wie der Alkohol ihr durch die Adern rauscht und sie sanft zu wiegen scheint.

Die Pizzeria ist nicht besonders gut besucht. Im Laufe der Jahre ist die Konkurrenz in den Nachbarorten immer größer geworden. Es gibt zeitgemäßere Alternativen. Der dunkelhaarige Mann hinter dem Tresen backt Pizzen, dass das Mehl nur so staubt, und würdigt sie keines Blickes. Er ist neu hier. Offenbar hat das Lokal den Besitzer gewechselt.

Ihre Augen bleiben an der amerikanischen Serie hängen, die ohne Ton läuft. So muss sie den Pizzabäcker nicht ansehen. Sie meint zu wissen, was er denkt, während er seine Teigstücke herumwirbelt: Da sitzt eine verbitterte alte Frau, deren Leben vollends gescheitert ist.

Ein Mann in blauer Windjacke betritt das Restaurant. Sie folgt ihm mit dem Blick, weil sie nicht sicher ist, ob sie richtig sieht. Vielleicht ist es einfach nur jemand, der ihm sehr ähnlich sieht – aber nein, das ist schon Pelle. Ihr Nachbar von der Schäreninsel.

Er will sich gerade setzen, als er kurz aufblickt und sie entdeckt. Marianne Sandbergs erwachsene Tochter, die allein in einer spießigen Pizzeria hockt, in der ansonsten nur die Loser der Gegend herumsitzen. Und es sieht auch noch ganz so aus, als wäre sie leicht beschwipst.

»Eva? Hallo.«

»Hallo.«

Übertrieben munter. So wollte sie eigentlich gar nicht klingen.

»Ich hol mir eine Pizza zum Mitnehmen«, sagt er. »Du auch?«

»Nein, ich warte auf die Fähre.«

Ohne um Erlaubnis zu bitten, setzt er sich gegenüber an

ihren Tisch. Umständlich wurstelt er sich aus seiner Jacke und hängt sie über den Stuhl.

»Hier haben Marianne und ich manchmal gegessen.« Er lächelt schwach.

»Hier?«

Mama hat nie Pizza gegessen. Sie aß Gemüse und Knäckebrot und Hüttenkäse und Obst. Manchmal einen Joghurt. Viel Fisch. Und Geflügel und Räucherschinken. Und manchmal hat sie sich vielleicht ein Stück Schokolade gegönnt.

»Du siehst überrascht aus«, stellt er fest.

Seine Miene hat etwas Amüsiertes, und das ärgert sie.

»Marianne hatte Seiten, die du vielleicht nie gesehen hast. Und wir haben über viele Dinge geredet.«

Er beugt sich vor, als hätten sie ein vertrauliches Gespräch begonnen. Das ist ein Missverständnis. Sie muss jetzt gehen. Als sie Anstalten macht aufzustehen, sagt er:

»Sie war traurig. Also, auch bevor sie so richtig krank wurde. Sie hat oft darüber gesprochen, wie traurig sie war. Dass sie so wenig Kontakt mit deinen Geschwistern hatte.«

Sie kann nicht mehr hier sitzen bleiben, aber rausgehen kann sie auch nicht. Draußen ist es kühl, und es regnet. Es würde komisch aussehen, wenn sie jetzt spazieren ginge.

»Sie war damals so glücklich. Als Anders sich vor ein paar Jahren meldete und wieder Kontakt haben wollte.«

Eva sieht sich im Restaurant um. Ihr Blick bleibt an dem ramponierten alten Klavier hängen, das in einer Ecke steht. Sie hat nie jemand darauf spielen sehen. Es war auch immer abgeschlossen, wenn sie sich recht erinnert.

Sie greift nach ihrer Regenjacke, aber Pelle scheint gar keine Notiz davon zu nehmen und lächelt noch immer.

»Marianne hat oft von dir gesprochen. Und von Anders. Und Maja. Wie stolz sie auf euch ist.«

»Ich geh jetzt mal ein Stück spazieren«, sagt sie.

Sie läuft durch die Gässchen der Ortschaft und bleibt erst stehen, als es ein Stück bergauf geht und sie so außer Atem gerät, dass sie die Ellenbogen auf die Knie stützen und mit gesenktem Kopf atmen muss.

Sie muss das Boot wiederfinden, das irgendwo in einem schlammigen Röhricht in der Nähe des Hafens liegt. Das sie gestohlen hat. Sie versteht gar nicht, wie sie so etwas tun konnte. Was ist da nur in sie gefahren?

Gepflegte Hecken auf allen Seiten. Sie befindet sich im eleganteren Teil des Ortes, wo alle ein Seegrundstück haben. Villen mit kunstvoll geschnitzten Verzierungen, mit Zinnen und Türmchen und Balkonen, mit frisch gestrichenem Holz und schön gestalteten Toren mit Namensschildern aus Metall oder Keramik. Pittoreske Straßenlaternen beleuchten die Straße auf eine verzaubert schöne Art. In den Fenstern brennt überall Licht. Sie sieht Menschen da drin, Leute, die sich in den Zimmern bewegen. Sie haben Kontakt miteinander. Keiner von ihnen ahnt, dass dort draußen ein verwirrter Mensch in der Dunkelheit steht und nicht weiß, wohin er gehen soll.

»EVA!«

Das ist Pelles Stimme. Sie duckt sich ins Dunkel und schlängelt sich durch eine Lücke zwischen Mülltonne und einem Zaunbrett in einen Garten. Dort steht sie in der Laube von irgendjemand, mit exklusiven Gartenmöbeln und Sturmlaterne auf dem Tisch. Warum versteckt sie sich? Weil Pelle sie mit seinem Boot mit nach Hause nehmen will? Weil sie Anders und Maja noch nicht begegnen will? Jetzt, wo nur noch die beiden da sind. Keine Kinder. Keine Partner.

»EVA!«

Jetzt ist er schon näher. Sie tritt aus ihrem Versteck und stellt sich mitten auf die Straße, ins Licht einer Straßenlaterne. Sie hört das Geräusch von schnellen Schritten, und da taucht auch schon Pelle auf. An der höchsten Stelle der Straße. Er hat sie auch entdeckt und steuert jetzt direkt auf sie zu. In der Hand hat er einen Pizzakarton. Jäh fällt ihr ein, dass sie nicht mal ihren Wein bezahlt hat.

Er geht zu ihr. Der Pizzageruch steigt aus dem Karton.

»Ich bin mit meinem eigenen Boot da«, sagt er. »Ich nehm dich mit.«

»Meine Rechnung ...«, sagt sie.

»Hab ich bezahlt. Kein Problem.«

Und dann fängt er an zu reden, leise und in einem einzigen ununterbrochenen Fluss, als wäre es ihm egal, ob sie zuhören will oder nicht. Wie ein Roboter lässt sie sich von ihm durch die Villengegend führen.

»Ich denke ständig an sie. Und die ganze Zeit bin ich am Grübeln, wie es ihr gegangen sein muss, und warum ich nichts gemerkt habe. Wie schlimm es um sie stand.«

Inzwischen sind sie an der Anlegestelle für Privatboote angekommen, und sie sieht sein Motorboot, eine Nimbus, die dringend mal eine Generalreinigung vertragen könnte.

Sie will gerade an Bord klettern, als er ihr den Weg vertritt.

»Wie ist sie gestorben?«

Sein entschlossener Gesichtsausdruck verrät ihr, dass er keinen Millimeter von der Stelle weichen wird, wenn sie ihm keine Antwort gibt.

»Was ist passiert?«

Sie versucht ihm auszuweichen, aber er versperrt ihr den Weg.

»Sie ist in dem Krankenhaus gestorben, das sie stationär aufgenommen hatte«, sagt sie nach kurzem Zögern. »Die Ärzte dort haben die Lage falsch eingeschätzt und hielten sie für nicht suizidal. Also selbstmordgefährdet.«

»Ich verstehe.«

Jetzt hat sie das Wort endlich ausgesprochen. Sie weiß, dass sie es wieder sagen wird, noch unzählige Male im Laufe ihres Lebens. Denn das ist jetzt ein Teil von ihr. Und wird es immer sein.

»Es gibt verschiedene Grade von Überwachung«, fährt sie fort. »Manche Patienten dürfen keine Sekunde allein bleiben, nicht einmal, wenn sie auf die Toilette gehen, andere dürfen sich frei bewegen, auch in die Stadt gehen und so. Sie müssen bloß am Abend wieder da sein.«

»Und Marianne?«

»Sie durfte das Krankenhaus nicht verlassen, konnte sich aber auf dem Gelände bewegen. Und sie musste auf einer Tafel eine Notiz hinterlassen, wo sie hinging, wenn sie ihr Zimmer verließ.«

»Ach so?«

»Aber das tat sie nicht. Und das Personal, das sie hätte kontrollieren sollen, war nicht da.«

Seine Augen verfinstern sich.

»Hast du sie angezeigt? Das Krankenhaus, meine ich. Da muss es doch einen Verantwortlichen geben.«

»Davon kommt sie auch nicht zurück.«

Das muss fürs Erste reichen. Sie beendet das Gespräch, indem sie auf eine schilfbewachsene Stelle am Ufer zeigt. Sie erkennt die Stelle wieder, hier ist sie an Land gegangen.

»Wir müssen erst noch kurz dahinten vorbei«, sagt sie. »Da müssen wir noch ein kleines Boot abholen.«

Er fragt nicht mehr nach ihrer Mutter, sondern tritt beiseite und lässt sie einsteigen. Es scheint ihm auch nichts auszumachen, dass er wegen ihr jetzt noch Umstände machen muss. Stattdessen darf sie sich in den kleinen Steuerstand stellen und ihm erklären, wo genau das Boot liegt. Gemeinsam befestigen sie es am Heck seiner Nimbus, um es zur Insel zurückzuschleppen.

Die Überfahrt geht ganz schnell, und das Motorengedröhn nimmt ihr weitere Gespräche ab. Pelle sitzt neben ihr, und ihr Haar flattert im Wind.

Als sie angekommen sind, bringt Eva das kleine Boot wieder genau dorthin, wo sie es weggenommen hat. Pelle vertäut sein eigenes Boot, während sie auf dem Anleger steht und wartet. Sie sieht zu, wie er sorgfältig die Fender verteilt. Erst dann ergreift er wieder das Wort.

»Ich weiß, dass deine Geschwister sich immer gegen dich verschworen haben«, sagt er. »Aber du musst ihnen verzeihen und nach vorn schauen. Das hätte Marianne auch so gewollt. Das war das Einzige, was sie wollte.«

Seite an Seite gehen sie zum Haus hinauf, über den gewohnten Kiesweg, der jetzt nächtlich verschleiert daliegt. Die kleinen Pferde auf der Weide haben sich für die Nacht unter einem großen Baum versammelt. Dort steht die ganze Herde beisammen. Sie haben einander. Immer.

»Marianne und ich hatten viel Spaß miteinander«, sagt er. »Wir haben zusammen Pilze gesucht und Kaffee getrunken. Und Netze ausgelegt. Manchmal konnte sie ganz schön abenteuerlustig sein.«

Eva geht schweigend neben ihm her. Die Frau, die er da beschreibt, ist nicht ihre Mutter. Nicht Marianne Sandgren.

Sie kommen an der hohlen Eiche vorbei, die jetzt aussieht wie ein gespenstischer Schlund. Eva beschleunigt ihre Schritte. Auf der verlassenen Wiese, auf der sie vor Kurzem Mittsommer gefeiert haben, steht immer noch die blumengeschmückte Maistange, eine schwarze Silhouette vor dem Himmel dieser Sommernacht, aber schon ganz welk und mit schlaff herabhängenden Kränzen am Querbalken. Es ist kaum vorstellbar, dass dieses trübselige, vertrocknete Ding im Mittelpunkt einer Festlichkeit gestanden haben soll.

An der Weggabelung biegen sie ab und sind wenig später bei ihren Häusern. Im Obergeschoss brennt noch Licht. Anders ist also wach.

»Danke fürs Mitnehmen«, sagt sie.

»Bitte.«

Pelle schickt sich an, zu seinem Grundstück weiterzugehen, doch er ist noch nicht ganz fertig.

»Und stell dir vor, manchmal kam sie rüber und dann hab ich ein Tanzlied aufgelegt«, sagt er. »Und dann haben wir getanzt.«

Er lächelt leise und macht ein paar Tanzschritte im Dunkel.

»Deine Mutter hat zu gern getanzt.«

Eva muss ihn noch einmal genau ansehen, um sich zu vergewissern, dass seine Worte ernst gemeint sind.

Das Rollo im Fenster des Gästehäuschens ist heruntergezogen, aber an den Seiten dringt ein gedämpfter Lichtschein hervor.

»Maja?«

Sie legt das Ohr an die Tür und klopft vorsichtig. Keine Antwort.

»Maja, ich muss mit dir reden.«

Sie fahren zusammen Langlaufski und sind ganz allein auf der Loipe im Wald. Das quengelige Kind ist müde und durchgefroren, hat Schnee in den Stiefeln und in den Strümpfen und in dem Spalt zwischen Handschuhen und Jackenmanschetten. Eva muss sich immer wieder umdrehen und Maja sagen, dass sie sich zusammenreißen und kämpfen soll, weiterfahren, sich einfach voranstochern und nicht aufgeben. Reiß dich zusammen, sagt sie mehrmals, und am Schluss schreit sie sie fast schon an.

Jetzt klopft sie kräftiger an die Tür. Immer noch kein Laut von drinnen.

»Maja, bitte, mach doch auf.«

Reiß dich zusammen. Gib dir einen Ruck. Das hat sie zu Mama am Ende auch gesagt, als sie mit ihrer Langsamkeit und ihrer Vergesslichkeit schon so nervig war.

Aber vom Haupthaus kommt jetzt ein Geräusch. Das Knirschen von einem alten Scharnier. Anders hat ein Fenster der verglasten Veranda im Obergeschoss aufgemacht und winkt Eva zu sich.

»Warum bist du einfach gefahren?«, will er wissen.

Sie geht zum Haus und stellt sich unter das Fenster.

»Ich konnte nicht anders.«

Keine wirklich erschöpfende Antwort, aber er fragt nicht weiter nach, sondern schaut nur zu ihr hinunter. Sie sieht, dass sein Haar schon ganz fettig und seine letzte Rasur wohl auch schon etwas länger her ist.

»Maja ist momentan ein bisschen … fertig mit den

Nerven«, sagt er. »Ich hab ihr versprochen, ihr mit ihren Schulden zu helfen. Ich hab gesagt, dass ich das schon hinkriege. Aber sie wurde einfach nur total wütend, und dann bin ich auch sauer geworden.«

»Wie?«

Ihr liegen noch ganz andere Fragen auf der Zunge, aber sie kann ihre Gedanken gerade nicht so richtig ordnen. Sie versteht gar nichts mehr.

»Ich hab es deinetwegen gesagt«, fährt er fort. »Ich wollte, dass du noch hier wohnen bleiben kannst. Vorerst. Ich hab im Moment weiß Gott schlimmere Probleme. Katrin. Und die Kinder. Ich muss in die Stadt.«

Sie steht genau vor der Rabatte. Der Geruch der aufgeblühten Blumen steigt ihr in die Nase, während sie angestrengt versucht, aufzunehmen, was er da sagt.

»Wir sind in Streit geraten«, sagt er. »Sie wollte nicht mal Geld annehmen. Aber ich hab's zumindest versucht. Ich muss sagen, ich habe ganz schön die Nase voll von Maja. Wollte ich dir bloß gesagt haben.«

Er wirkt resigniert. In diesen 35-jährigen Augen kann man den Vierjährigen sehen, im Pyjama und mit dem Frotteekaninchen, das ihm an einem seiner langen Ohren vom Arm baumelt. Der Junge, den sie wieder ins Schlafzimmer hätte bringen und ins Bett legen sollen. Sie hätte ihn schön fest zudecken und ihm eine Geschichte vorlesen sollen. Von der er garantiert schon eingeschlafen wäre, bevor sie fertig war.

»Danke trotzdem«, sagt sie.

Sie musste ihre kleinen Geschwister oft zu Bett bringen, wenn Mama im Arbeitszimmer sitzen bleiben und schreiben musste oder gar nicht zu Hause war. Manchmal passierte auch was. Sie weiß noch, wie Anders einmal mit dem Fahrrad hinfiel und mit der Hand auf einen scharfkantigen Stein stürzte.

Eva ist allein mit Maja und versucht sie dazu zu bringen, am Küchentisch sitzen zu bleiben und ihren Teller leer zu essen, als auf einmal die Haustür geht und Anders auf der Schwelle erscheint. Sie will gerade fragen, warum er nicht zum Abendessen gekommen ist, da entdeckt sie das Blut. An der rechten Hand hat er sich einen tiefen Schnitt zugezogen. Schmutzig ist er auch, mehr als gewöhnlich. Er kämpft mit den Tränen – wahrscheinlich wollte er vor seinen Freunden nicht heulen, aber man sieht ihm an, dass er Schmerzen hat. Seine Hose ist an den Knien aufgerissen, und das Blut, das ihm von der Hand tropft, hat schon dunkle Flecken auf dem Stoff hinterlassen. Eva hebt Maja von ihrem Stuhl auf den Boden und eilt ins Badezimmer, wo sie im Medizinschrank nach Pflaster und Kompressen und Verbandsmull wühlt. Sie umarmt und tröstet Anders, während sie gleichzeitig seine Wunde mit Desinfektionsmittel reinigt. Anders weint und weint, denn jetzt kann er sich endlich gehen lassen, weil ihn nur noch seine Geschwister sehen. Als Eva fertig ist, fällt ihr plötzlich auf, dass Maja verräterisch still ist, und sie kommt gerade noch rechtzeitig ins Wohnzimmer, um Maja davon abzuhalten, aufs Fensterbrett zu klettern. Sie hält sich zwar an der Gardine fest, aber der Sessel, den sie als Kletterhilfe benutzt hat, ist kurz vorm Umkippen. Als Eva sie in den Arm nimmt, ist sie schrecklich beleidigt und bekommt einen Wutausbruch, den zu beruhigen eine geraume Weile in Anspruch nimmt.

Am Ende ist es wieder still. Anders' Wunde hört endlich auf, das Pflaster durchzubluten, und Eva schafft es, Maja und ihn rechts und links neben sich aufs Sofa zu packen. Und dann hören die beiden zu, wie sie ihnen aus dem Kinderbuch vorliest, auf das sie sich nach viel Herumgestreite geeinigt haben. *Poas Geschichten.*

Eva sieht zu Anders hinauf. Die Wunde hätte man damals eigentlich nähen müssen, das weiß sie heute. Er muss eine Narbe behalten haben, die nie wieder verschwinden wird.

»Warum bist du einfach weggefahren?«, fragt er wieder.

»Ich war kurz in der Stadt«, antwortet sie. »Ich hab Elias in seiner neuen Wohnung besucht.«

»Wir haben uns furchtbar Sorgen gemacht.«

»Tut mir leid.«

Er fixiert das Fenster mit dem Haken.

»Gute Nacht. Schlaf gut.«

Dann ist er weg. Eva bleibt noch stehen und versucht zu begreifen, was er gesagt hat.

Sorgen haben sie sich gemacht.

Sie setzt sich im Bett auf, dass die Federn quietschen. Heute soll es passieren. Heute ist der 9. Juli, und der Makler wird herkommen, um das Haus vor der offiziellen Besichtigung zu inspizieren.

Sie stellt die Füße auf den Boden. Eine Weile bleibt sie so sitzen und spürt, wie es sich anfühlt, jetzt, wo alles verloren ist. Langsam zieht sie sich an.

Dann macht sie die Tür zum Speicher auf und wirft einen Blick hinein. Sie atmet den Geruch von altem Staub und Holz und Schädlingsbekämpfungsmittel ein. Der Dachboden ist jetzt so gut wie leer. Ein paar zusammengefaltete Kartons stehen noch in einer Ecke. Eine Kleiderstange mit diversen alten Kleidungsstücken auf Drahtbügeln an der Giebelseite. Ein paar Plastiktüten ungeklärten Inhalts auf dem Boden unter der Dachschräge. Aber ansonsten ist alles leer. Sämtliche Kisten von Mama wurden fortgetragen und ihr Inhalt in Asche verwandelt.

Sie geht wieder hinaus und zieht die Tür hinter sich zu. Dann steigt sie langsam die Treppe hinunter – es ist eines der letzten Male – und setzt in der Küche Wasser für Kaffee auf. Sie lauscht dem vertrauten Blubbern des Wasserkochers wie einem seltsamen Geräusch, das sie noch nie gehört hat. An einem Türrahmen blättert die ausgetrocknete Farbe ab. Die neuen Besitzer werden dieses Problem lösen. Vielleicht, indem sie die ganze Wand durchbrechen.

Der Sommermorgen, der sie umgibt, ist noch ganz still. Sie steht am Verandageländer mit dem Zahnputzbecher in der Hand. Bürstet und spuckt immer wieder Zahncreme in die Büsche, spült den Mund mit Wasser und spuckt wieder aus. Die Tür des Gästehäuschens ist immer noch abgeschlossen, das Rollo unten. Aber sie weiß, dass Maja wach ist. Sie war schon immer ein Morgenmensch.

Der Wald ruht. In der Ferne hört man einen einsamen Vogel rufen.

Maja. Alles war schon einmal so anders.

Eva spült die Zahnbürste mit dem restlichen Wasser aus. Jetzt hört man auf einmal Geräusche. Rumpeln und Knallen kommt von dem kleinen Hügel. Sie sieht, dass Anders sich da oben zu schaffen macht. Seltsam, dass er schon so früh wach ist. Wahrscheinlich nur, um den Pavillon nach Katrins Wutausbruch aufzubauen, damit Maja zufrieden ist.

Ihr Blick bleibt an dem Dornenbusch hängen, der jetzt ordentlich zurückgeschnitten ist. Vielleicht hat sie ein bisschen zu beherzt zugelangt, man kann ihn kaum noch einen Busch nennen, das ist eher eine Ansammlung kurzer Stümpfe. An den Armen hat sie immer noch einige Kratzer und Wunden, aber schon langsam heilt alles ab.

Sie späht noch einmal zum Hügel hinauf. Irgendwie sieht es doch nicht so aus, als würde Anders etwas bauen. Und jetzt fällt ihr auch auf, dass das Dach des Pavillons, das man vorher von diesem Punkt aus über den Bäumen erkennen konnte, nicht mehr zu sehen ist.

Schon auf dem Weg nach oben entdeckt sie, was Anders da tut. Er ist dabei, den ganzen Pavillon wieder abzubauen. Stück für Stück trägt er die Reste ab. Mit einem Brecheisen zieht er die Bretter auseinander und trägt sie dann hinter den Werkstattschuppen, wo er sie unter eine Plane legt. Sie hat ihn noch nie mit solcher Energie arbeiten sehen.

Da entdeckt er sie auch und bleibt mit einem Stapel ramponierter Bretter auf dem Arm stehen. Sie steht mit Mamas Gummistiefeln im Heidekraut und schaut zurück.

»Was meinst du, was Maja dazu sagen wird?«

Er wirft die Bretterteile auf einen Haufen zu anderem Abfall.

»Ich pfeif auf sie. Endlich.«

Seltsamerweise sieht er tatsächlich richtig glücklich aus.

»Ist das hier eine Art Revolte?«

»Nenn's, wie du willst.«

Sie hört, dass sie höhnisch und sarkastisch klingt. Die Attitüde der großen Schwester, das selbst angemaßte Recht der Ältesten, immer auszusprechen, was eigentlich Sache ist. Aber sie macht das nicht mit Absicht, das passiert ganz automatisch. Sie kann sich dann einfach nicht bremsen. Wie damals, wenn sie am Mittagstisch saßen und sie blitzschnell jeden Witz im Keim erstickte, an dem Anders und Maja sich versuchen wollten, Witze, die die beiden in der Schule oder beim Spielen aufgeschnappt hatten und für herrlich amüsant hielten.

Sie ließ sich keine Chance entgehen, ihnen in überlegenem Ton klarzumachen, wie kindisch sie waren. Und wie albern. Sie ließ sie immer fühlen, wie alt und abgedroschen der Witz war, und wie oft sie ihn schon gehört hatte.

Sie erinnert sich jetzt auch an einen Anlass, als Maja neun Jahre alt war und Zettel mit ein paar selbstgeschriebenen Gedichten auf dem Tisch vergessen hatte. Eva fand sie, las sie und fiel fast um vor Lachen. Danach schrieb Maja nie wieder ein Gedicht. Und das ist nicht nur eine Vermutung. Eva weiß es.

Die Älteste hat immer die Macht, etwas zu unterbrechen und nach Lust und Laune zu interpretieren, ein Urteil zu fällen. Die endgültige und wahre Beurteilung abzugeben.

Der Pavillon war auch falsch. Das war nichts, da fehlte die Finesse.

Jetzt werden ihre Wangen ganz heiß. Sie stapft durch den Garten und rupft die Spitzen von den langen Grashalmen ab. Anders merkt nichts, er fährt einfach mit seiner Demontage des unvollendeten Bauwerks fort.

»Ich habe mit Katrin geredet«, sagt er. »Sobald der Makler hier war, fahre ich in die Stadt. Ich habe ihr gesagt, dass wir uns jetzt ein Haus kaufen. Das ist nämlich eigentlich das, wonach sie sich all die Jahre gesehnt hat. Nur ich hab immer dagegen angekämpft, weil ich unbedingt in der Stadt bleiben wollte.«

Er zieht mit der Hufzange ein paar große Nägel aus den Brettern und legt sie auf einen Stein.

»Wir fangen noch mal ganz von vorne an«, sagt er. »Wir kaufen uns unser eigenes Haus, in dem wir das ganze Jahr über wohnen können. Und zu Weihnachten hängen wir Lichterketten in die Obstbäume.«

Sie lächelt.

»Das klingt gut.«

Sie betrachtet den Rücken ihres Bruders, während er in die letzten Überreste des Pavillons steigt und die Fensterrahmen losmacht.

Als er wieder herauskommt, bleibt er noch einmal stehen.

»Warst du heute Morgen schon schwimmen?«, fragt er.

Sonnenschein und Vogelgezwitscher und glitzerndes Wasser, wie an jedem normalen Julitag. Sie zieht das Thermometer aus dem Wasser. 23 Grad.

Anders springt vom Steg. Als er wieder auftaucht, schüttelt er die Haare und lacht sie an. Sie nimmt die kleine Leiter, und zum ersten Mal in diesem Sommer bekommt sie keine Gänsehaut dabei. Das Wasser fühlt sich weich an. Mit langsamen, kräftigen Zügen beginnt sie zu schwimmen. Es ist, als würden ihr Körper und ihr Geist zusammen durchs Wasser gleiten, ein ganz spezielles Gefühl, das sie nur von ihrer morgendlichen Schwimmrunde kennt …

Während sie sich mit minimaler Anstrengung vorwärtsgleiten lässt, kommt ihr in den Sinn, dass sie nie wieder das Wort »Mama« zu jemand sagen wird. Dieses Wort, das sie ihr ganzes Leben lang benutzt hat, gibt es für sie nicht mehr. Nie wieder wird sie den Menschen ansprechen können, der sie geboren hat. So ist das jetzt.

»Sie hat manchmal Sachen vergessen«, sagt sie.

Anders wendet ihr den Kopf zu. Dann macht er ein paar Schwimmzüge in ihre Richtung, und die Wassertropfen, die dabei aufspritzen, glitzern im Sonnenlicht.

»Ihren Silberring zum Beispiel, den sie sich selbst bei einem Silberschmied in Gamla Stan gekauft hat, in der Nähe von ihrem Arbeitsplatz. Sie mochte den Ring so gern. Aber dann hat sie ihn irgendwo auf einer Toilette vergessen, auf dem Waschbecken. Sie hatte ihn abgenommen, um sich die Hände zu waschen, und dann verschwand er. Darüber war sie schrecklich traurig, sie hat sich solche Vorwürfe gemacht. Und ich war auch wütend auf sie und sagte ihr, sie solle sich mal ein bisschen zusammenreißen.«

»Du wusstest doch nicht, dass sie krank ist«, wendet Anders ein.

Eine schimmernde Libelle fliegt vor Eva über die Wasseroberfläche. Dann ändert sie jäh den Kurs und schießt davon.

»Wie lange hattet ihr schon wieder Kontakt?«, fragt sie.

»Seit ein paar Jahren, immer mal wieder zwischendurch. Ich hab sie an ihrem Geburtstag und zu Weihnachten angerufen. Manchmal hat sie über dich gesprochen. Sie meinte, sie wäre schuld daran, dass dein Leben quasi zusammenschrumpfte. Sie sagte, dass du eine Veränderung brauchst.«

Sie schwimmen nebeneinander wieder Richtung Ufer, den Kopf über Wasser.

Von vorne anfangen, wie Anders und Katrin – geht das, nach dreizehn Jahren?

Sie dreht sich auf den Rücken. Sie macht einen schwungvollen Schwimmzug mit den Beinen und schaut dabei in den Himmel.

Sie gehen vom Badesteg wieder nach Hause. Anders mit dem Handtuch über den Schultern, sie im Bademantel. Pelle steht auf seinem Grundstück und bastelt an seinem Lastenmoped. Er schwitzt in der Sonne, seine Hände und die Vorderseite seiner Shorts sind voller Motorenöl. Pelle hebt eine Hand zum Gruß, und die beiden nicken zurück, wie man das eben so macht unter Nachbarn.

Das Rollo am Gästehäuschen ist hochgezogen, aber Maja ist immer noch nicht herausgekommen. Sie können sie durchs Fenster sehen, wie sie drinnen räumt und zusammenpackt. Im Haupthaus haben Eva und Anders auch ihre Sachen gepackt und weggeräumt. So ist das Haus in einem Zustand, der alles andere als perfekt ist, aber ausreichend aufgeräumt, um es besichtigen zu lassen.

Eva zieht den Bettüberwurf in ihrem Schlafzimmer noch einmal glatt. Die Reisetasche und der Koffertrolley können so lange noch am Fußende stehen bleiben. Sobald der Makler wieder weg ist, wollen sie alle drei die Waxholm-Fähre in die Stadt nehmen. Denn das hier ist jetzt kein Haus zum Bewohnen mehr, das ist ein Wertgegenstand, der zum Verkauf steht.

Sie trägt den Stapel mit dem schmutzigen Geschirr auf die Veranda, wo die Sonne direkt hinscheint. Dort stapelt sie alles auf der Bank an der Hauswand. Abwaschen mochte sie schon immer. Vielleicht, weil sie schon früh merkte, dass die Eltern ihrer Freunde sich gerne in der Küche aufhielten und sich neben dem Abwaschen mit ihren Kindern unterhielten. Eine äußerst ungewöhnliche Situation in ihrem Zuhause. Als Eva klein war, fragte sie ihre Mutter oft, ob sie nicht selbst abwaschen könnte, statt die Geschirrspülmaschine zu benutzen – damals noch ein Luxusartikel, den sie als einzige Familie im Viertel besaßen. Niemand, den sie kannte, hatte so etwas zu Hause. Aber Mama antwortete nur, dass die Spülmaschine praktisch war, und dass ihr so mehr Zeit zum Arbeiten blieb. Sie ließ sich in einem großen, doppelseitigen Zeitschriftenartikel noch weiter über diesen Vorteil aus. Ein Bild zeigte sie, wie sie auf ihrem Sessel saß, mit ihrer Sechzigerjahre-Kurzhaarfrisur und der schwarzen Schmetterlingsbrille und ihrer damals einzigen Tochter Eva auf dem Schoß. Mama repräsentierte die neue, moderne Frau, die sich von allem distanzierte, was an das verwerfliche Hausfrauendasein erinnerte. In dem Interview berichtete sie glücklich, wie selten sie selbst Essen kochte und stattdessen einfach Tiefkühlgerichte auftaute, die man sich an die Haustür liefern lassen konnte. Alles, um mehr Zeit und Kraft in ihre Arbeit investieren zu können und in ihre Erforschung der Geschlechterrollen und der Gleichberechtigung.

Eva gießt heißes Wasser und Spülmittel in die Schüssel. Dann greift sie zur Spülbürste und macht sich ans Werk.

All die Stunden und Tage und Wochen, die für Tätigkeiten außer Haus draufgingen. Zeit, die bei der Feier zum 1. Mai, auf politischen Versammlungen, auf Vernissagen und bei Theateraufführungen verbracht wurde. Ihre Eltern richteten den Blick auf das, was in der Welt vorging, nahmen an Versammlungen und Debatten teil, an Dinners, Wahlabenden, Veranstaltungen von Botschaften, Cocktailpartys, Fernseh- und Radiosendungen, Konferenzen und Seminaren. Oder machten Reisen, an Orte mit Problemen, bei deren Lösung sie unbedingt helfen mussten. Alles war immer schrecklich wichtig und ernst.

Anders hat ihre Badesachen aufgehängt und sich Shorts angezogen. Jetzt sitzt er mit einer Tasse Kaffee und einer alten Zeitung in der Hängematte. Er beobachtet ihre Hände, die sich mechanisch im Wasser bewegen. Typisch ungleiche Arbeitsverteilung, das wäre Mama sofort ins Auge gefallen. Aber Mama ist nicht mehr hier. Sie ist tot. Sie hat

Selbstmord begangen. Sich selbst ermordet. Sie hat getan, was Mütter nicht tun dürfen.

Diffuse Erinnerungen tauchen in ihr auf, an die Zeit, als Elias noch ein Baby war. Phasenweise konnte Eva die ganze Nacht lang nicht länger als anderthalb Stunden am Stück schlafen, und manchmal nicht mal das. Manchmal sah sie schon verschwommen vor lauter Erschöpfung, und in ihr wuchs die Panik, weil sie das Gefühl hatte, in absehbarer Zeit keinen richtigen Schlaf, kein richtiges Leben, keine Freunde, keinen einzigen Moment für sich selbst mehr zu haben. Während sich in ihrer kleinen Wohnung das schmutzige Geschirr und die Wäsche nur so stapelten.

Wenn sie manchmal ihr Bedürfnis nach Hilfe zum Ausdruck brachte, antwortete Mama sofort: »Jetzt weiß ich wieder genau, wie ich mich gefühlt habe, als du klein warst«, was natürlich etwas ausschließlich Negatives bedeutete. Gefangen, bedeutete es. In die Ecke getrieben, gefesselt und geknebelt.

Sie wollte ihre Mutter nie um Entlastung bitten, wollte ihr gutes Verhältnis nicht gefährden. Überhaupt nicht. Aber es gab Momente, in denen der Schlafmangel sie einfach zwang, sich über ihre Schuldgefühle hinwegzusetzen. Wenn sie nur noch ums nackte Überleben kämpfte, während sie wusste, dass ihre Mutter zu Hause saß, ausgeschlafen und munter, im Schein einer Leselampe (verstellbar, mit 60-Watt-Birne, von der Zeitung *Vi* empfohlen, erworben in einem Qualitätsgeschäft) ihre Bücher las und in politischen Dokumenten blätterte. Und dass sie Abend für Abend früh zu Bett ging und Nacht für Nacht ihre neun ungestörten Stunden schlief. Um jeden Tag die maximale Leistung im Job bringen zu können.

Eva weiß noch, wie sie sich manchmal einfach eine Stunde für sich selbst wünschte. Eine einzige. Dann schluckte sie ihren Stolz herunter und bat um Hilfe. Doch fast immer bekam sie ein bedauerndes Nein zu hören.

»Du weißt, dass ich mich unter der Woche um zehn hinlegen will«, lautete Mamas konstante Antwort. »Ruf gerne an, wenn was ist, aber im Moment hab ich auf der Arbeit so furchtbar viel zu tun. Ich soll noch den Budgetplan vorlegen, weißt du? Außerdem muss ich dieses und jenes Memorandum lesen und noch so einiges mehr. Aber wenn du ungefähr drei Wochen im Voraus Bescheid sagen könntest, dann würde es sich schon einrichten lassen, wenn ich grade nichts anderes im Terminkalender stehen habe. Also, an einem Samstag.«

Eva erlebte die erste Zeit mit ihrem kleinen Kind wie unter einer Glasglocke. Oft träumte sie davon, eine ganz normale Mutter zu haben. Eine Mutter und Großmutter mit der einfachen Einstellung, dass man sich um seine Nächsten kümmern soll und ihnen helfen, wie man kann. Eine Mutter und Großmutter, die von selbst auf den Gedanken kam, dass sie unzählige Nächte hatte, verlorenen Schlaf aufzuholen, wenn sie tatsächlich einmal müde von der Arbeit war.

Aber Marianne Sandgren war eben die Frau, die sie war.

Eva hatte ihre Mutter nie auf das Thema angesprochen, sie wollte ihr nie ein schlechtes Gewissen machen. Niemals. Denn ihre Mutter tat ihr ja auch leid.

Eva fährt mit der Spülbürste über den Boden des großen Keramikbechers mit dem glasierten Muster. Sie streicht den Schaum ab und betrachtet ihn. Nach jahrzehntelanger Benutzung sind die Kanten abgestoßen und die Farben sind auch nicht mehr frisch. Warum hat Mama den überhaupt noch aufbewahrt? Der hätte schon lange aussortiert werden müssen.

Mit einer einzigen kräftigen Bewegung wirft sie den Becher über das Verandageländer, schmettert ihn direkt auf die Steine, wo er in Millionen winzigkleine Scherben zerbricht. Ein dumpferes Geräusch, als sie gedacht hätte.

Anders blickt von seiner Zeitung auf und betrachtet die verstreuten Scherben.

»Warum hat sie nichts unternommen, um uns wieder zu versöhnen?«, fragt sie.

Er sieht erst überrascht aus, aber dann scheint er über ihre Frage nachzudenken.

»Findest du wirklich, dass sie dafür verantwortlich gewesen wäre?«

»Verantwortlich? Weiß ich nicht. Aber wenn ich mehr als ein Kind gehabt hätte, hätte ich alles dafür getan, dass sie zusammenhalten. Was könnte denn wichtiger sein als das?«

Da ist wieder das innere Rumoren. Das sie auch letztes Mal im Lehrerzimmer im Gespräch mit Stina und Ylva verspürt hat.

»Und du hättest das auch gemacht, wenn es nötig wäre«, sagt sie. »Das weiß ich.«

Sie beginnt den Boden des großen Topfes zu schrubben, wo sich ein angetrocknetes Nudelstück einfach nicht lösen will.

»Weißt du, warum Maja mit dir gebrochen hat?«, fragt Anders.

Endlich geht die Nudel ab. Sie spült mit Wasser nach. Spült und spült.

»Eigentlich hat sie am liebsten mit dir Zeit verbracht. Viel lieber als mit Mama. Aber als du sie damals so geschimpft hast … Sie hat sich geschämt. Sie dachte, dass du sie nie wieder gern haben könntest. Also hat sie gleich den Kontakt abgebrochen.«

Eva atmet tief durch. Sie spürt ihren Pulsschlag.

»Ich hab mich auch geschämt«, gibt sie zu. »Maja war erst 19. Sie konnte das gar nicht verstehen.«

Sie ist fertig mit dem Topf und stellt ihn umgekehrt zum Abtropfen hin.

»Du wolltest doch wissen, wie es am Ende war, oder?«, sagt sie.

»Ja.«

Eva trocknet sich die Hände am Handtuch ab. Der Abwasch steht nass und sauber im Abtropfgestell.

»In den Nächten hat sie nicht mehr geschlafen. Sie wanderte bloß noch durch die Wohnung. Oder sie lag im Bett und las. Ich war da, wollte ihr helfen, wusste aber auch nicht, was ich tun sollte. Ich hatte sie so satt.«

»Aber hast *du* denn keine Hilfe bekommen?«

»Erst als sie ins Krankenhaus kam. Da konnte ich wieder entspannen. Es war so schön, dass sie endlich von Profis betreut wurde. Da musste doch alles wieder gut werden.«

Anders steht auf und beginnt, auf der Veranda auf und ab zu gehen. Er wirft die Zeitung auf die Wachstuchtischdecke, auf der überall Pollen liegen.

»Als ich sie im Krankenhaus besuchte, sagte sie, sie will uns den Gefallen tun und verschwinden«, sagt er. »Sie hatte die Vorahnung, dass wir zwanzig Jahre lang durch die Hölle gehen müssten, wenn sie noch weiterlebte. So hat sie sich ausgedrückt. Aber ich wusste nicht, dass sie das ernst meinte.«

Die Tür des Gästehäuschens geht auf, und Maja kommt heraus. Sie trägt einen Rock und ein Top, das lange, dunkle Haar hat sie zu einem Pferdeschwanz zusammengebunden. Sie ist bereit, den Makler zu empfangen.

Maja kommt zu ihnen auf die Veranda.

»Seid ihr fertig?«, fragt sie und schaut auf ihr Handy. »Er muss gegen 12 kommen.«

Anders sieht nervös aus. Er blickt zum Hügel hinauf und setzt an, etwas zu sagen. Aber das braucht er gar nicht. Maja schaut in die gleiche Richtung. Sie reckt den Hals ein wenig, um besser sehen zu können, aber da gibt es nichts mehr zu sehen.

»Habt ihr das Ding abgerissen?«, fragt sie. »Komplett?«

Anders kratzt sich einen Mückenstich am Arm und weicht ihrem Blick aus.

»Ich war das. Es fühlte sich nicht richtig an, ihn fertig zu bauen.«

»Aha.«

Mehr sagt sie nicht. Schweigend warten sie. Von einem Nachbargrundstück dringt Kinderlachen herüber.

»Ist ja auch egal«, meint Maja schließlich. »Das Haus wird auf jeden Fall verkauft.«

»Hast du nicht noch mal nachgedacht über das, was ich dir gestern gesagt habe?«, fragt Anders. »Wegen dem Geld.«

Majas Miene wird angespannt.

»Ich habe bereits Nein gesagt. Warum sollte ich Geld von dir annehmen, wenn ich es gar nicht brauche? Ich habe schon Geld. In Form eines Drittels dieses Hauses.«

Sie hat dieselbe Miene aufgesetzt wie sonst, wenn sie von ihrem eigenen Unternehmen oder ihrer Selbstständigkeit als Frau spricht.

»Meinetwegen kann Eva hier gern allein wohnen, wenn sie möchte«, sagt Anders. »Sie kann uns rauskaufen, sobald sie ihre Wohnung in der Stadt verkauft hat. Stimmt doch, oder, Eva?«

Eva nickt. Und Maja explodiert von einer Sekunde auf die andere.

»Jetzt soll sie also alles so kriegen, wie sie will? Die hat doch schon immer alles gekriegt!«

»Das siehst du vielleicht so«, wendet Eva ein. »Für mich war es anders.«

Maja hört gar nicht zu, sie ist völlig in ihrem Zorn gefangen und bekommt gar nichts mehr von ihrer Umwelt mit.

»Aber das reicht ja wohl noch nicht, jetzt soll sie auch noch ein ganzes Haus für sich allein kriegen«, giftet sie weiter. »Und dich hat sie jetzt anscheinend auch noch überzeugt. Darf man fragen warum?«

»Du hast mich überhaupt erst auf diese scheißblöde Idee gebracht, hierherzufahren«, sagt Anders. »Ich wollte Eva nie mit Gewalt hier raushaben.«

Maja sieht aus, als wollte sie gleich nach ihm treten.

»Warum hast du das nicht gesagt? Du bist doch ein erwachsener Mensch, du bist doch wohl selbst verantwortlich für das, was du tust! Die Entscheidung haben wir zu zweit getroffen.«

Ein Klingeln von Majas Handy lässt die drei zusammenfahren. Keiner bewegt sich. Maja wirft einen Blick aufs Display und nimmt das Gespräch an.

Ein paar Sekunden Stille, dann breitet sich ein Lächeln auf ihrem Gesicht aus.

»Sie sind schon unterwegs? Prima.«

Man kann eine Männerstimme am anderen Ende der Leitung hören.

»Super! Klingeln Sie einfach noch mal an, wenn Sie kurz vorm Anleger sind, dann hole ich Sie dort ab. Auf der rechten Seite gibt es Anlegeplätze für Gäste. Bis dann. Ciao.«

Sie beendet das Gespräch, und sofort erlischt ihr Lächeln wieder. Sie sieht Eva und Anders an.

»Er kommt pünktlich. Ihr braucht gar nicht zu versuchen, das Ganze hier aufzuhalten. Ihr habt gehört, was

Ingela Bratt gesagt hat: Wenn wir drei uns nicht einigen, kommt es so oder so zum Verkauf.«

Anders' Wut ist verpufft. Er sieht Maja an.

»Aber ...«

Er fährt sich noch einmal mit der Hand durchs Haar und streift sich eine Strähne hinters Ohr. Ihm fällt nicht auf, dass sie sich gleich wieder löst.

»Wollen wir diese Entscheidung nicht noch mal besprechen?«, schlägt er vor. »Nur noch einmal. Bevor wir etwas Voreiliges tun.«

Maja seufzt demonstrativ. Sie ist auf dem Weg in die Küche, aber Eva hält sie am Arm zurück.

»Können wir nicht einfach alles hinter uns lassen?«, fragt sie. »Ich meine, ganz abgesehen vom Haus. Wenn wir uns nur gegenseitig zuhören, dann könnte doch vielleicht ...«

Maja macht sich gereizt von ihr los.

»Warum sollte ich dir zuhören? Du hast doch nie was tun müssen. Du hattest doch immer Mama! Und hast trotzdem nie was gemacht. Wie zum Teufel kann man neben einem selbstmordgefährdeten Menschen leben, ohne etwas zu unternehmen? Wie ist es möglich, dass man so was nicht sieht?«

Die Tränen direkt hinter den Lidern. Ihr wird die Kehle ganz eng.

»Maja«, sagt Anders warnend.

Sie sieht ihn gar nicht an.

»Aber scheiß drauf. Was spielt das jetzt noch für eine Rolle? Ich blicke in die Zukunft. Mit dem Geld werde ich ganz neu anfangen und mir einen guten Job besorgen. Ohne Åsa. Und ich werde Tomas sagen, dass ich das alles nicht so gemeint habe. Denn wir lieben uns.«

Sich lieben. Jemand am liebsten auf der ganzen Welt haben und das Glück teilen, dass dieser Mensch dasselbe für einen selbst empfindet. Eva hat diesen Traum auch einmal gehabt. Sie weiß, wie er aussieht. Wie es sich anfühlt, fest daran zu glauben, überzeugt zu sein, dass es so ist und immer so sein wird. Damals, als sie an dem festlich gedeckten Abendbrottisch saß, mit flackernden Kerzen und Elias im Bauch, damals glaubte sie auch, dass der Mann, der ihr gegenübersaß, die Person war, mit der sie ihr ganzes Leben verbringen würde. Weil wir uns lieben, hätte sie geantwortet, wenn jemand gefragt hätte.

Eva mustert Maja. Sie muss es tun. Nicht, dass sie es will, aber sie muss. Und es bleibt keine Zeit zum Überlegen, ob die Entscheidung richtig ist oder nicht. Sie legt Maja die Hand auf die Schulter.

»Tomas hat schon eine Familie«, sagt sie. »Er wohnt mit jemand zusammen. Und ein Kind hat er auch. Einen kleinen Sohn.«

Maja bleibt unbeweglich stehen. Sie ist wie erstarrt.

»Ich hab ihn gesehen«, fährt Eva fort. »Gestern, als ich in der Stadt war.«

Anders sieht sie unverwandt an. Er scheint nicht ganz fassen zu können, was sie da sagt.

»Du lügst«, sagt Maja.

Als Eva die brennende Verachtung in ihren Augen sieht, nimmt sie ihre Hand wieder fort.

»Du weißt, dass ich nicht lüge.«

Eva tritt mit dem Fuß gegen einen Tannenzapfen, der von der Veranda kullert und irgendwo im Gras landet.

»Ich bin zu Tomas gefahren, um ihn zu überreden, dass er wieder zu dir zurückkommen soll. Aber ich hab ihn vorher nicht angerufen.«

Langes Schweigen. Nur das Schreien und Lärmen der Nachbarskinder ist zu hören. Und ein Bootsmotor in der Ferne.

Maja geht weiter in die Küche, aber es sieht aus, als ob

sie sich nur ganz schwer bewegen könnte, als wäre ihr ganzer Körper eingeschnürt.

»Der Makler ist unterwegs«, ruft Anders ihr nach. »Wohin willst du?«

Maja bleibt stehen und dreht sich um.

»Ich weiß nicht.«

Ihre Stimme ist schwach. Jedes bisschen Kraft ist wie verschwunden.

»Was soll das heißen?«, fragt Anders.

Maja wischt sich mit der Hand rasch über den Augenwinkel. Als ob sie ein lästiges Insekt im Auge hätte.

»Macht, was ihr wollt.«

Erneutes Schweigen. Nicht mal ein Blatt rührt sich in den Baumkronen über ihren Köpfen.

»Was wir wollen?«, wiederholt Anders.

Sie nickt und blickt zum Fichtenwald hinüber.

»Okay«, sagt Anders.

Er stellt sich vor Maja.

»Wenn das so ist, übernehme ich jetzt mal das Kommando. Und ich bin der Meinung, dass wir uns erst mal ein bisschen besinnen müssen. Das geht mir hier alles viel zu schnell.«

Maja antwortet nicht. Anders wendet sich an Eva.

»Wir warten mit dem Verkauf. Bleib du ruhig hier. Und kauf uns im Herbst oder im Winter raus, oder wann auch immer du möchtest.«

Maja starrt auf den Boden. Sie sagt immer noch nichts. Anders geht zu ihr hinüber und streichelt ihr den Oberarm.

»So machen wir es jetzt«, sagt er. »Eva behält das Haus. Und du und ich lösen den Rest.«

Mamas Haus. Nun gehört es also ihr.

»Danke.«

Eva fällt im ersten Moment nichts Besseres ein. Sie sieht

sich um. Betrachtet die Veranda und die zwei Fenster jeweils rechts und links, die freundlichen Augen dieses Hauses. Vor allem an der Vorderseite sehen sie so aus, aber hier hinten auch.

Sie späht über das Grundstück. Alles ist so verlassen. So still und öde.

Keine Schritte oder Stimmen, kein Lärm, kein Essensduft. Keine verstreuten Gegenstände und Kleidungsstücke.

Jetzt ist alles weg. Und übrig bleibt nur eine leere Hülle.

Geschwister sind wie Freunde, die man niemals loswird. Doch, man kann sie schon loswerden. Was die Pfarrerin da gesagt hat, war nicht richtig. Sie hatte keine Ahnung, wovon sie redete.

Maja hat den Kopf wieder gehoben und sieht Eva jetzt blinzelnd an.

»Bist du jetzt zufrieden?«

Die Unterwasserströmungen. Die sich alles nehmen, was sie zu fassen bekommen, und es wegschwemmen, auch wenn es Leben, vertraute Gesichtszüge und Stimmen sind, die man um sich hatte, solange man sich erinnern kann.

Wenn es einem nicht gelingt, es zu verhindern.

Das durchdringende Handyklingeln schneidet durch die Stille. Es ist wieder Majas Telefon, aber sie rührt sich nicht vom Fleck. Die drei sehen sich an, der eine den andern. Es klingelt wieder.

Maja nimmt das Handy aus der Jackentasche und schaut es an. Es leuchtet und vibriert. Sie macht immer noch nichts. Es sieht aus, als wüsste sie nicht, wie man damit umgeht.

Mit ein paar Schritten ist Eva bei ihr. Sie nimmt ihr das Handy aus der Hand, drückt auf die grüne Taste und hält es ans Ohr.

»Hallo? Hier ist Eva Sandgren, Majas Schwester.«

»Hallo!«

Eine angenehme Männerstimme, die Motorengedröhn und Wind zu übertönen versucht.

»Ich wollte nur sagen, dass ich ungefähr in einer Viertelstunde an Ihrem Anleger bin«, sagt die Stimme.

»Prima. Dann sehen wir uns da unten.«

Sie beendet das Gespräch und steckt das Handy wieder in Majas Jackentasche. Anders und Maja rühren sich nicht.

»Wir verkaufen«, sagt Eva.

Sie sieht ihnen in die Augen. Es sind ihre Geschwister, und sie weiß, dass sie sie verstehen. Vielleicht im Moment noch nicht, aber das wird schon noch kommen.

Eva hat einen letzten Blick in ihr altes Mädchenzimmer geworfen. Es sieht ganz präsentabel aus. Björn Skifs schaut ihnen von seinem Poster entgegen. Vielleicht betrachtet irgendein Spekulant es ja als Retro-Wandschmuck mit Kultfaktor.

Durchs Fenster sieht sie Maja vom Gästehäuschen aufs Haus zukommen. Sie schleppt ihre schweren Koffer und ihre Sporttasche, die so übervoll ist, dass der Reißverschluss nicht mehr ganz zugeht.

Auf dem Weg ins Erdgeschoss bleibt Eva auf der Treppe stehen. Sie möchte es am liebsten hinauszögern, auch wenn sie nicht recht weiß, warum. Es muss schließlich so geschehen. Das war ihr schon lange klar.

Sie geht ein Stück zur Seite, so dass sie sich hinter einem Paneel verstecken kann, dann späht sie vorsichtig daran vorbei. Anders steht im Flur und stopft gerade die letzten Sachen in seine große Tasche mit dem Schulterriemen. Die Kamera hat er auf die Kommode gelegt. Er spricht mit Katrin auf dem Handy.

»Das Boot ist Viertel vor vier am Strömkai«, sagt er. »Wir sehen uns. Küsschen.«

Sie werden ihre Kinder weiter gemeinsam aufziehen, so gut sie können. Wie Eva es mit Elias getan hat. Wie Gustavs Vater es tut. Und wie Mama es getan hat. Die in ihrem Übereifer, alte Muster zu durchbrechen, ein paar unkluge Entscheidungen getroffen hat. Die einen Weg wählte, der damals, angesichts ihres Weltbildes, intelligent und rational aussah. Vielleicht sogar liebevoll. Bis zum Ende.

Man hört, wie Maja ihr Gepäck geräuschvoll auf der Vortreppe absetzt. Sie kommt in den Flur. Jetzt stehen Anders und Maja unten auf der Matte. Wie am allerersten Tag, vor einem Monat, als sie mit ihren ganzen Taschen und Sachen hier ankamen. Jetzt haben sie bedeutend weniger zu schleppen.

Maja hat sich die Sonnenbrille ins Haar geschoben. Man sieht deutlich, dass sie geweint hat. Ihre Augen wirken klein und irgendwie zusammengekniffen. Darunter liegen dunkle Schatten.

Anders tätschelt ihr die Schulter. Wie ein großer Bruder.

»Ich habe das ganze Haus und das Grundstück fotografiert«, sagt er. »Du kannst dir die Bilder jederzeit ansehen.«

Maja lächelt leicht.

»Danke«, sagt sie.

Sie wirkt verlegen.

»Du denkst an Tomas. Das weiß ich doch.«

Sie lächelt und setzt die Sonnenbrille wieder auf.

»Das kommt schon in Ordnung«, sagt sie. »Versprochen.«

Eva kommt die Treppe herunter. Sie ist bereit zum Aufbruch.

Der tiefbraun gebrannte Mann kommt mit seinem eigenen Motorboot, einem großen, protzigen Modell, mit dem Logo seiner Maklerfirma an der Seite. Eine Schwimmweste trägt er nicht, für so was ist er wohl nicht der Typ. Er trägt ein Baseballcap und wirkt zugleich entspannt und zielstrebig. Er ist auf eine reine Routineangelegenheit eingestellt – eine Inspektion vor der Besichtigung eines neuen Verkaufsobjekts.

Sie stehen am Fähranleger, sehen, wie er näher kommt, den Motor drosselt und in großem Bogen auf die Betonkante des Anlegers zusteuert. Maja geht ihm entgegen, sie ist ja auch diejenige, die die ganze Zeit Kontakt mit ihm hatte. Eva folgt ihr. Anders bleibt am Ende des Anlegers stehen.

Der Makler grüßt sie, klettert an der Reling entlang und wirft Eva den Tampen zu. Sie fängt ihn auf und macht ihn mit einem doppelten Halbschlag an einem der Metallringe fest, die im Beton eingelassen sind.

Nachdem sie sich alle begrüßt und eine Weile Smalltalk betrieben haben, gehen sie gemeinsam den Kiesweg zum Haus hoch. Der Sonnenschein flutet über die Blumen, das Gras, die grün belaubten Bäume ringsum. Die kleinen Pferde grasen ruhig auf ihrer Weide.

Ein Jogger keucht vorbei. Sein Körper glänzt vor Schweiß, und sein Oberteil ist völlig durchnässt. Als er vorbeiläuft, ruft er Hallo, und sie erwidern den Gruß, auch wenn sie keine Ahnung haben, wer er ist. Ein Neuankömmling offenbar, einer von mehreren neuen Hausbesitzern, die auf die Insel gekommen sind. Der Makler weist darauf hin, dass ihre Insel im Hinblick auf die Lage besonders beliebt ist, weil sie so nah am Festland liegt. So dass man ganz leicht mit dem eigenen Boot rüberfahren kann.

Sie gehen durch die Zimmer, der Makler vorneweg. Eva sieht Altbekanntes mit einem neuen Blick. Als würde das alles schon jemand anders gehören. Einem Fremden.

Das meiste Inventar ist deutlich gebraucht, weil es nie erneuert wurde. An den Wänden drängen sich diverse Bücherregale aus verschiedenen Jahrzehnten, zum Großteil abgestoßene weiße Regale mit Schranktüren unten, oder Lagerregale aus Fichtenholz, die im Laufe der Jahre eine gelbliche Farbe angenommen haben. Mama war es nicht so wichtig, ob die Bücherregale zusammenpassten, solange nur ihre Hunderte oder auch Tausende von Büchern hineinpassten und solange die Regale von so guter Qualität waren, dass die Bretter nicht unter dem Gewicht der Bücherreihen nachgaben. Nicht ein Stück Nippes auf den Regalen. Immer nur Bücher.

An den freien Wänden hängen überall abstrakte Kunstwerke. Geschenkt oder von Künstlerfreunden günstig gekauft. Hie und da ein altes Plakat mit roten Fahnen und

Parolen, meistens zum Thema Vietnam oder Kuba. Eine ganze Menge Land- und Seekarten, von verschiedenen Teilen Südostasiens, von Schonens Ostküste und dem Stockholmer Schärengarten.

Die Einrichtung besteht aus altgedienten Stücken. Qualitätsdesign aus den Sechziger- und Siebzigerjahren, aber definitiv mehr staubige Abgenutztheit als Eleganz.

Das meiste hat zweifellos seinen Dienst getan.

Der Makler geht herum und macht sich Notizen. Letztes Mal, als die Anzeige formuliert wurde, war sein Kollege hier.

Er macht aus verschiedenen Winkeln Fotos mit seiner Digitalkamera und achtet sorgfältig darauf, dass er alles aufs Bild bekommt, was er als Vorzug erachtet.

»Kann man das hier ein Stück zur Seite schieben?«

Er steht bei Großvaters Eckschrank im Wohnzimmer, der niemals auch nur einen Millimeter bewegt worden ist.

»Der verdeckt einen Teil vom Fensterrahmen«, sagt er.

Eva will gerade antworten, dass das leider nicht geht, aber Anders und Maja treten bereits vor und packen an. Problemlos lässt sich der Schrank einen Dezimeter zur Seite schieben. Auf dem alten Holzboden erscheint ein helles Rechteck. Der Makler macht mehrere Bilder vom Fenster.

»Danke. Super.«

Aufmerksam sieht er sich alles an. Er rückt kleine Sachen beiseite, wischt hier eine Oberfläche sauber, tauscht dort einen Stuhl aus. Schießt ein Bild nach dem anderen. Eva sieht, wie sich das Haus langsam aber sicher in ein Verkaufsobjekt verwandelt.

»Vielleicht hätten wir ein bisschen besser aufräumen sollen«, meint sie.

»Kein Problem«, sagt der Makler. »Häuser in den Schären sehen immer ein bisschen so aus. Da hab ich schon allerhand zu sehen gekriegt.«

Sie gehen weiter ins Obergeschoss. Der Makler scheint zufrieden.

»Der alte Charme ist erhalten«, sagt er. »Sehr gut. Ich kann Ihnen aber schon sagen, dass Sie sich nicht zu viel erwarten dürfen. Die meisten Objekte sind heutzutage in besserem Zustand. Die Leute wollen inzwischen Ganzjahresstandard, auch wenn sie nur im Sommer hier sind. Aber es wird schon gehen.«

Er geht wieder ins Erdgeschoss zum Fotografieren. Eva bleibt oben.

»Wartet mal«, sagt sie.

Anders und Maja, die schon auf der Treppe sind, bleiben stehen.

Eva macht die tapezierte Garderobentür weit auf, so dass die Staubkörner im Sonnenlicht tanzen. Der schwarze Müllsack steht noch da, wo sie ihn am Anfang des Sommers hingestellt hat. Sie war hergekommen und hatte angefangen aufzuräumen, brachte es dann aber doch noch nicht fertig. Am Tag vor der Beerdigung.

An der Kleiderstange hängt nur noch das einzelne Kleid. Das ärmellose, blau-grün gemusterte aus Baumwolle.

Sie deutet auf den Müllsack.

»Da ist Kleidung drin. Und Schmuck.«

Schweigend betrachten sie den Sack. Maja fasst das Kleid an der Stange an.

»An das erinnere ich mich noch.«

»Das hat sie oft getragen«, sagt Eva. »Manchmal an Mittsommer.«

Maja nimmt den Bügel mit dem Kleid von der Stange und zeichnet mit der Hand das Muster nach. Ein paar Sekunden bleibt sie ganz still stehen und atmet langsam.

»Nimm es. Es gehört dir.«

Maja hebt den Blick vom Kleid und sieht Eva fragend an. Ihre Schwester nickt.

»Hat sie eigentlich einen Brief hinterlassen?«, fragt Anders.

»Nein.«

»Warum hat sie nicht Auf Wiedersehen gesagt?«, fragt Maja.

In ihrem Gesicht arbeitet es. Sie drückt das Kleid an sich.

»Warum hat sie uns nicht geschrieben, dass sie uns geliebt hat?«

Anscheinend steht das Tier da drinnen und bebt. Und will mit seinen Krallen wieder irgendetwas zerreißen und zerfetzen.

Eva bleibt erst reglos stehen. Dann legt sie die Arme um Maja und hält sie fest, wie sie es früher immer gemacht hat, vor langer Zeit.

Maja leistet keinen Widerstand. So bleiben sie, während das Tier sich beruhigt und verschwindet.

Zum Schluss atmet Maja tief durch. Sie zupft an dem Kleid und mustert es genau.

»Das hatte sie manchmal an, wenn wir in Schonen spazieren gingen. Auf einer großen Wiese mit Blumen. Oder erinnere ich mich da falsch?«

Eva kann sich noch gut erinnern. Allerdings war es keine Wiese, sondern Heide. Die ganze Familie unternahm ausgedehnte Spaziergänge durch die Heide, die sich direkt neben dem Meer ausbreitete, mit ihrem kurzen, harten Gras und den Blumen mit diesen bauschig-daunenähnlichen Köpfen auf den dünnen Stengeln. Papa hatte seinen Trainingsanzug an und lief weit voraus, weil er grundsätzlich lieber joggte, statt zu gehen. Mama streifte langsam durchs Gelände, mit Eva und Anders und Maja im Gefolge. Ab und zu blieb sie stehen, um sich irgendwelche Blumen näher anzusehen. In Schonen wuchsen nicht dieselben Arten wie hier im Schärengarten, sondern eher kräuterartige Strandpflanzen und niedrige Büschel aus gelben, gummiartigen Blumen, die bei jedem Schritt seltsame Geräusche unter den Fußsohlen machten. Und dann noch so eine knallblaue Pflanze mit unregelmäßiger Blüte. Keine Kornblume, eher eine ärmliche Verwandte. Trockener, widerstandsfähiger, aber genauso intensiv blau. Eva weiß immer noch ganz genau, wie es sich anfühlte, wenn man diese Blumen anfasste und sie zwischen den Fingern zerrieb. An manchen Stellen standen hohe Gräser, die an ihren Körpern entlangstrichen, wenn sie an ihnen vorbeigingen. Wankende Halme mit identischen Köpfen. Durch das Feld zog sich ein Streifen in dunklerem Grün wie ein Band – ein Wasserlauf, der fast versiegt war. Dort gingen sie hintereinander über einen Holzsteg und zogen sich oft die Schuhe aus, um die Füße ins Wasser zu tauchen.

»Doch, da erinnerst du dich schon richtig«, sagt Eva.

Der Kopf des Maklers mit seinem Käppi erscheint auf der Treppe.

»Kommen Sie dann? Ich wollte mir gerne das Grundstück noch ansehen.«

Sie gehen hinunter. Bevor Eva ihren Geschwistern auf die Veranda folgt, geht sie noch einmal in Mamas Arbeitszimmer und nimmt in die Hand, was auf dem Fensterbrett hinter der Gardine liegt: *Gesammelte Gedichte* von Dan Andersson. Das kleine Kirschbaumblatt ist welk und brüchig geworden. Es segelt aus dem Buch auf den Boden und verschwindet unter einem Schrank.

Die leere Stelle im Regal verrät genau, wo das Buch gestanden hat. Sie stellt es wieder an seinen Platz und eilt den anderen hinterher.

»Und hier machen Sie also immer Ihr Maifeuer, wie ich sehe?«

Der Makler betrachtet das zertrampelte Rondell, wo der Pavillon gestanden hat. Eva und Maja tauschen einen Blick. Anders spielt hektisch mit der Visitenkarte, die ihm der Makler vorhin gegeben hat.

Der Makler späht über das Wasser und die Schären.

»Das ist ja wirklich mehr als Seeblick hier. Ich glaube, das können wir in der Anzeige ruhig Seenähe nennen. Was meinen Sie?«

Sie nicken.

»Und wie war das noch mal, hatten Sie Latrinenkompost?«

»Ja«, sagt Maja. »Dieses Jahr neu bekommen.«

»Sehr gut.«

Er sieht seine Notizen durch und beißt dabei auf seinen Stift.

»Ich hab noch mal über die Sache mit dem Boot nachgedacht. Soll das auch mit verkauft werden? Und kann der neue Eigentümer den Liegeplatz übernehmen?«

Anders und Maja sehen Eva an. Der Makler ebenfalls.

»Der Liegeplatz kann wohl mit übernommen werden«, sagt sie. »Aber da erkundigen Sie sich am besten noch mal bei unserem Nachbarn, Pelle. Der weiß Bescheid.«

»Okay.«

Er macht sich noch eine Notiz.

»Und das Boot? Das war doch eine Jolle, oder? Mit ein paar Jahren auf dem Buckel?«

Eva sieht hinaus aufs glitzernde Wasser, den Fjord, den man kaum erahnen kann. Sie stellt sich den großen, weiten Schärengarten vor, den sie Vera so bald wie möglich zeigen will.

»Nein, das Boot wird leider nicht mit verkauft«, erklärt sie. »Das wollen wir behalten.«

Der Makler blickt auf.

»Ach so? Haben Sie denn einen Liegeplatz auf dem Festland?«

»Noch nicht. Aber da findet sich eine Lösung.«

Sie weiß, dass Pelle, Kia und Roger ihr helfen werden. Der Makler nickt und scheint zu verstehen.

»Kontakte. Nie schlecht, wenn man Kontakte hat.«

Er macht sich eine letzte Notiz und klappt dann seinen Block zu.

Die Aussicht von hier oben ist wirklich toll. Eine von Stockholms berühmtesten Sehenswürdigkeiten. Ein bekannter und beliebter Ort, von vielen Touristen besucht. Ein Ort, an dem die Leute langsam flanieren und genießen.

Sie stehen nebeneinander, alle drei, und betrachten den Ort auf der Erdoberfläche, wo sie hingehören. Die Stadt liegt vor ihnen. Das ist jetzt ihre Stadt.

Eva weiß genau, wie sich die dunkle Bergwand, auf der sie jetzt stehen, vor einem auftürmt, wenn man auf der anderen Seite steht. Die Bergwand, die so hoch ist, dass niemand einen Sturz von hier oben überleben kann.

Mama war immer so ordentlich und sorgfältig in allem, was sie tat. Niemals drastisch oder brutal. Das war etwas ganz Neues.

Seltsam eigentlich, dass man eine psychiatrische Abteilung voll unglücklicher Menschen genau am Rand eines Abgrunds unterbringt.

Sie geht vor bis an die Kante, hält sich an dem niedrigen Geländer fest und blickt hinunter. Weit unten sieht sie die Autos eines nach dem anderen vorbeigleiten.

Position des Körpers: auf dem Rücken liegend, linker Arm über der Brust angewinkelt. Kopf nach rechts gedreht.

Beine ausgestreckt. Rechter Arm am Körper. Urinabgang.

»Sie ist auf dem Gras gelandet«, sagt Anders. »Haben die von der Rechtsmedizin jedenfalls gesagt.«

Eva und Maja betrachten den schmalen, grasbewachsenen Streifen zwischen Fels und Straßengraben.

Auf das weiche Gras. Nicht auf den Asphalt.

Gemeinsam spazieren sie zurück durch den Augustabend. Sie verlassen den Aussichtspunkt. Der eigentlich für alle da ist, gleichzeitig aber nur für sie.